LA DERNIÈRE PROPHÉTIE
LA GUERRE DES
CLANS

V
Crépuscule

L'auteur

Pour écrire *La guerre des Clans*, **Erin Hunter** puise son inspiration dans son amour des chats et du monde sauvage. Erin est une fidèle protectrice de la nature. Elle aime par-dessus tout expliquer le comportement animal grâce aux mythologies, à l'astrologie et aux pierres levées.

Du même auteur, dans la même collection :

Vous aimez les livres de la collection

LA GUERRE DES
CLANS

Écrivez-nous
pour nous faire partager votre enthousiasme :
Pocket Jeunesse, 12 avenue d'Italie, 75013 Paris.

Erin Hunter

LA DERNIÈRE PROPHÉTIE
LA GUERRE DES
CLANS

Crépuscule

Livre V

Traduit de l'anglais par Aude Carlier

POCKET JEUNESSE

Titre original :
Twilight

Loi n° 49 956 du 16 juillet 1949 sur les publications
destinées à la jeunesse : octobre 2010.

© 2006, Working Partners Ltd.
Publié pour la première fois en 2006 par Harper Collins *Publishers*.
Tous droits réservés.
© 2010, éditions Pocket Jeunesse, département d'Univers Poche,
pour la présente édition et la traduction française.
La série « La guerre des Clans » a été créée par Working Partners Ltd,
Londres.

ISBN : 978-2-266-19964-3

Remerciements tout particuliers à Cherith Baldry.

CLANS

CLAN DU TONNERRE

CHEF
ÉTOILE DE FEU – mâle au beau pelage roux.

LIEUTENANT
PLUME GRISE – chat gris plutôt massif à poil long.

GUÉRISSEUSE
MUSEAU CENDRÉ – chatte gris foncé.
AIDE : FEUILLE DE LUNE.

GUERRIERS
(mâles et femelles sans petits)

PELAGE DE POUSSIÈRE – mâle au pelage moucheté brun foncé.

TEMPÊTE DE SABLE – chatte roux pâle.

FLOCON DE NEIGE – chat blanc à poil long, fils de Princesse, neveu d'Étoile de Feu.

POIL DE FOUGÈRE – mâle brun doré.
APPRENTIE : NUAGE AILÉ.

CŒUR D'ÉPINES – matou tacheté au poil brun doré.

CŒUR BLANC – chatte blanche au pelage constellé de taches rousses.

GRIFFE DE RONCE – chat au pelage sombre et tacheté, aux yeux ambrés.

PELAGE DE GRANIT – chat aux yeux bleu foncé et à la fourrure gris pâle constellée de taches plus foncées.

PERLE DE PLUIE – chat gris foncé aux yeux bleus.

PELAGE DE SUIE – chat gris clair aux yeux ambrés.

POIL D'ÉCUREUIL – chatte roux foncé aux yeux verts.

POIL DE CHÂTAIGNE – chatte blanc et écaille aux yeux ambrés.

PATTE D'ARAIGNÉE – chat noir haut sur pattes, au ventre brun et aux yeux ambrés.

APPRENTIE (âgée d'au moins six lunes, initiée pour devenir une guerrière)

NUAGE AILÉ – chatte blanche aux yeux verts.

REINE (femelle pleine ou en train d'allaiter)

FLEUR DE BRUYÈRE – chatte aux yeux verts et à la fourrure gris perle constellée de taches plus foncées.

ANCIENS (guerriers et reines âgés)

BOUTON-D'OR – chatte roux pâle.

LONGUE PLUME – chat crème rayé de brun.

POIL DE SOURIS – petite chatte brun foncé.

CLAN DE L'OMBRE

CHEF **ÉTOILE DE JAIS** – grand mâle blanc aux larges pattes noires.

LIEUTENANT **FEUILLE ROUSSE** – femelle roux sombre.

GUÉRISSEUR **PETIT ORAGE** – chat tigré très menu.

GUERRIERS **BOIS DE CHÊNE** – matou brun de petite taille.
APPRENTI : NUAGE DE FUMÉE.

PELAGE D'OR – chatte écaille aux yeux verts.

CŒUR DE CÈDRE – mâle gris foncé.

PELAGE FAUVE – chat roux.
APPRENTI : NUAGE PIQUANT.

REINE **FLEUR DE PAVOT** – chatte tachetée brun clair, haute sur pattes.

ANCIENS **RHUME DES FOINS** – mâle gris et blanc de petite taille.

FLÈCHE GRISE – matou gris efflanqué.

CLAN DU VENT

CHEF
ÉTOILE SOLITAIRE – mâle brun tacheté.

LIEUTENANT
PATTE CENDRÉE – chatte au pelage gris.

GUÉRISSEUR
ÉCORCE DE CHÊNE – chat brun à la queue très courte.

GUERRIERS
PLUME NOIRE – matou gris foncé au poil moucheté.
APPRENTI : NUAGE DE BELETTE.

OREILLE BALAFRÉE – chat moucheté.

PLUME DE JAIS – mâle gris foncé, presque noir, aux yeux bleus.

PLUME DE HIBOU – mâle au pelage brun clair tigré.

BELLE-DE-NUIT – chatte noire.

POIL DE BELETTE – matou au pelage fauve et aux pattes blanches.

REINE
AILE ROUSSE – petite chatte blanche.

ANCIENS
BELLE-DE-JOUR – femelle écaille.

PLUME DE GENÊTS – matou brun clair.

CLAN DE LA RIVIÈRE

CHEF
ÉTOILE DU LÉOPARD – chatte au poil doré tacheté de noir.

LIEUTENANT
PATTE DE BRUME – chatte gris-bleu foncé, aux yeux bleus.

GUÉRISSEUSE
PAPILLON – jolie chatte au pelage doré et aux yeux ambrés.

GUERRIERS
GRIFFE NOIRE – mâle au pelage charbonneux.
APPRENTI : NUAGE DE HÊTRE.

PLUME DE FAUCON – chat massif au pelage brun tacheté, au ventre blanc et au regard bleu glacé.

POIL DE CAMPAGNOL – petit chat brun et tigré.

PLUME D'HIRONDELLE – chatte brun sombre au pelage tigré.

PIERRE DE GUÉ – matou gris.

CŒUR DE ROSEAU – mâle noir.
APPRENTIE : NUAGE D'ÉCUME.

PELAGE DE MOUSSE – chatte écaille-de-tortue.

FLEUR DE L'AUBE – chatte gris perle.

GROS VENTRE – mâle moucheté très trapu.

FEUILLE DE LIERRE – femelle au pelage brun et tigré.

REINE
ANCIENS

TRIBU DE L'EAU VIVE

SOURCE AUX PETITS POISSONS – chatte au pelage brun et tigré.

PELAGE D'ORAGE – chat gris sombre aux yeux ambrés.

DIVERS

PACHA – mâle musculeux gris et blanc qui vit dans une grange près du territoire des chevaux.

CHIPIE – femelle au long pelage crème vivant avec Pacha et Câline.

CÂLINE – petite chatte au pelage gris et blanc vivant avec Pacha et Chipie.

SPOT – terrier noir et blanc qui habite avec les Bipèdes près du territoire des chevaux.

MINUIT – blaireau vivant près de la mer, qui s'adonne à la contemplation des étoiles.

Nid de Bipèdes abandonné

Source de Lune

Ancien Chemin du Tonnerre

Camp du Tonnerre

Vieux Chêne

Lac

Camp du Vent

Demi-pont brisé

Territoire des Bipèdes

Territoire des Chevaux

Chemin du Tonnerre

Clan du Tonnerre

Clan de la Rivière

Clan de l'Ombre

Clan du Vent

Clan des Etoiles

Camping du Lièvre

Chalet du
Sanctuaire

Bois de Sadler

Route de Petitpin

Base
nautique
de
Petitpin

Île
de
Petitpin

L'alba

Route de Blanche-Église

❧

« Non ! Il doit y avoir une erreur ! » s'exclama le félin tapi au bord de l'eau. Sa fourrure brillait sous le clair de lune. « Il me reste tant à faire ! »

Une femelle gris-bleu, à la large tête, contourna le bassin, le regard plein de sympathie.

« Je suis désolée, miaula cette dernière. Je sais que tu pensais vivre encore de nombreuses lunes auprès de tes camarades de Clan avant de nous rejoindre. »

Le félin scruta de nouveau le bassin. Le reflet de la lune frémissait telle une feuille flottant sur l'eau. La surface étincelante renvoyait l'image des innombrables silhouettes nimbées de poussière d'étoiles réunies dans la combe. L'espace d'un instant, le silence se fit, à peine troublé par le clapotis de la source sur les rocs. Les guerriers du Clan des Étoiles attendaient sans mot dire, comme si chacun d'entre eux partageait le chagrin de leur congénère.

« Durant ta courte existence, tu auras servi ton Clan plus loyalement que certains n'y parviennent au terme d'une longue vie, poursuivit la chatte. Je comprends qu'il te semble injuste de devoir quitter les tiens si vite.

— Étoile Bleue, ce n'est pas ta faute. Tu n'as pas besoin de t'excuser.

— Bien sûr que si, répondit-elle en agitant la queue. Tu n'imagines pas tout ce que ton Clan te doit.

— Ce que tous les Clans te doivent », rectifia un matou noir et blanc pourvu d'une longue queue. Il contourna à son tour le point d'eau pour se placer près d'Étoile Bleue. « Y compris le Clan des Étoiles. Sans ton aide, aucun d'entre nous n'aurait trouvé ce nouveau territoire. »

Sur ces mots, il s'inclina avec respect.

« Merci, Étoile Filante. J'ai parfois commis des erreurs, mais j'ai toujours tenté de faire ce qui me paraissait juste.

— Le Clan des Étoiles n'en demande pas plus à ses guerriers, déclara un mâle noir au corps souple qui émergea des rochers mousseux. Si nous pouvions changer ta destinée, nous le ferions.

— Le Clan des Étoiles lui-même ne peut détourner le cours du destin, le mit en garde Étoile Bleue. Même si nous le souhaitons de tout cœur. »

Le félin condamné hocha la tête.

« Je comprends. Et je m'efforcerai d'être brave. Pouvez-vous me dire quand…

— Non. Même nous, nous ne pouvons discerner l'avenir avec autant de précision. Lorsque le moment sera venu, tu le sauras, et nous t'attendrons. »

Un autre guerrier-étoile descendit le versant de la combe pour les rejoindre. C'était un mâle au pelage beige et tigré, à la mâchoire tordue.

« Chaque fois que les Clans évoqueront leur exil, ton nom sera honoré, promit-il.

— Merci, Étoile Balafrée. »

Les quatre guerriers de jadis l'entourèrent – quatre anciens chefs de Clan, du temps où leurs pattes foulaient encore la terre.

« Sache que la force du Clan des Étoiles t'accompagnera, reprit Étoile Bleue. Nous serons à tes côtés.

— Le Clan des Étoiles a toujours été à mes côtés.

— Tu l'affirmes alors que ta vie a été si dure ? s'étonna Étoile Filante.

— Bien sûr, rétorqua l'intéressé, les yeux brillants. Je me suis fait de bons amis dans tous les Clans. Sous mes yeux, des chatons ont vu le jour, et des anciens ont accompli leur dernier voyage vers la Toison Argentée. J'ai survécu au périple qui nous a conduits à notre nouveau foyer. Croyez-moi, même si je le pouvais, je ne changerais pas un seul jour de ma vie...

— Nous souffrons tous lorsqu'un jeune membre d'un Clan est appelé à nous rejoindre », miaula Étoile Bleue, les yeux plissés.

Sa voix se brisa de chagrin. L'autre tendit la patte vers elle, comme pour la consoler.

« Ne pleure pas, Étoile Bleue. Je sais que mon Clan sera entre de bonnes pattes. »

Des murmures respectueux s'élevèrent dans la combe. Étoile Bleue s'inclina.

« Nous veillerons sur toi », souffla-t-elle en l'imprégnant de son odeur.

Les trois autres s'inclinèrent tour à tour pour mêler leurs fragrances. L'air se chargea d'un parfum d'étoiles, de glace et de vent nocturne. D'autres guerriers les imitèrent – une femelle écaille pleine de grâce, un matou fauve et robuste, une chatte tigrée au pelage argenté – tous lui accordèrent la force et le courage du Clan des Étoiles.

À l'unisson, ils entamèrent une mélopée endeuillée que le vent porta jusqu'au ciel. Les silhouettes scintillantes disparurent une à une, puis la combe fut déserte.

Les étoiles n'éclairaient plus qu'une seule forme tapie près de l'eau, immobile.

CHAPITRE 1

❧

« QUE TOUS CEUX QUI SONT EN ÂGE de chasser s'approchent de la Corniche pour une assemblée du Clan. »

Poil d'Écureuil se réveilla en sursaut lorsque l'appel du chef du Clan du Tonnerre résonna dans la combe rocheuse. Flocon de Neige était déjà en train de se faufiler à travers les branches hérissées d'épines qui dissimulaient l'entrée du gîte des guerriers. Sa compagne, Cœur Blanc, quitta à son tour leur nid de mousse et le suivit dehors.

« Qu'est-ce qu'il veut encore, celui-là ? » marmonna Pelage de Poussière en se levant péniblement.

Il s'ébroua pour chasser les brins de mousse pris dans sa fourrure. Signe de son irritation, ses oreilles frémirent lorsqu'il s'engagea à la suite de ses camarades.

Poil d'Écureuil bâilla à s'en décrocher la mâchoire. Elle s'assit puis fit une toilette rapide. Ce matin-là, l'humeur de Pelage de Poussière était plus massacrante encore que d'ordinaire. La jeune guerrière devinait à ses mouvements raides que la blessure reçue durant la bataille contre Griffe de Pierre le torturait toujours. La plupart des membres du Clan du Tonnerre portaient des cicatrices laissées par les rebelles. Poil d'Écureuil elle-même sentait encore la douleur cuisante de l'entaille en travers de son flanc. Elle nettoya la plaie à grands coups de langue et se remémora le conflit.

Juste avant sa mort, l'ancien chef du Clan du Vent, Étoile Filante, avait désigné Moustache pour lui succéder, à la place de Griffe de Pierre. Furieux, ce dernier avait levé une rébellion contre Moustache, avec l'aide de Plume de Faucon, du Clan de la Rivière. Poil d'Écureuil vit rouge en repensant à Griffe de Ronce : le guerrier prétendait toujours que son demi-frère était digne de confiance. Pourtant, il savait bien que Plume de Faucon était mêlé jusqu'aux oreilles à la trahison de Griffe de Pierre.

Le Clan des Étoiles soit loué, songea la rouquine, *le complot a été découvert à temps, et le Clan du Tonnerre a pu rejoindre la bataille.* Le Clan des Étoiles avait alors envoyé un signe sans appel : un arbre, frappé par la foudre, s'était abattu sur Griffe de Pierre, le tuant sur le coup. Moustache était bel et bien le véritable chef du Clan du Vent.

Après un dernier coup de langue sur sa fourrure, Poil d'Écureuil se faufila entre les branches et rejoignit la clairière. Elle frissonna aussitôt dans l'air glacial. Pourtant, elle percevait un parfum de sève : la saison des feuilles nouvelles approchait à grands pas.

Les griffes plantées dans le sol, elle s'étira langoureusement. Son père, Étoile de Feu, était assis sur la Corniche, au-dessus de son antre, à mi-hauteur de la paroi. Sa robe rousse s'embrasait sous les rayons obliques du soleil, et ses yeux verts, qui parcouraient les membres du Clan, brillaient avec fierté. Son air confiant rassura Poil d'Écureuil : les nouvelles ne devaient pas être mauvaises.

« Bonjour, Poil d'Écureuil », lança Feuille de Lune en s'approchant de sa sœur. « Comment vont tes égratignures ? Veux-tu un peu de souci ?

— Non merci, ça va aller. D'autres en ont bien plus besoin que moi. »

Depuis la bataille, les deux guérisseuses, Feuille de Lune et son mentor, Museau Cendré, n'avaient cessé de chercher les plantes nécessaires et de soigner les plaies des combattants.

Feuille de Lune renifla les petites coupures avant de hocher la tête d'un air satisfait.

« Tu as raison. Elles cicatrisent bien. »

Un couinement excité leur parvint de la pouponnière : Petit Frêne en jaillit, se mélangea les pattes, trébucha avant de se relever en un éclair pour prendre place près de son père, Pelage de Poussière. Sa mère, Fleur de Bruyère, vint s'asseoir près de lui et lui lissa la fourrure en quelques coups de langue.

Poil d'Écureuil émit un ronron amusé. Son regard glissa ensuite vers le tunnel d'aubépine à l'entrée du camp. Ses traits se crispèrent aussitôt. La patrouille de l'aube venait de rentrer : Griffe de Ronce apparut, suivi de Tempête de Sable et de Perle de Pluie.

« Qu'est-ce qui ne va pas ? » s'enquit Feuille de Lune.

Poil d'Écureuil réprima un soupir. Sa sœur et elle étaient plus proches que la plupart des frères et sœurs. L'une savait toujours ce que l'autre ressentait.

« C'est Griffe de Ronce, admit-elle à contrecœur. Je n'arrive pas à croire qu'il soit toujours ami avec Plume de Faucon.

— Plume de Faucon n'est pas le seul à avoir soutenu Griffe de Pierre, remarqua la guérisseuse. Beaucoup pensaient sincèrement que Moustache n'était pas leur vrai chef. Après la chute de l'arbre, Plume de Faucon a reconnu s'être trompé. Griffe de Pierre l'avait embobiné. Moustache le lui a déjà pardonné, ainsi qu'à tous les autres qui se sont dressés contre lui.

— Plume de Faucon a menti ! riposta la rouquine, la queue battante. Il faisait partie du complot de Griffe de Pierre depuis le début. J'ai entendu ce que celui-ci a dit avant de mourir : Plume de Faucon cherchait un appui pour prendre la tête du Clan de la Rivière ! »

Le regard troublé de Feuille de Lune sembla transpercer la fourrure de sa sœur.

« Tu n'as aucune preuve, Poil d'Écureuil. Pourquoi devrions-nous croire Griffe de Pierre plutôt que Plume de Faucon ? Es-tu certaine de ne pas le juger aussi durement à cause de son père ? »

La jeune guerrière ouvrit la gueule pour répondre, mais les mots lui manquèrent.

« N'oublie pas qu'Étoile du Tigre était aussi le père de Griffe de Ronce, poursuivit Feuille de Lune. C'était peut-être un traître et un assassin, mais cela ne signifie pas que ses fils doivent suivre le même chemin. Je ne fais pas plus confiance à Plume de Faucon que toi. Néanmoins, sans preuves, nous ne pouvons pas l'accuser.

— Tu as sans doute raison », admit Poil d'Écureuil en agitant la queue, gênée.

« Mais Griffe de Ronce refuse de m'écouter ! Pour lui, Plume de Faucon est bien plus important que moi. Je ne comprends pas pourquoi il le croit, lui, et pas moi.

— Plume de Faucon est son frère, lui rappela Feuille de Lune, qui la couvait d'un regard compatissant. Ne crois-tu pas que tu devrais juger Griffe de Ronce sur ses actes présents ?

— Tu penses que je suis injuste avec lui ? »

Au cours du périple qui les avait conduits jusqu'à Minuit, elle avait fait une confiance aveugle à Griffe de Ronce. Mais cette confiance s'effritait à mesure que le guerrier tacheté se rapprochait de son frère.

« Je pense surtout que tu te tortures pour rien, répondit sa sœur.

— Je ne me torture pas », répliqua Poil d'Écureuil, qui refusait d'admettre que la détérioration de sa relation avec Griffe de Ronce laissait un vide douloureux en elle. « Je m'inquiète pour le Clan, c'est tout. Si Griffe de Ronce veut faire ami-ami avec Plume de Faucon, ce ne sont pas mes oignons.

— Et tu crois que je vais avaler ça ? répondit Feuille de Lune, le bout de la queue posé sur l'épaule de sa sœur. Ben voyons… »

Son ton était léger, mais son regard n'avait rien perdu de son sérieux.

« Hé, Poil d'Écureuil ! lança Pelage de Granit, qui venait de les rejoindre. Viens t'asseoir à côté de moi. »

D'un mouvement de la queue, il l'invita à le suivre. La rouquine obtempéra. Les yeux bleu nuit du mâle s'illuminèrent à son approche.

Griffe de Ronce ne quittait pas des yeux Poil d'Écureuil. L'expression du guerrier s'assombrit lorsqu'elle s'assit à côté de Pelage de Granit. Sans un mot, il alla s'installer près de Poil de Fougère et Poil de Châtaigne. La rouquine soupira. De soulagement ou de déception, elle n'aurait su dire. Lorsque Étoile de Feu prit la parole, elle fixa la paroi droit devant elle et tenta d'ignorer le regard ambré et insistant de Griffe de Ronce.

« Chats du Clan du Tonnerre, le soleil s'est levé par trois fois depuis la bataille contre Griffe de Pierre, tonna-t-il. Les corps de deux guerriers gisent toujours dans notre camp. Maintenant que nous sommes reposés, ils doivent être restitués à leur Clan. »

Poil d'Écureuil frémit. Elle avait elle-même découvert la combe rocheuse en tombant de la paroi. Un coup de chance que la muraille n'ait pas été trop haute de ce côté-ci ! En revanche, durant la confrontation, deux combattants du Clan de l'Ombre en déroute s'étaient précipités dans le gouffre du point le plus élevé. Ils avaient péri sur le coup, la nuque brisée.

« Penses-tu que le Clan de l'Ombre voudra les récupérer ? s'enquit Flocon de Neige. Ces deux guerriers soutenaient ce traître de Griffe de Pierre, après tout.

— Ce n'est pas à nous d'en décider, rétorqua Étoile de Feu. Griffe de Pierre n'était pas n'importe quel traître. Même dans les autres Clans, certains guerriers le considéraient comme le véritable chef du Clan du Vent. »

Visiblement peu satisfait par cette réponse, le matou blanc agita le bout de la queue. À cet instant, Poil d'Écureuil surprit Griffe de Ronce à hocher la tête, comme s'il pensait à Plume de Faucon.

« Leurs camarades souhaiteront sans doute leur rendre hommage tandis qu'ils rejoignent le Clan des Étoiles, reprit Étoile de Feu. Une patrouille doit rapporter les cadavres à la frontière.

— J'irai, proposa Cœur d'Épines.

— Merci, fit le meneur en inclinant la tête. Poil de Fougère, tu l'accompagneras, ainsi que... »

Il hésita. Il passa en revue les rangs de ses guerriers les plus expérimentés. Poil d'Écureuil comprit que cette mission pouvait s'avérer dangereuse. Seuls quelques chats du Clan de l'Ombre avaient pris part à la bataille. Leur chef, Étoile de Jais, pourrait reprocher leur mort au Clan du Tonnerre et s'en servir comme excuse pour lancer une attaque.

« Pelage de Poussière et Flocon de Neige, décida Étoile de Feu. Emportez les dépouilles jusqu'à l'arbre mort près de la frontière, puis trouvez une patrouille du Clan adverse et racontez-lui ce qui s'est passé. Surtout, ne faites rien pour les provoquer. »

Son regard s'attarda sur Flocon de Neige, comme s'il craignait que le guerrier blanc entêté ne commette une bêtise.

« Si le Clan de l'Ombre vous semble hostile, déguerpissez aussitôt », conclut le rouquin.

Cœur d'Épines se mit sur ses pattes et fit signe aux autres patrouilleurs de le suivre. D'un même pas, ils se dirigèrent vers le tunnel d'aubépine. Les corps des combattants gisaient juste de l'autre côté, dissimulés dans un massif de ronces, à l'abri des renards et autres amateurs de chair à corbeau.

Étoile de Feu attendit que les branches se soient refermées sur la patrouille pour poursuivre :

« Cette nuit, Moustache a dû se rendre à la Source de Lune pour recevoir ses neuf vies et son nouveau nom. Mais son autorité ne sera assurée que le jour où tous les membres de son Clan l'auront reconnu comme chef. Je vais mener une patrouille jusqu'aux collines pour m'en assurer.

— Tout ça, ce sont les affaires du Clan du Vent ! s'emporta Poil de Souris. Les guerriers du Clan du Tonnerre se sont déjà fait écorcher une fois pour aider Moustache. C'est assez, non ? »

Malgré sa blessure encore douloureuse, Poil d'Écureuil ne put que la contredire.

« Justement, dit-elle. Si nous avons risqué nos vies, autant s'assurer que cela en valait la peine ! »

L'ancienne la foudroya du regard. Étoile de Feu agita la queue pour faire cesser la querelle avant qu'elle ne dégénère.

Museau Cendré décida d'intervenir.

« Quoi qu'il en soit, tu ne pourras pas prendre la tête de cette patrouille, Étoile de Feu, l'avertit la guérisseuse. Tu t'es déboîté l'épaule pendant le combat ; tu dois rester au camp jusqu'à ta guérison. »

Les poils du meneur se dressèrent sur sa nuque. Puis il se détendit avant de s'incliner devant Museau Cendré.

« Très bien.

— C'est moi qui la dirigerai. »

Griffe de Ronce se proposa spontanément, en bondissant sur ses pattes.

« Merci, Griffe de Ronce, fit Étoile de Feu. Surtout, veillez à ne pas pénétrer sur leur territoire. Nous devons leur montrer que nous respectons leurs frontières. Emmène la patrouille le long du torrent et tâche de repérer un de leurs guerriers.

— Ne t'inquiète pas. Personne ne franchira la frontière, je m'en assurerai. »

Assis de l'autre côté de Pelage de Granit, Patte d'Araignée renifla.

« Quelle boule de poils autoritaire, grommela-t-il. Pour qui se prend-il ? Le lieutenant du Clan ?

— Griffe de Ronce est un bon guerrier, rétorqua Pelage de Granit. Il n'y a pas de mal à vouloir être lieutenant.

— Sauf que le Clan du Tonnerre a déjà un lieutenant, répliqua Patte d'Araignée.

— Plume Grise n'est plus là. Et, tôt ou tard, Étoile de Feu devra décider combien de temps il est prêt à l'attendre. »

Le cœur de Poil d'Écureuil se serra. Les Bipèdes avaient capturé le lieutenant du Clan du Tonnerre juste avant que les Clans ne quittent la forêt. La rouquine revit avec horreur le moment où Plume Grise avait disparu au loin, dans le ventre d'un monstre grondant et couvert de boue. Personne ne savait ce qu'il lui était arrivé. Pourtant, Étoile de Feu refusait d'envisager sa mort et de nommer un nouveau lieutenant.

Griffe de Ronce veut-il vraiment devenir lieutenant ? Comme Étoile du Tigre ? se demanda Poil d'Écureuil malgré elle.

Étoile de Feu l'appela, l'arrachant à ses pensées.

« Poil d'Écureuil, tu accompagneras Griffe de Ronce jusqu'au Clan du Vent. Vous aussi, Pelage de Granit et Perle de Pluie. »

La jeune guerrière dressa aussitôt les oreilles : une course dans les bois lui ferait oublier ces mauvais souvenirs. Pelage de Granit s'était déjà levé, la queue dressée bien haut.

« Allons-y ! lança-t-elle en bondissant vers Griffe de Ronce.

— Pas encore, répondit le guerrier tacheté avec hauteur, son regard passant de la rouquine à Pelage de Granit, comme s'il les connaissait à peine. Je veux entendre la suite. »

Poil d'Écureuil se rassit en le toisant rudement.

« De nouvelles patrouilles de chasse doivent partir, poursuivit Étoile de Feu. Tempête de Sable, peux-tu les organiser ?

— Bien sûr. Toutefois, je souhaite prendre la parole avant que l'on ne termine cette assemblée. » Elle marqua une pause. Étoile de Feu lui fit signe de poursuivre. « Le Clan du Tonnerre ne compte plus qu'un seul apprenti. Il devient difficile d'accomplir toutes les tâches. »

Pelage de Suie, le frère de Poil de Châtaigne, remua les oreilles.

« C'est vrai, j'en ai marre d'aller chercher de la mousse pour les litières. Ce n'est pas le rôle d'un guerrier », gémit-il.

Ce jeune chasseur pensait sans doute être débarrassé des corvées des apprentis.

« Voilà qui est fâcheux, répondit Étoile de Feu d'un ton aussi dur que le regard qu'il adressa au jeune guerrier. Mais on ne peut pas demander à un seul apprenti de faire tout le travail.

— Sans compter que Nuage Ailé se tue à la tâche, ajouta Poil de Souris. Elle mérite un peu d'aide. »

Nuage Ailé, la dernière apprentie, inclina la tête et se dandina sur place, gênée. Elle ne s'attendait visiblement pas à recevoir des compliments de l'ancienne au caractère bourru et à la langue aussi affûtée que ses griffes.

« Moi, je vais l'aider ! s'exclama Petit Frêne en sautant partout. Je suis assez grand pour être apprenti !

— Non, pas encore, répondit Fleur de Bruyère, sa mère, avec douceur. Pas avant la prochaine lune.

— Ta mère a raison, Petit Frêne, miaula Étoile de Feu. Ne t'inquiète pas, ton tour viendra. Et tu auras toi aussi beaucoup à faire. En attendant, Tempête de Sable, peux-tu réorganiser les tâches de façon que personne ne soit surchargé ?

— Entendu. Je m'assurerai aussi que Nuage Ailé ait du temps pour s'entraîner avec son mentor. Voilà un autre problème, ajouta-t-elle. Sans apprentis à former, nous nous ramollissons. En cas de nouvel affrontement, nous pourrions le payer très cher.

— Il n'y aura pas de nouvel affrontement, miaula Patte d'Araignée. Griffe de Pierre est mort, non ? Qui nous menacerait ?

— C'est vrai, nous avons assez à faire, marmonna Pelage de Suie.

— Parce que Griffe de Pierre est le seul à avoir jamais causé de problèmes, peut-être ? ironisa Poil de Souris en agitant les moustaches avec mépris. Quand vous aurez mon âge, vous saurez qu'il y a toujours une menace, quelque part.

— Exactement, Poil de Souris, confirma Étoile de Feu. Les quatre Clans retrouvent peu à peu leur indépendance. Tôt ou tard, le combat sera de nouveau inévitable. Un guerrier doit se charger de l'entraînement martial du Clan. »

Pelage de Granit ouvrit la gueule pour se proposer, mais Griffe de Ronce le prit de vitesse :

« Je peux m'en charger, Étoile de Feu. »

La fourrure de Poil d'Écureuil se hérissa sur sa nuque. Ce genre de tâche revenait en temps normal au lieutenant. Griffe de Ronce semblait vraiment déterminé à prendre la place de Plume Grise.

« À partir de demain, je peux entraîner deux ou trois combattants chaque matin, poursuivit le jeune guerrier. Pelage de Granit, je commencerai avec toi et Patte d'Araignée.

— Sans les griffes ? s'enquit Pelage de Granit, les yeux plissés.

— Sans les griffes, confirma le matou tacheté. Mais c'est tout. Nous ne sommes pas là pour faire mumuse, comme des chatons.

— Pelage de Granit n'a jamais dit le contraire ! s'emporta Poil d'Écureuil, les poils dressés sur l'échine. Moi, je t'affronterai, et tu verras si je fais mumuse ! »

Griffe de Ronce la dévisagea en cillant.

« Je suis certain que Pelage de Granit n'a pas besoin que tu te battes à sa place, Poil d'Écureuil. Pourquoi ne pas le laisser répondre ? »

La rouquine ignora la mise en garde de Pelage de Granit, qui avait posé sa queue sur son épaule. Elle était trop furieuse pour se rappeler que l'assemblée n'était pas terminée.

« Tu te crois tellement supérieur, Griffe de Ronce...

— En voilà assez ! » la coupa Étoile de Feu, qui la foudroya de ses yeux verts.

Honteuse, elle se rassit.

« Je t'avais bien dit que c'était une boule de poils autoritaire, murmura Patte d'Araignée à son oreille.

— Merci, Griffe de Ronce, reprit Étoile de Feu. Assure-toi que chacun ait l'occasion de s'entraîner, dès que possible. »

Son regarda balaya les rangs de ses combattants, comme s'il comptait chaque morsure, chaque touffe de fourrure arrachée, et calculait combien de jours il leur faudrait pour être de nouveau prêts à se battre.

Cœur Blanc se leva.

« Je connais une clairière abritée, tout près d'ici », lança-t-elle. La chatte au pelage blanc et roux tendit la queue. « J'y ai chassé hier. Le sol est plat et couvert de mousse. Ce pourrait être l'endroit idéal pour s'entraîner, comme la combe sablonneuse dans notre forêt natale.

— En effet, convint Étoile de Feu. Tu m'y conduiras après l'assemblée. Griffe de Ronce, n'oublie pas de me faire ton rapport en revenant du Clan du Vent. »

Le jeune guerrier acquiesça vivement. Il se tourna ensuite vers Poil d'Écureuil.

« Maintenant, nous pouvons y aller, si vous êtes prêts. »

Celle-ci se leva d'un bond, le regard menaçant.

« Ne me cherche pas, Griffe de Ronce.

— Alors comporte-toi en guerrière, et plus comme une apprentie à la cervelle de souris. Tu penses peut-être qu'Étoile de Feu aurait dû choisir quelqu'un d'autre pour mener cette patrouille ? »

Sa voix était aussi froide que son regard. Poil d'Écureuil en eut un haut-le-cœur. Ce n'était plus le même chat. Elle le reconnaissait à peine, lui, son meilleur ami, celui qui comptait plus pour elle que tous les autres réunis.

« Étoile de Feu peut bien choisir qui il veut, rétorqua-t-elle, crachant chaque mot comme une insulte. Après tout, tu es l'un des plus expérimentés du Clan.

— Mais tu n'y crois pas toi-même, riposta-t-il, le regard embrasé, les oreilles rabattues par la colère. Tu penses que je ne suis pas loyal parce que j'ai de la famille dans un autre Clan. Je t'ai bien vue m'observer lorsque je parlais à Plume de Faucon près du lac.

— Et heureusement que je l'ai fait. Sinon, personne ne saurait que Plume de Faucon comptait devenir lieutenant du Clan du Vent puis chef du Clan de la Rivière. C'est ce que Griffe de Pierre affirmait.

— Il mentait ! feula-t-il. Pourquoi croirions-nous ce traître ?

— Et pourquoi croirions-nous Plume de Faucon ? s'indigna-t-elle en labourant le sol de ses griffes.

— Pour quelle raison refuses-tu de lui faire confiance ? Parce qu'Étoile du Tigre était son père ? C'est ça ? Et dans ce cas, que penses-tu de moi ?

— Tu es injuste, protesta Pelage de Granit, venu épauler Poil d'Écureuil. Elle n'a jamais dit...

— Reste en dehors de ça ! s'emporta Griffe de Ronce. Cela ne te regarde pas ! »

La rouquine était à un poil de souris de taillader le museau de son camarade. Puis elle aperçut Étoile de Feu, qui quittait le camp en compagnie de Cœur Blanc. Comprenant que son père serait fâché de voir ses guerriers se quereller, elle se contenta de plonger ses griffes un peu plus profondément dans l'humus avant de se tourner vers Pelage de Granit.

« Je me moque bien de savoir qui était son père ! cracha-t-elle. Si je ne fais pas confiance à Plume de Faucon, c'est parce qu'il a comploté pour tuer Moustache. Il ferait n'importe quoi par ambition. Un hérisson aveugle s'en rendrait compte. »

Griffe de Ronce lui lança un regard noir.

« Tu n'as aucune preuve de ce que tu avances. Plume de Faucon est mon frère. Je ne vais pas le chasser de ma vie alors qu'il n'a rien fait.

— C'est ça ! s'écria la rouquine. La fascination qu'il t'inspire t'aveugle complètement. Pourquoi ne pas rejoindre le Clan de la Rivière, tant que tu y es ? À l'évidence, tu te moques bien du Clan du Tonnerre... et de moi. »

Griffe de Ronce allait lui répondre sur le même ton lorsque Petit Frêne trébucha en poursuivant sa propre queue et s'étala entre les pattes avant du guerrier tacheté. Le chaton écarquilla les yeux, impressionné par l'hostilité qui opposait les deux guerriers.

« Désolé ! » couina-t-il avant de détaler vers la pouponnière.

Griffe de Ronce recula d'un pas, les crocs découverts.

« Venez, nous perdons du temps. À ce rythme-là, nous n'atteindrons pas le territoire du Clan du Vent avant le coucher du soleil. »

Sans attendre de voir si la patrouille le suivait, il fit volte-face et se dirigea à grands pas vers la sortie, la queue bien haute.

Poil d'Écureuil jeta un coup d'œil vers Pelage de Granit. Les yeux bleus du guerrier reflétaient son inquiétude et sa gentillesse. Après l'agressivité de Griffe de Ronce, ce regard était aussi apaisant qu'une lapée d'eau fraîche un jour de grande chaleur.

« Tout va bien ? s'enquit-il.

— Tout va très bien », répondit-elle avant de suivre Griffe de Ronce.

Elle frôla au passage Perle de Pluie, qui la dévisageait comme si des oreilles de lapin lui avaient poussé sur la tête.

« Dépêchez-vous, fit-elle, sinon on ne le rattrapera jamais. »

Griffe de Ronce s'engouffra dans le tunnel d'aubépine. En le voyant disparaître entre les branches frémissantes, Poil d'Écureuil sentit un grand vide se creuser en elle. Elle avait l'impression qu'il cherchait à se détacher d'elle. Seraient-ils de nouveau amis, un jour ? Elle avait du mal à le croire, après une telle dispute.

Elle devait à présent se rendre à l'évidence : l'amitié qui les avait liés pendant leur périple était bel et bien terminée.

CHAPITRE 2

❧

POIL D'ÉCUREUIL quittait le camp pour la première fois depuis la bataille contre Griffe de Pierre. Elle appréciait de goûter à nouveau la caresse du vent sur sa fourrure et le crissement des feuilles sous ses pattes. Elle apercevait ici et là des signes de l'arrivée de la saison des feuilles nouvelles : quelques perce-neige pointaient leurs têtes claires sous un arbre, tandis qu'une fleur de pas-d'âne solitaire s'épanouissait tel un soleil miniature sur un tronc mousseux. Poil d'Écureuil se promit de dire à sa sœur, Feuille de Lune, où elle la trouverait. Le pas-d'âne constituait un excellent remède contre les problèmes respiratoires.

Une fois à bonne distance du camp, Griffe de Ronce marqua une pause.

« Et si vous passiez devant ? suggéra-t-il à l'adresse de Pelage de Granit et de Perle de Pluie. Voyons voir si vous connaissez bien le territoire.

— Bien sûr », répondit ce dernier, enthousiaste, en forçant l'allure.

À l'inverse, Pelage de Granit toisa durement le guerrier tacheté avant de s'engager à la suite de Perle de Pluie. Poil d'Écureuil comprenait pourquoi.

« On peut savoir ce qui te prend ? s'indigna-t-elle lorsqu'elle se retrouva seule avec Griffe de Ronce. Tu les traites comme des apprentis. Pelage de Granit est plus âgé que toi, ne l'oublie pas.

— Peut-être, mais c'est moi qui dirige cette patrouille, rétorqua-t-il. Si mes ordres te déplaisent, tu n'as qu'à retourner au camp. »

Poil d'Écureuil s'apprêtait à lui répondre avec véhémence, mais elle se ravisa. Elle ne voulait pas se laisser entraîner dans une nouvelle querelle. Elle frôla le guerrier et fila ventre à terre au détour d'un roncier, suivant la trace laissée par leurs deux camarades.

Pelage de Granit dut l'entendre arriver ; il attendit qu'elle le rattrape et cala son allure sur la sienne.

« Les arbres bourgeonnent, déclara-t-il, la queue tendue vers les branches d'un chêne. La saison des feuilles nouvelles ne va pas tarder.

— Tant mieux, répondit-elle. Adieu, gel et neige. Bonjour, gibier !

— Oui, le Clan aurait bien besoin d'un peu plus de proies à se mettre sous la dent. D'ailleurs, que dirais-tu d'une petite partie de chasse ? Tu penses que Griffe de Ronce serait d'accord ?

— Je me fiche de son avis comme d'une crotte de souris ! » feula-t-elle.

Elle entrouvrit la gueule pour humer l'air. Elle crut discerner une odeur de blaireau, et hésita à le mentionner à Griffe de Ronce – ce genre d'animal était toujours synonyme de problèmes, surtout si son territoire empiétait sur celui d'un Clan. Mais elle n'avait aucune envie de lui en parler, et elle se doutait qu'il ne l'écouterait pas, de toute façon.

Elle inspira de nouveau : un fumet d'écureuil lui emplit les narines. Lorsqu'elle aperçut le petit rongeur à la queue touffue grignoter une noisette à quelques longueurs de queue, elle oublia aussitôt le blaireau. Après avoir vérifié le sens du vent, elle adopta la position du chasseur et rampa vers sa proie. Au moment où elle bondit, l'écureuil tenta de gagner le tronc d'arbre le plus proche. Elle fut plus rapide. Ses griffes se plantèrent dans l'épaule du rongeur. D'un vif coup de dents, elle lui brisa la nuque.

Un cri strident la fit se retourner : Pelage de Granit regardait d'un air frustré un merle qui venait de s'envoler sous ses yeux.

« Pas de chance ! lança-t-elle. J'ai dû l'effrayer en sautant sur l'écureuil.

— Non, j'ai marché sur une brindille.

— Ne t'en fais pas, on peut partager ma prise. Il y en a assez pour deux. »

Le guerrier gris accepta avec joie. Griffe de Ronce émergea soudain des taillis.

« Qu'est-ce que vous faites ? gronda-t-il. Nous sommes en route vers le Clan du Vent, vous l'avez oublié ? »

Poil d'Écureuil avala une grosse bouchée avant de répondre :

« Ça va, Griffe de Ronce. Détends-toi un peu, pour l'amour du Clan des Étoiles. Aucun d'entre nous n'a mangé, ce matin. » Gênée, ne sachant comment il réagirait si elle se montrait amicale, elle s'écarta un peu de sa proie. « Tu peux en prendre un bout, si tu veux.

— Non merci, dit-il sèchement. Où est Perle de Pluie ?

— Il a pris de l'avance », miaula Pelage de Granit.

Sans un mot de plus, Griffe de Ronce poursuivit son chemin et disparut bientôt dans les herbes hautes.

Contrariée, Poil d'Écureuil cracha.

Du bout de la queue, Pelage de Granit lui donna une pichenette sur l'oreille.

« Ne te mets pas dans des états pareils à cause de lui.

— À cause de lui ? Tu rigoles ? » marmonna-t-elle en essayant de se convaincre elle-même.

Une fois de plus, le regard de Pelage de Granit exprimait son inquiétude. Elle savait qu'il voulait se rapprocher d'elle, mais c'était encore trop tôt. Elle devait d'abord se remettre de sa querelle avec Griffe de Ronce. *En attendant, nous avons une mission à accomplir,* se tança-t-elle avec impatience. *Tu es une guerrière, non une lapine demeurée !*

Pelage de Granit et elle finirent l'écureuil en quelques bouchées avant de reprendre leur chemin jusqu'à la frontière du Clan du Vent. Ils rattrapèrent bientôt Griffe de Ronce et Perle de Pluie.

Les bois se firent moins denses et la rouquine perçut bientôt le clapotis de l'eau sur les rochers. La patrouille sortit de la forêt au sommet d'une pente qui menait au torrent bordant le Clan du Vent. La brise leur apporta des bouffées de l'odeur amie, mais nulle patrouille n'était en vue.

« Ils ont dû passer il y a peu, miaula Pelage de Granit à voix basse. Le marquage est tout récent. »

Voilà qui était bon signe, se dit Poil d'Écureuil. Si le Clan du Vent était suffisamment organisé pour patrouiller le long des frontières, alors la rébellion de Griffe de Pierre n'avait pas laissé trop de séquelles. Cela signifiait-il que Moustache avait pu se rendre à la Source de Lune ?

« Descendons jusqu'au gué, suggéra Griffe de Ronce. Nous les rattraperons peut-être. »

Il dévala la pente et remonta le cours du torrent, le reste de la patrouille sur les talons. Les arbres laissèrent bientôt place aux collines verdoyantes de la lande. Poil d'Écureuil se tourna un instant vers les étendues grises recouvertes d'arbres nus qu'ils venaient de quitter. Au-delà, le ciel bleu clair, où le soleil avait presque atteint son zénith, se reflétait dans le lac.

Une bourrasque fouetta le visage de Poil d'Écureuil.

« Je ne sais pas comment le Clan du Vent supporte de vivre ici, grommela-t-elle à Pelage de Granit, la fourrure ébouriffée et les yeux larmoyants. Il n'y a pas un seul arbre en vue ! »

Le guerrier gris émit un ronron amusé.

« Ils se demandent sans doute comment le Clan du Tonnerre arrive à vivre sous les arbres, sans voir le ciel.

— Au moins, c'est pratique quand il pleut », marmonna-t-elle.

Du coin de l'œil, elle surprit un éclair de fourrure brun pâle – un lapin qui détalait sur la crête de la colline. Elle l'aurait bien pris en chasse, mais il se trouvait sur le territoire du Clan du Vent. Un instant plus tard, un matou au pelage gris sombre surgit, ventre à terre la proie en fuite. Après avoir chassé les larmes de ses yeux, Poil d'Écureuil reconnut Plume de Jais.

Chasseur et proie disparurent dans un creux – un couinement aigu, aussitôt interrompu, leur apprit que le guerrier du Clan du Vent avait rattrapé sa proie.

« Une patrouille de chasse », miaula Perle de Pluie avec un signe de tête vers le sommet de la colline.

Deux autres membres du Clan du Vent apparurent derrière Plume de Jais. Poil d'Écureuil discerna la robe mouchetée gris foncé de Plume Noire ; le petit chat qui le suivait de près était son apprenti, Nuage de Belette. Une troisième, Aile Rousse, les rejoignit tandis qu'ils contemplaient la patrouille du Clan du Tonnerre.

Griffe de Ronce lança :

« Nous apportons un message de la part d'Étoile de Feu ! »

Plume Noire et Aile Rousse échangèrent un regard, puis le guerrier s'engagea le premier dans la descente. Ils s'arrêtèrent tous trois de l'autre côté du torrent.

« Quel message ? » s'enquit Plume Noire.

Poil d'Écureuil scruta le matou, un ancien partisan de Griffe de Pierre. Il portait encore des traces de la bataille : une de ses oreilles était déchirée et il lui manquait une touffe de fourrure sur une épaule. Mais Moustache devait lui faire confiance, puisqu'il l'avait nommé à la tête de cette patrouille.

Griffe de Ronce inclina le menton en guise de salut.

« Étoile de Feu veut seulement s'assurer que tout va bien chez vous, expliqua-t-il. Et que Moustache a pu accomplir son voyage jusqu'à la Source de Lune.

— *Étoile Solitaire*, tu veux dire », le corrigea Aile Rousse.

L'estomac de Poil d'Écureuil se noua. Appeler leur chef par son nom de guerrier ordinaire avait été une grossière erreur. Griffe de Ronce n'avait pas demandé à connaître son nouveau nom, comme s'il ne pouvait imaginer que le Clan des Étoiles ait accepté sa nomination à la tête du Clan du Vent.

« Désolé... Moustache est donc devenu Étoile Solitaire, répéta Griffe de Ronce d'un ton égal. Voilà une excellente nouvelle. Félicitez-le de notre part.

— Pourquoi Étoile de Feu vous a-t-il envoyés ? voulut savoir Plume Noire, les yeux plissés. Doutait-il que le Clan des Étoiles reconnaîtrait Étoile Solitaire comme notre vrai chef ? »

Poil d'Écureuil écarquilla les yeux. Plume Noire avait-il oublié que, sans Étoile de Feu et le Clan du Tonnerre, Étoile Solitaire serait sans doute aujourd'hui un tas de chair à corbeau ?

Griffe de Ronce cligna les yeux.

« Il voulait juste en avoir le cœur net, dit-il.

— Il ferait mieux de s'occuper de son propre Clan et de laisser le nôtre tranquille.

— Étoile Solitaire n'aurait jamais pu devenir chef sans Étoile de Feu, lui rappela Poil d'Écureuil, furieuse. Tu le sais aussi bien que nous. Griffe de Pierre et toi... »

Elle dut s'interrompre pour recracher quelques poils : Griffe de Ronce lui avait passé le bout de sa queue sur la bouche pour la faire taire.

« Je n'étais pas le seul à penser que Griffe de Pierre était notre chef légitime, feula Plume Noire, le regard brûlant. Mais puisque le Clan des Étoiles l'a tué et a accordé à Étoile Solitaire ses neuf vies et son nom de meneur, je sais à présent que je m'étais trompé.

— Étoile Solitaire doit avoir des abeilles dans la tête pour lui faire confiance, chuchota Poil d'Écureuil à l'oreille de Pelage de Granit. Si j'étais lui, je surveillerais mes arrières. »

À son grand soulagement, Plume de Jais reparut sur la crête, traînant le corps du lapin derrière lui. Même s'il était réputé pour son mauvais caractère, il ne pourrait pas se montrer aussi froid et méfiant que Plume Noire.

« Salut, Plume de Jais ! lança-t-elle. Belle prise ! »

À sa grande surprise, le guerrier au pelage gris sombre se contenta de la saluer d'un hochement de la tête, avant de se détourner sans un mot. Il garda les mâchoires serrées sur sa proie, les narines palpitantes.

« Si vous n'avez rien d'autre à nous annoncer, vous pouvez rentrer chez vous, déclara Plume Noire.

— Tu n'as pas à nous dire ce que nous avons à faire ! Nous sommes sur notre territoire ! rétorqua Poil d'Écureuil.

— Laisse... » lui conseilla Griffe de Ronce dans un grondement sourd.

La rouquine savait qu'il avait raison – ce n'était pas le moment de se battre, malgré l'hostilité affichée par le Clan du Vent.

Le guerrier tacheté fit demi-tour et entraîna sa patrouille vers le camp, sous les yeux de Plume Noire et de ses camarades. Poil d'Écureuil eut l'impression de sentir le poids de leur regard sur sa nuque tout au long de la descente. Lorsqu'elle jeta un coup d'œil en arrière à l'orée de la forêt, les quatre félins n'avaient pas bougé. Elle s'élança à toute vitesse et ne s'arrêta qu'une fois certaine qu'une épaisse roncière la séparait de la vue du Clan du Vent.

« Le Clan des Étoiles soit loué ! » soupira-t-elle en s'arrêtant brusquement dans une petite clairière. Elle s'ébroua comme au sortir d'un bain d'eau glacé. « Je ne sais vraiment pas ce qui leur a pris.

— Moi non plus, miaula Perle de Pluie.

— C'est pourtant évident, lâcha Griffe de Ronce. Le Clan du Vent ne veut plus être l'allié du Clan du Tonnerre. Tout est différent, à présent.

— Après tout ce qu'on a fait pour eux ! » s'écria la rouquine, indignée. Comment Griffe de Ronce pouvait-il accepter sans broncher ce retournement de situation ? « J'étais à un poil de souris de lui taillader les oreilles, à ce Plume Noire.

— Heureusement que tu t'es retenue, répliqua-t-il d'un ton sec. Au sein même de notre Clan, beaucoup pensent qu'Étoile de Feu ne devrait pas se mêler des affaires des autres.

— Crotte de souris ! Ça veut dire que, selon toi, Étoile de Feu n'aurait pas dû intervenir ? Qu'il aurait dû laisser Griffe de Pierre prendre la tête du Clan du Vent ? »

Elle allait lui bondir sur le dos lorsque Pelage de Granit s'interposa.

« Inutile de s'énerver pour ça, dit-il d'un ton qu'il voulait apaisant. Le Clan du Vent tient sans doute à prouver qu'il est de nouveau puissant, maintenant qu'un nouveau chef le dirige. Avec le temps, ils se calmeront. »

Il avait sans doute raison, mais Poil d'Écureuil refusait de laisser le guerrier tacheté insulter son père impunément.

« Étoile de Feu soutiendra Étoile Solitaire, quoi qu'il arrive, lança-t-elle à Griffe de Ronce, qui se glissait dans un bouquet de fougères. Ils sont amis depuis toujours.

— Peut-être, mais Étoile Solitaire n'a plus besoin de son aide, à présent », rétorqua-t-il sans se retourner.

Son ton sans appel la fit bouillonner de rage.

« La rivalité entre les Clans est inévitable, ajouta-t-il. Nous avons bien fait d'aider le Clan du Vent lorsqu'il avait des ennuis, mais nous ne pouvons continuer à veiller sur lui.

— Stupide boule de poils ! » feula-t-elle à mi-voix.

Pourquoi avait-il fallu que les Clans se séparent ? Qu'était-il arrivé à la solidarité acquise pendant leur exode ? Elle enrageait de voir l'hostilité et la rivalité reprendre si vite le dessus. Comment survivraient-ils dans ce territoire inconnu s'ils ne pouvaient compter les uns sur les autres ?

Griffe de Ronce ramena la patrouille par un itinéraire différent afin de chasser en cours de route. Alors qu'elle s'était arrêtée un instant sous un chêne, Poil d'Écureuil repéra de nouveau l'odeur de blaireau. La trace était plus forte encore que la première fois, et toute fraîche.

« Griffe de Ronce, tu sens ça, toi aussi ? »

Le guerrier tacheté la rejoignit sous le chêne. Il posa à terre l'écureuil qu'il venait d'attraper et se passa la langue sur le museau avant d'inspirer profondément. L'inquiétude embrasa aussitôt ses prunelles ambrées.

« Un blaireau ! Tout près ! »

Poil d'Écureuil frissonna. Un blaireau ! Comme s'ils avaient besoin de ça. Plume de Faucon en avait déjà chassé un des terres du Clan de la Rivière ; le Clan du Tonnerre devait sans doute s'estimer heureux de ne pas en avoir croisé plus tôt.

« Il faudra faire quelque chose », murmura-t-elle.

Griffe de Ronce acquiesça. Les blaireaux représentaient une véritable menace, surtout pour les chatons, qu'ils n'hésitaient pas à dévorer. Quant aux guerriers, ils n'étaient pas à l'abri du danger : un blaireau pouvait tuer par pure sauvagerie, piétiner sa victime à mort ou la broyer entre ses puissantes mâchoires.

Poil d'Écureuil leur rappela que tous les blaireaux n'étaient pas cruels. C'était grâce à la prophétie de Minuit, le blaireau si sage qui vivait là où le soleil sombre dans l'eau, qu'ils avaient pu fuir la forêt à temps. Mais leur ami était unique en son genre. Ses congénères, eux, pouvaient s'avérer de terribles prédateurs.

« Il y a un problème ? » s'inquiéta Pelage de Granit, venu les rejoindre.

Il parlait avec difficulté à cause des souris qu'il tenait dans la gueule. D'un signe de la queue, Griffe de Ronce invita Perle de Pluie à les retrouver. Ce dernier venait d'attraper un merle. Le jeune guerrier approcha, l'air satisfait, une plume collée sur la truffe.

« Un blaireau – peut-être plus d'un, même – est passé par là, les avertit Griffe de Ronce. Nous devons enquêter avant de rentrer au camp.

— Tu veux dire qu'on doit suivre sa trace ? s'inquiéta Perle de Pluie. Tu es sûr ?

— Nous devons découvrir s'il a quitté notre territoire. Poil d'Écureuil, à ton avis, de quel côté est-il parti ? »

La jeune guerrière flaira le sol.

« Par là », fit-elle, la queue tendue.

Griffe de Ronce vint renifler l'odeur à son tour.

« Surtout, pas un bruit, dit-il. Nous ne devons pas nous faire repérer avant de savoir combien ils sont. Nous aviserons à ce moment-là. Heureusement, le vent joue en notre faveur. Il ne trahira pas notre présence. »

Les félins laissèrent leurs prises parmi les racines du chêne et les couvrirent de terre. Puis, Griffe de Ronce en tête, ils remontèrent la piste du blaireau.

La trace les entraîna au cœur de la forêt, vers la frontière du Clan de l'Ombre. Ici et là, des mottes de terre fraîchement retournées laissaient penser que l'animal avait cherché des larves. Poil d'Écureuil s'inquiéta pour son amie Pelage d'Or et le reste du Clan de l'Ombre. S'ils ne retrouvaient pas le blaireau sur leur territoire, il faudrait avertir Étoile de Jais.

Le fumet s'intensifia. La puanteur était telle qu'elle recouvrait les autres parfums de la forêt. Poil d'Écureuil frémit. Apparemment, le Clan de l'Ombre ne risquait rien : la bête était tout près.

Soudain, Griffe de Ronce se figea dans l'ombre d'un rocher, la queue levée pour ordonner aux autres de rester en arrière. Il grimpa sans un bruit sur le roc et jeta un coup d'œil de l'autre côté.

Aussitôt, il baissa la tête. Poil d'Écureuil s'avança en rampant afin de voir ce qui l'avait alerté.

Derrière le bloc de pierre, le sol plat, couvert de gravier, menait vers d'autres rochers gris et lisses. Entre deux rocs, un trou noir béait, flanqué de mottes de terre fraîchement retournées. Poil d'Écureuil faillit éternuer lorsqu'une odeur pestilentielle lui parvint du sol humide, un mélange de blaireau et de renard. *Il doit creuser son terrier dans une ancienne renardière,* se dit-elle.

Devant l'entrée, trois jeunes blaireaux se chamaillaient, poussant des cris stridents. Poil d'Écureuil regarda la scène, horrifiée, puis elle recula pour rejoindre Pelage de Granit et Perle de Pluie à l'abri du rocher.

« Il y a une famille entière ! cracha-t-elle. Par le Clan des Étoiles ! Dans quelques saisons, ils auront envahi tout le territoire !

— D'habitude, ils ne se déplacent jamais avec leurs petits, répondit Pelage de Granit, dérouté.

— Ils ont peut-être été contraints de quitter leur ancien terrier », suggéra Perle de Pluie.

Griffe de Ronce se laissa glisser du sommet du rocher et vint se tapir près de ses camarades.

« Nous ne pouvons rien faire avant de savoir combien d'adultes les accompagnent, miaula-t-il. Nous allons rester ici pour les surveiller. Ne faites rien sans mon accord. »

Les trois félins acquiescèrent, y compris Poil d'Écureuil. Pourtant, celle-ci bouillonnait de rage. De quel droit les traitait-il comme des apprentis à peine sortis de la pouponnière ?

« Les blaireaux sont des animaux nocturnes, poursuivit Griffe de Ronce. S'ils ont regagné leur terrier, nous ne pouvons pas faire grand-chose pour le moment. Personne ne se risquera à l'intérieur, ajouta-t-il avec un regard appuyé vers Poil d'Écureuil.

— Je ne suis pas stupide ! feula-t-elle.

— Je n'ai pas dit le contraire. Mais avec toi, on ne sait jamais. »

Pelage de Granit allait prendre la défense de la rouquine, mais elle lui intima le silence d'un mouvement de la queue.

« Laisse courir, marmonna-t-elle.

— Si nous découvrons qu'un seul adulte escorte les petits, nous attaquerons, prévint Griffe de Ronce. Nous ne pouvons pas les laisser s'installer sur notre territoire. À nous quatre, nous devrions être capables de faire fuir un blaireau. Après tout, Plume de Faucon a bien réussi à en chasser un tout seul. Il s'agit peut-être du même animal, d'ailleurs. »

La rouquine sentit ses poils se dresser à la mention du demi-frère de Griffe de Ronce.

« On risque de le faire fuir vers le territoire du Clan de l'Ombre, fit-elle remarquer.

— Dans ce cas, le Clan de l'Ombre devra s'en occuper, répliqua-t-il d'une voix froide. Nous devons d'abord protéger notre propre Clan.

— Et s'il y a plus d'un adulte ? s'enquit Pelage de Granit.

— Alors nous récolterons autant d'informations que possible avant d'aller faire un rapport à Étoile de Feu. Cachez-vous par ici, sans jamais perdre des yeux l'entrée du terrier. »

Poil d'Écureuil se dissimula dans les fougères. Les jeunes blaireaux se chamaillaient toujours devant le monticule de terre. Le soleil monta un peu plus dans le ciel. Elle se serait assoupie si la faim ne lui rongeait pas le ventre. L'écureuil partagé avec Pelage de Granit semblait bien loin. Elle repensa en salivant au tas de gibier qu'ils avaient laissé sous le chêne.

Alors qu'elle bâillait à s'en décrocher la mâchoire, elle dut refermer précipitamment la gueule en percevant une nouvelle odeur de blaireau. Les taillis à l'autre bout de la clairière frémirent. Une bête puissante, large d'épaules, pourvue d'un long museau zébré de blanc apparut. Lorsque la femelle blaireau avança d'un pas lourd, ses trois petits accoururent à sa rencontre. Elle ouvrit la gueule pour déposer au sol un tas de scarabées, que les petits dévorèrent en poussant des cris de joie stridents.

Griffe de Ronce bondit au sommet du rocher et poussa un feulement guerrier. La femelle leva aussitôt la tête et grogna, révélant deux rangs de dents jaunes acérées.

Le jeune guerrier feula de plus belle :

« À l'attaque ! »

D'un bond, il atterrit parmi les petits qui, apeurés, se dispersèrent en gémissant. Les yeux écarquillés, ils allèrent se tapir dans l'entrée du terrier.

Pelage de Granit jaillit de sa cachette, suivi de près

par Perle de Pluie. Poil d'Écureuil s'élança à son tour et se plaça près de Griffe de Ronce.

« Allez-vous-en ! Vous êtes sur notre territoire ! » cracha-t-elle aux blaireaux, tout en sachant qu'ils ne la comprendraient pas.

Griffe de Ronce se dressa pour entailler le museau du blaireau. La femelle fit un pas en arrière avant de lui asséner un coup de sa grosse patte, mais le matou esquiva l'attaque.

Poil d'Écureuil se rua en avant. Elle laboura le flanc de l'animal, qui se mit à saigner. La rouquine dut secouer violemment les pattes afin de déloger les touffes de fourrure noire coincées entre ses griffes. Elle baissa la tête pour éviter les mâchoires claquantes et recula d'un bond, au moment même où Pelage de Granit surgissait devant elle. Le blaireau tourna la tête d'un côté, puis de l'autre, ne sachant laquelle de ces cibles il devait attaquer en premier.

Trop facile, songea Poil d'Écureuil. *Il est trop lent, trop lourdaud !*

Elle poussa alors un cri de surprise lorsqu'une énorme patte blanche s'écrasa à une longueur de souris à peine de sa croupe. Si ce coup l'avait atteinte, il lui aurait brisé la colonne vertébrale. Secouée, tremblante, elle roula au sol pour se mettre à l'abri. Elle aurait voulu détaler jusqu'au camp, mais elle savait qu'ils ne pouvaient plus abandonner. Cette créature féroce ne devait pas s'installer sur leur territoire, ou alors plus personne ne serait en sécurité, du plus jeune des chatons jusqu'au guerrier le plus chevronné.

Alors qu'elle se relevait, elle vit Griffe de Ronce lacérer l'épaule du blaireau. Il chercha ensuite à le mordre à la gorge, mais la bête le repoussa en s'ébrouant. Il vola dans les airs et retomba lourdement au sol, inerte.

Poil d'Écureuil se rua sur lui, le ventre noué par la peur. Cependant, avant qu'elle l'ait rejoint, il secoua la tête comme s'il sortait de l'eau et, chancelant, il se remit sur ses pattes.

« Je vais bien », miaula-t-il d'une voix rauque.

Poil d'Écureuil changea de cap et se dirigea droit sur le blaireau. Dressée sur les pattes arrière, elle griffa sa truffe noire avant de viser ses petits yeux brillants. Pelage de Granit martelait de coups l'arrière-train de la bête. Il s'arc-bouta pour laisser de la place à Griffe de Ronce, qui mordit l'ennemi. Perle de Pluie, qui s'était agrippé à l'encolure de l'animal, lui déchirait l'oreille à coups de crocs.

Le blaireau avait eu son compte. D'une secousse, il se débarrassa de Griffe de Ronce et de Perle de Pluie, poussa un rugissement et, vaincu, tourna les talons. Gagnant de sa lourde démarche l'entrée de la renardière, il força du museau ses petits à se lever et les poussa devant lui pour fuir la clairière.

« Et ne revenez jamais ! » feula Pelage de Granit.

La femelle ne comprendrait pas ses paroles, mais la menace ne lui échapperait pas. Côte à côte, les quatre guerriers les regardèrent disparaître entre les arbres jusqu'à ce que les grognements furieux de la mère et les cris effrayés des petits s'estompent au loin.

« Bravo, vous vous êtes tous bien battus, haleta

Griffe de Ronce. Espérons que nous ne les reverrons plus.

— Et qu'il n'y en a pas d'autres », ajouta Pelage de Granit.

Le matou tacheté hocha la tête, avant de reprendre :
« Nous allons combler le terrier et monter la garde pour nous assurer qu'ils ne reviennent pas.

— Quoi ? Tout de suite ? protesta Poil d'Écureuil. Je suis épuisée, et mon estomac crie famine !

— Non, non, pas maintenant. Nous allons retourner au camp. D'autres guerriers s'occuperont du terrier. Et les patrouilles habituelles surveilleront la clairière.

— Le Clan des Étoiles soit loué ! soupira la rouquine. Allons chercher nos prises. »

Les quatre félins traversèrent la forêt en boitillant. Poil d'Écureuil sentait la morsure de nouvelles blessures venues s'ajouter aux égratignures qui lui restaient de son précédent combat.

« À ce rythme-là, je n'aurai bientôt plus de fourrure sur les os », grommela-t-elle.

Pelage de Granit s'approcha d'elle pour lécher affectueusement l'entaille qui lui zébrait l'épaule.

« Tu t'es bien battue, la félicita-t-il.

— Comme toi ! » Il était lui aussi bien amoché. Il saignait de l'arrière-train, d'une plaie où la fourrure avait été arrachée. Elle lui toucha l'oreille du bout de la truffe. « Je parie que ce blaireau regrette d'avoir posé la patte sur notre territoire ! » miaula-t-elle.

Elle imaginait la bête se frayant un passage dans les taillis, ses petits traînant derrière elle. L'espace d'un instant, elle partagea leur peur, et son cœur se serra.

Elle savait comme il était dur de perdre son foyer et de devoir partir au loin pour en trouver un nouveau.

J'espère qu'elle trouvera un endroit sûr pour ses petits, songea-t-elle. *Mais loin, très loin du Clan du Tonnerre.*

CHAPITRE 3

❧

« FEUILLE DE LUNE ! Feuille de Lune, que se passe-t-il ? C'est la troisième fois que je t'appelle. »

La jeune guérisseuse sursauta.

« Désolée, Museau Cendré. »

La chatte grise renifla les graines que triait Feuille de Lune.

« Qu'est-ce que c'est ?

— Des graines de pavot. »

Museau Cendré poussa un long soupir.

« Non, pas du tout, fit-elle. Ce sont des graines d'orties. Franchement, Feuille de Lune, qu'est-ce qu'il t'arrive, aujourd'hui ? »

La jeune chatte baissa la tête vers son ouvrage. Museau Cendré lui avait demandé d'apporter des graines de pavot à Étoile de Feu pour apaiser la douleur de son épaule déboîtée. Comment avait-elle pu commettre une telle erreur ? Les graines vertes, couvertes d'épines, qui auraient été utiles si Étoile de Feu avait mangé de la chair à corbeau, n'amélioreraient en rien sa souffrance.

« Je suis vraiment navrée, Museau Cendré.

— Il y a de quoi. Ce matin, je t'ai empêchée de justesse de mettre de la mille-feuille sur les tiques de Poil de Souris, au lieu de la bile de souris. Tu es certaine que tout va bien ? s'enquit la guérisseuse d'une voix plus douce. Tu n'as pas été blessée lorsque les guerriers du Clan de l'Ombre t'ont attaquée ?

— Non... non, tout va bien. »

Elle repensa aussitôt à la nuit de la bataille, lorsque deux guerriers du Clan de l'Ombre l'avaient chargée au sommet de la combe, avant de plonger dans le gouffre. Ils étaient morts, la nuque brisée. Suspendue dans le vide par ses griffes qui glissaient peu à peu, Feuille de Lune avait failli tomber avec eux. Seule, elle aurait péri. Elle sentait encore dans la peau de son cou la douce morsure qui lui avait été salutaire ; elle revoyait avec délice le regard intense de son sauveur lorsqu'il avait avoué qu'il l'aimait. *Plume de Jais !* Elle frémit de plaisir.

« Feuille de Lune, ça recommence ! »

Elle secoua la tête pour s'éclaircir les idées et retourna dans l'antre de Museau Cendré. Elle replaça les graines d'orties dans la fissure et en sortit des graines de pavot.

« Si tu as des soucis, j'aimerais que tu m'en parles, miaula Museau Cendré qui l'observait depuis le seuil. Le travail ne manque pas, avec toutes ces blessures à soigner. J'ai besoin de toi, Feuille de Lune. Tu es plus qu'une apprentie, désormais – tu devrais être capable d'accomplir seule les tâches d'une guérisseuse.

— Je sais. Je suis désolée. Tout va bien, je t'assure. »

Et c'était vrai. Tout allait pour le mieux, puisque Plume de Jais l'aimait ! Elle enveloppa les bonnes graines dans une feuille de hêtre et prit le paquet entre ses mâchoires. Elle salua son mentor d'un signe de tête avant de se frayer un passage dans le rideau de ronces qui masquait l'entrée de la tanière. D'un côté, elle aurait voulu se confier mais, de l'autre, elle savait qu'elle ne pourrait jamais révéler à qui que ce soit ses sentiments pour le guerrier du Clan du Vent. Les guérisseurs et les guérisseuses n'étaient pas censés tomber amoureux.

Elle escalada l'amas de rochers conduisant à la Corniche devant l'antre d'Étoile de Feu. De là-haut, elle vit Pelage de Poussière se faufiler à l'intérieur de la pouponnière pour rendre visite à Fleur de Bruyère et Petit Frêne. La patrouille partie ramener les corps au Clan de l'Ombre avait dû revenir sans encombre.

Feuille de Lune déposa son ballot à terre.

« Étoile de Feu ! lança-t-elle.

— Entre ! »

Elle se glissa dans l'étroite fissure, qui s'ouvrait au bout de quelques longueurs de queue sur une caverne à peine éclairée par la lumière venue de l'entrée. Le chef du Clan du Tonnerre était étendu tout au fond sur une litière de fougères et de mousse. Cœur d'Épines se trouvait près de lui. Étoile de Feu salua l'arrivée de sa fille d'un léger hochement de tête, avant de reporter son attention sur le guerrier au pelage brun doré.

« Alors tout s'est bien passé avec le Clan de l'Ombre ?

— Oui. Nous avons croisé une patrouille, menée par leur lieutenant, Feuille Rousse. Elle a aussitôt été chercher Étoile de Jais. Il prétend qu'il ignorait que ces deux guerriers soutenaient Griffe de Pierre. »

Étoile de Feu haussa les épaules, puis grimaça de douleur.

« C'est peut-être vrai, articula-t-il.

— Ensuite, ses guerriers ont emporté les corps pour les enterrer à l'extérieur de leur camp, conclut Cœur d'Épines. Et nous sommes revenus.

— Bravo, Cœur d'Épines. Je ne veux pas d'ennuis avec le Clan de l'Ombre. » Le rouquin marqua une pause avant d'ajouter : « Nous devrons surveiller nos paroles lors de la prochaine Assemblée. Pas besoin de donner à Étoile de Jais des motifs de nous en vouloir. Fais passer le mot au reste du Clan, d'accord ?

— Bien sûr, Étoile de Feu. »

Le guerrier se mit sur ses pattes et partit en saluant son chef d'une ondulation de la queue. Feuille de Lune alla déposer son paquet devant son père.

« Museau Cendré t'envoie ces remèdes. »

Étoile de Feu ramassa les graines d'un seul coup de langue.

« Merci, Feuille de Lune. Voilà qui m'apprendra à affronter deux guerriers en même temps.

— Tu devrais dormir, à présent. »

Des piétinements se firent entendre dans la clairière, comme si un groupe de chats s'était rassemblé sous la Corniche. La voix de Poil d'Écureuil retentit soudain :

« Étoile de Feu ! »

Le meneur jeta un coup d'œil amusé vers Feuille de Lune.

« Tant pis pour la sieste. La patrouille de Griffe de Ronce a dû revenir du Clan du Vent. »

Il se leva tant bien que mal et boitilla jusqu'à la sortie. Impatiente, Feuille de Lune le suivit. Elle aurait voulu se jeter au bas des rochers pour harceler sa sœur de questions. Avaient-ils vu Plume de Jais ? Qu'avait-il dit ? Avait-il été blessé dans la bataille ? Avait-il mentionné son nom… ?

Elle s'arrêta brusquement sur le seuil. Si elle posait une seule question, Poil d'Écureuil se douterait de quelque chose. Et sa sœur elle-même ne la comprendrait pas, si elle découvrait que Feuille de Lune avait enfreint le code du guérisseur en tombant amoureuse.

Griffe de Ronce et le reste de la patrouille attendaient dans la clairière, tandis que d'autres guerriers se rassemblaient autour d'eux pour entendre leur rapport. Feuille de Lune dévala les rochers et stoppa net en percevant les sentiments tourmentés de sa sœur. Poil d'Écureuil était plus bouleversée encore que le jour où elle s'était disputée avec Griffe de Ronce. Devant cette tornade d'émotions où la peur le disputait à la sympathie, la jeune guérisseuse sentit malgré elle sa fourrure se hérisser.

Elle se faufila entre Pelage de Poussière et Poil de Souris jusqu'à sa sœur.

« Qu'est-ce qu'il y a ? murmura-t-elle à son oreille. Que s'est-il passé ? »

Les griffes de la rouquine s'enfoncèrent furieusement dans la terre.

« Le Clan du Vent nous a traités comme si nous étions leurs ennemis jurés ! » feula-t-elle.

Feuille de Lune se tourna vers Griffe de Ronce, qui faisait son rapport à Étoile de Feu.

« À voir Plume Noire, on aurait pu croire qu'il mourait d'envie de nous arracher la fourrure, expliqua le guerrier tacheté. Comme si lui et son Clan avaient déjà oublié que nous les avions aidés à vaincre Griffe de Pierre il y a peu.

— Et pour Moustache ? le pressa Étoile de Feu. Est-ce qu'il s'est rendu à la Source de Lune ?

— Oui, il se nomme à présent Étoile Solitaire. Et il a bien reçu ses neuf vies. Mais son Clan ne semble plus vouloir être notre allié.

— Je l'ai déjà dit, le coupa Pelage de Granit. Ils doivent nous prouver qu'ils sont assez forts pour se passer de notre aide. »

Perplexe, Griffe de Ronce secoua la tête.

« À mon avis, ce n'est pas leur seule motivation.

— Et tu n'en vois pas d'autres ? l'interpella Pelage de Poussière, qui venait de prendre place près d'Étoile de Feu. Allez, Griffe de Ronce ! Tu ne risques pas d'être le guerrier le plus populaire parmi les membres du Clan du Vent. Tout le monde sait que Plume de Faucon t'a sauvé la vie à la fin de la bataille. Étoile Solitaire croit sans doute que ton frère et toi étiez de mèche depuis le début.

— Crotte de souris ! feula Griffe de Ronce. Étoile Solitaire a pardonné à tous ceux qui s'étaient levés contre lui, y compris Plume de Faucon. Et je me suis battu aux côtés du Clan du Vent. Étoile Solitaire ne peut m'en vouloir. »

Feuille de Lune se tourna à demi vers sa sœur. Naguère, la rouquine aurait volé au secours de Griffe de Ronce mais, à présent, elle le dévisageait durement.

Les yeux d'Étoile de Feu glissaient sans cesse de Griffe de Ronce à Pelage de Poussière.

« J'espère que Pelage de Granit a raison, soupira-t-il enfin. Et que le Clan du Vent souhaite simplement nous prouver qu'il a retrouvé sa vigueur d'antan. Le comportement de Plume Noire ne doit pas nous inquiéter. Les autres membres du Clan du Vent se seraient sans doute montrés plus amicaux. Lorsque mon épaule sera guérie, j'irai moi-même les trouver. »

Feuille de Lune échangea un regard stupéfait avec Poil d'Écureuil.

« Il devrait attendre l'Assemblée pour parler à Étoile Solitaire, murmura-t-elle.

— Tu peux toujours essayer de le convaincre », répondit Poil d'Écureuil.

Ce serait peine perdue, Feuille de Lune le savait. L'amitié entre Étoile de Feu et Étoile Solitaire remontait si loin que personne, pas même ceux qui avaient grandi au côté d'Étoile de Feu, n'oserait lui déconseiller de rendre visite à son vieil ami. Poil de Souris marmonna dans son coin :

« A-t-on jamais entendu idée aussi stupide ? Même un nouveau-né comprendrait que le Clan du Vent veut qu'on lui fiche la paix. »

Étoile de Feu s'apprêtait à regagner son antre lorsque Griffe de Ronce le rappela.

« Attends, nous ne t'avons pas encore parlé du blaireau.

— Quel blaireau ? répéta le rouquin en faisant volte-face, les yeux écarquillés. Sur notre territoire ?

— Plus maintenant, répondit le guerrier tacheté, avant de décrire la traque de la bête.

— Il avait commencé à creuser une ancienne renardière, ajouta Perle de Pluie. Et ils étaient quatre. Trois petits avec leur mère.

— Les petits étaient trop jeunes pour se battre, coupa Pelage de Granit. Mais la mère nous a donné du mal. »

Il se tortilla afin de lécher sa croupe à vif.

Poil d'Écureuil garda le silence tandis que Griffe de Ronce achevait le récit de leur combat. Feuille de Lune percevait chez sa sœur un mélange de crainte et de pitié. Elle comprenait pourquoi. Le Clan du Tonnerre avait lui aussi été chassé de chez lui. *Mais ces bois sont notre territoire, à présent,* se rappela-t-elle. *Nous ne pouvons les partager avec des blaireaux, encore moins s'ils sont quatre.*

Étoile de Feu parcourut son Clan du regard.

« Pelage de Poussière, emmène une patrouille jusqu'à la renardière. Vous comblerez le trou, s'il vous plaît. Que l'un de vous au moins monte la garde, au cas où le blaireau reviendrait. »

Pelage de Poussière fit signe à Perle de Pluie, qui pourrait lui indiquer le chemin, avant d'appeler Cœur Blanc et Flocon de Neige en renfort.

Étoile de Feu les regarda partir.

« Toutes les patrouilles devront rester sur leurs gardes, prévint-il. Cette famille essayera peut-être de revenir, et d'autres pourraient tenter de s'installer ici. Nous devons leur faire comprendre qu'ils ne sont pas les bienvenus », ajouta-t-il, la mine sombre.

Le clair de lune miroitait sur le torrent. La brise portait les parfums suaves de la saison des feuilles nouvelles à venir. Feuille de Lune contemplait le territoire du Clan du Vent. Soudain, une silhouette souple et sombre dévala la rive opposée – Plume de Jais. Il se jeta dans l'eau dans une gerbe étincelante, projetant entre ses pattes mille gouttes aux reflets de lune. La fourrure de son ventre effleura la surface, puis il se hissa hors de l'eau, tout près de Feuille de Lune. Son odeur enivra la jeune chatte tigrée.

« Plume de Jais, souffla-t-elle.

— Quoi ? »

En ouvrant les yeux, Feuille de Lune vit Museau Cendré sortir la tête de sa tanière.

« Tu as dit quelque chose ? » s'enquit son mentor.

D'un bond, la jeune guérisseuse quitta son nid et s'ébroua pour déloger les brins de mousse pris dans sa fourrure.

« Non, Museau Cendré. » Elle n'avait aucune envie qu'on l'interroge à propos de son rêve. « Tu as besoin de moi ?

— Je viens de vérifier nos réserves de remèdes, répondit la chatte grise. Nous allons bientôt manquer de...

— Je vais aller en ramasser, proposa Feuille de Lune. La saison des feuilles nouvelles n'est plus très loin, les plantes vont commencer à sortir du sol. Poil d'Écureuil m'a même indiqué où trouver du pas-d'âne.

— Bien. Il nous faudrait aussi des feuilles de souci et des prêles. Nous avons presque tout utilisé après le combat. Et rapporte tout ce que tu peux trouver d'utile.

— Entendu, Museau Cendré. »

Feuille de Lune avait hâte de quitter le camp pour se retrouver seule avec ses pensées. Elle traversa la clairière et s'engagea dans le tunnel d'aubépine.

Le soleil n'apparaissait pas encore au-dessus de la cime des arbres. L'herbe froide, baignée de rosée, caressait le ventre de la jeune guérisseuse. Elle remarqua à peine ce contact glacial tant elle était excitée. Elle força l'allure et fila comme l'éclair entre les arbres. Elle s'arrêta en entendant le gargouillis du torrent. Ses pas l'avaient conduite au cours d'eau qui séparait les territoires des Clans du Tonnerre et du Vent, près du lac, où les arbres poussaient aussi du côté du Clan rival. L'endroit lui semblait étrangement familier. Elle y était déjà venue, dans son rêve, et Plume de Jais l'avait rejointe.

Le silence régnait sur la rive déserte, où les arbres projetaient leurs ombres allongées sur l'eau. Immobile, Feuille de Lune scrutait les taillis de la berge opposée, à la fois apeurée et pleine d'espoir. Une patrouille du Clan du Vent se montrerait sans doute hostile en la trouvant si près de la frontière, mais si Plume de Jais apparaissait… Elle soupira. Elle n'avait même pas le droit d'espérer le voir.

En humant l'air, elle repéra le marquage de son propre Clan, et celui du Clan du Vent en face. Mais pas le parfum qui lui chavirait le cœur. Sa déception lui fit comprendre que, en son for intérieur, elle pensait le trouver près du torrent.

« Stupide boule de poils, marmonna-t-elle. Ce n'était qu'un rêve. »

Elle se crispa soudain ; des voix lui parvenaient d'un peu plus bas. Aussitôt, elle reconnut l'odeur du Clan du Tonnerre. Elle ne voulait pas croiser une patrouille si loin du camp. On lui demanderait ce qu'elle faisait là, et elle était trop perdue pour s'expliquer. Elle repéra un buisson de houx dont les branches tombaient jusqu'au sol et s'y faufila au moment même où la patrouille émergeait d'entre les arbres.

Jetant un coup d'œil à travers les feuilles piquantes, la jeune chatte tigrée constata que Poil de Fougère commandait la patrouille. Il passa devant elle, suivi de Pelage de Suie et Nuage Ailé, avant de marquer une halte pour demander à son apprentie ce qu'elle flairait. Feuille de Lune se figea.

« Le Clan du Vent, répondit la novice. Et le nôtre, évidemment. Un renard a dû passer par là, hier, sans doute. Aucun signe de blaireau, par contre.

— Bravo, la félicita son mentor. À ce rythme-là, tu recevras bientôt ton nom de guerrière. »

La queue en panache, Nuage Ailé suivit fièrement son mentor et Pelage de Suie le long du cours d'eau. Feuille de Lune se détendit. Au milieu des autres odeurs du Clan du Tonnerre, l'apprentie ne l'avait pas repérée. Lorsque la patrouille eut disparu, elle tenta de s'extirper de sa cachette et fut aussitôt assaillie par un parfum douloureusement familier.

« Feuille de Lune, mais qu'est-ce que tu fiches là-dessous ? »

En se relevant, elle croisa le regard étonné de son amie, Poil de Châtaigne.

« Je cherche des baies, miaula-t-elle sans grande conviction.

— Des baies de houx ? Je pensais que c'était du poison.

— Oui, c'est vrai. Je cherchais… euh… d'autres baies, en fait. »

Poil de Châtaigne dressa la queue. Ses yeux brillaient, malgré ses traits fatigués.

« Feuille de Lune, j'ai quelque chose à te dire », déclara-t-elle.

Horrifiée, la jeune guérisseuse dévisagea son amie. Avait-elle deviné, pour Plume de Jais ?

« On trouve de bons remèdes, par ici », balbutiat-elle, s'efforçant de dissimuler sa panique. Elle devait lui faire croire qu'elle était venue là en mission, et pour nulle autre raison. « J'y viens toujours quand…

— Feuille de Lune, écoute-moi ! J'attends des chatons ! »

La fierté, l'impatience et une trace de peur brillaient dans les yeux de la guerrière. *Cervelle de souris !* se tança Feuille de Lune. *Et tu te dis guérisseuse ?*

Un ronronnement de joie monta dans sa gorge.

« Ils sont de Poil de Fougère ? » s'enquit-elle.

La chatte écaille et le guerrier au pelage brun doré étaient inséparables depuis leur arrivée près du lac.

Poil de Châtaigne confirma d'un hochement de tête.

« Je ne le lui ai pas encore dit. Je voulais d'abord en être sûre. Oh, Feuille de Lune, je sais qu'il fera un père formidable.

— J'en suis certaine, répondit-elle en pressant son museau contre celui de son amie. Et toi, tu feras une mère extra.

— Je l'espère, fit la guerrière, tête baissée. J'ai un peu peur, mais je sais que je ne risque rien si tu es là pour veiller sur moi.

— Je ferai de mon mieux », lui assura Feuille de Lune, qui s'efforça de ne pas grimacer en entendant les louanges de son amie. Ces derniers temps, elle ne les méritait pas. « Imagine, Poil de Châtaigne, tes chatons seront les premiers à naître sur notre nouveau territoire ! Tu seras la première reine à utiliser la pouponnière. »

Poil de Châtaigne battit des cils, tout heureuse. Un bruit de pas les fit se retourner. Poil de Fougère était venu voir ce qui retenait sa compagne.

« Tout va bien ? lui demanda-t-il en venant lui lécher les oreilles.

— Très bien. Je suis juste un peu fatiguée.

— Viens par là, dit-il, la queue tendue vers l'amont du torrent. Nous avons trouvé un coin ensoleillé sous un arbre. Tu pourras te reposer, et nous, on testera les talents de chasseur de Nuage Ailé. »

Il était si prévenant qu'il avait dû deviner le secret de sa compagne, se dit Feuille de Lune. D'ailleurs, bientôt, la guerrière ne pourrait plus le cacher. Son ventre s'arrondissait déjà.

Poil de Châtaigne s'appuya un instant contre l'épaule du guerrier, puis pressa sa truffe à celle de Feuille de Lune.

« À plus tard. J'espère que tu trouveras tes baies. »

La guérisseuse les regarda remonter le cours du torrent, fourrure contre fourrure, jusqu'à ce qu'ils disparaissent entre les arbres. Son cœur se gonfla d'un sentiment étrange, mêlé de joie et de peine. Elle était heureuse pour son amie, mais elle l'enviait, aussi. Poil de Fougère et elle venaient d'entrer dans un monde qu'une guérisseuse ne connaîtrait jamais.

En devenant l'apprentie de Museau Cendré, Feuille de Lune savait à quoi elle renonçait. Cependant, elle n'avait jamais réfléchi aux conséquences. À l'époque, elle ignorait qu'on pouvait se languir de quelqu'un comme elle se languissait de Plume de Jais. Et maintenant, Poil de Châtaigne comptait sur elle pour la panser lorsque ses petits naîtraient. Ses devoirs l'accaparaient suffisamment. Il n'y avait pas de place dans sa vie pour des sentiments interdits.

« Tu es une guérisseuse, se dit-elle. Et Plume de Jais, un guerrier d'un Clan rival. Arrête de penser à lui. Arrête de *rêver*. »

Tête basse, elle s'éloigna du torrent sans un regard pour le territoire du Clan du Vent, et partit à la recherche de pas-d'âne.

CHAPITRE 4

À GRANDS COUPS DE GRIFFES, Poil d'Écureuil arracha des lambeaux de mousse du tronc d'un chêne. Elle en fit une boule afin de la rapporter au camp. Un quart de lune était passé depuis la bataille contre Griffe de Pierre et ses partisans. Le Clan commençait enfin à se remettre de ses blessures et le souvenir du complot s'effaçait peu à peu des mémoires.

Griffe de Ronce avait débuté ses séances d'entraînement. De son côté, Tempête de Sable avait insisté pour que chaque guerrier contribue aux tâches habituellement réservées aux apprentis. Poil d'Écureuil aurait préféré aller chasser ou explorer le territoire plutôt que de changer la litière des anciens, mais la mission n'était pas trop pénible lorsqu'on l'accomplissait en bonne compagnie.

Elle jeta un regard malicieux vers Pelage de Granit, qui récoltait la mousse d'un autre arbre, et jeta sa récolte sur lui. La boule atterrit en plein dans son dos et explosa, le couvrant de brins vert sombre.

Le guerrier gris fit volte-face.

« Hé ! » protesta-t-il.

Les yeux pétillants, il ramassa sa propre boule pour riposter. Elle esquiva l'attaque en filant derrière l'arbre... et le projectile percuta de plein fouet Griffe de Ronce.

« Que se passe-t-il ? gronda le guerrier tacheté. Qu'est-ce que vous faites ?

— On ramasse de la mousse pour les anciens », répondit Poil d'Écureuil.

Elle avait beau regretter leur amitié perdue, elle lui en voulut d'arriver au moment précis où elle avait arrêté de travailler.

Pelage de Granit contourna l'arbre la gueule pleine de mousse, et s'arrêta net en voyant Griffe de Ronce.

« Vous ramassez de la mousse ? Je vois ça. » Du bout de la queue, il balaya un brin de verdure de l'épaule de Pelage de Granit. « Et tu comptes la porter sur ton dos ?

— On s'amusait un peu, c'est tout, répondit le guerrier gris après avoir déposé son fardeau.

— Vous vous amusiez un peu ? Moi, j'appelle ça perdre son temps. Vous ne voyez donc pas qu'il y a beaucoup à faire ?

— D'accord, d'accord, fit Poil d'Écureuil. Pas besoin de nous traiter comme des novices paresseux.

— Alors arrêtez de vous comporter comme tels, rétorqua-t-il, une lueur de colère dans ses yeux ambrés. Un guerrier doit faire passer son Clan avant tout. »

Poil d'Écureuil vit rouge.

« Tu crois qu'on ne le sait pas, peut-être ? cracha-t-elle. Pour qui tu te prends ? Pour le nouveau lieutenant ?

— Du calme, intervint Pelage de Granit avant d'enfouir son museau dans l'épaule de Poil d'Écureuil, qui luttait pour contrôler sa fureur. Écoute, Griffe de Ronce, on s'occupe de la mousse, d'accord ? Pas besoin de la harceler.

— Entendu, répondit le matou tacheté, les oreilles frémissantes. Mais faites vite. Quand vous aurez changé la litière des anciens, apportez-leur à manger. »

Sans attendre de réponse, il fila vers le camp.

« Fais-le toi-même ! » hurla Poil d'Écureuil.

Elle ne voyait qu'une explication au comportement de Griffe de Ronce : il lui en voulait parce qu'elle se méfiait de Plume de Faucon.

S'il l'entendit, il n'en laissa rien paraître. Il poursuivit son chemin et disparut entre les frondes des fougères.

« Ne t'énerve pas, miaula Pelage de Granit. Il veut simplement s'assurer de la bonne marche du Clan. Nous sommes tous sous pression depuis qu'il n'y a plus qu'une seule apprentie.

— Il ferait mieux de s'y mettre, lui aussi, au lieu de passer son temps à donner des ordres à tort et à travers, grommela la rouquine. S'il croit que je vais ramasser de la mousse pour ses beaux yeux, il peut toujours rêver ! Je vais chasser. »

Sur ces mots, elle fila dans les sous-bois. Son camarade l'appela, mais elle était trop furieuse pour ralentir. D'un côté, elle brûlait de se jeter sur Griffe de Ronce pour effacer la grimace méprisante qu'il affichait tandis que, de l'autre, le remords la déchirait. Chaque fois que Griffe de Ronce et elle se parlaient, ils semblaient s'enfoncer un peu plus profondément dans un abysse de colère et de méfiance. Pourraient-ils un jour se réconcilier ?

Toute à ses pensées, elle remarqua à peine où la menait sa course folle et ne vit que trop tard le roncier qui lui barrait la route. En tentant de l'éviter, elle tomba tête la première dans les épines.

« Crotte de souris ! » cracha-t-elle.

Tandis qu'elle se débattait pour se libérer, des épines se prirent dans sa fourrure. Quel embarras si Griffe de Ronce ou Pelage de Granit la voyait dans cette posture ! Elle planta ses griffes dans le sol, tira de toutes ses forces et parvint enfin à s'extirper des ronces, où des touffes de fourrure rousse restèrent accrochées.

Elle se releva péniblement. Les arbres qui l'entouraient – de gros troncs gris couverts de mousse et de lierre, plus denses que dans les bois bordant le camp – ne lui disaient rien du tout.

« Poil d'Écureuil ! Attention ! »

L'alerte de Pelage de Granit la fit pivoter, la fourrure hérissée. Juste derrière le roncier s'étendait une clairière semée de feuilles mortes. Le cœur de la rouquine s'emballa lorsqu'elle repéra la gueule pointue, au pelage brun-roux, qui apparaissait entre les branches des épineux. Frappée d'horreur, elle regarda le renard sortir lentement des fourrés, les babines retroussées et les yeux luisant de faim.

« Recule doucement », lui conseilla Pelage de Granit.

Pétrifiée, Poil d'Écureuil s'efforça néanmoins de faire un pas en arrière. Aussitôt, le renard bondit. La guerrière leva ses griffes pour se défendre mais, au même moment, un éclair gris vint s'interposer entre elle et son adversaire. Pelage de Granit frappa le museau de l'ennemi de ses deux pattes avant en poussant un feulement. Guère impressionné, le renard resta en position au milieu de la clairière. Puis il se jeta sur le guerrier, les mâchoires claquantes. Poil d'Écureuil lui sauta dessus et lui taillada le visage. La bête, dressée sur ses pattes arrière, la repoussa de toutes ses forces. La guerrière percuta le sol avec tant de violence qu'elle en eut le souffle coupé. Lorsqu'elle se releva, elle vit que Pelage de Granit, à terre, martelait de ses pattes arrière le ventre du renard, qui cherchait à lui mordre la gorge.

Poil d'Écureuil bondit de plus belle, griffes tendues. Le renard délaissa un instant Pelage de Granit pour lui faire face. La rouquine s'aperçut que son camarade tentait de s'éloigner en rampant dans son propre sang. Le renard profita de la distraction de la guerrière et l'attaqua. Ses crocs se refermèrent sur son épaule. Tout en poussant un cri de douleur, elle laboura le museau de la bête. L'appel de Pelage de Granit lui parvint à peine : « Poil d'Écureuil, cours ! » Le renard ne voulait pas lâcher prise. Furieuse, terrifiée, Poil d'Écureuil se débattit avec l'énergie du désespoir.

Le renard la secoua si fort que les dents de la jeune guerrière s'entrechoquèrent. Elle pendait à présent mollement dans la gueule du prédateur, et sentait ses forces la quitter. Un voile noir glissa devant ses yeux. Soudain, elle entendit un cri rageur, tout près. Les mâchoires du renard s'ouvrirent d'un coup ; elle tomba au sol. L'espace d'un instant, elle resta inerte parmi les feuilles ; des grondements retentissaient au-dessus de sa tête.

Hoquetant pour reprendre haleine, elle se leva tant bien que mal. La forêt tourbillonna autour d'elle. Lorsque sa vision s'éclaircit, elle constata que Griffe de Ronce les avait rejoints. La fourrure du guerrier était si gonflée qu'il paraissait deux fois plus gros. Ses coups de griffes et de crocs forçaient peu à peu le renard à reculer entre les arbres. Pelage de Granit combattait à son côté, tremblant mais déterminé. Poil d'Écureuil poussa un cri de guerre et avança d'un pas incertain pour les aider. À la vue de ce troisième adversaire, le renard battit en retraite et disparut dans les fourrés. Les fougères frémirent sur son passage, puis le silence revint.

« Merci, Griffe de Ronce, haleta Pelage de Granit. Comment as-tu su que nous avions des ennuis ?

— Je vous ai entendus, répondit le matou tacheté, furieux. Par le Clan des Étoiles, qu'est-ce que vous êtes venus faire ici ? Vous savez bien que nous n'avons pas encore exploré en profondeur cette zone du territoire. Je pensais que, après la découverte du blaireau, vous vous montreriez plus prudents ! »

Poil d'Écureuil était si excédée que les mots lui manquèrent. De tous les guerriers du Clan, pourquoi avait-il fallu que ce soit Griffe de Ronce qui leur vienne en aide ? Le pire, c'était qu'il avait raison. Elle n'aurait pas dû filer à l'aveuglette dans la forêt, sans regarder où elle allait. Pourtant, cela ne lui donnait nullement le droit de se montrer si odieux.

« C'est quoi, ton problème ? cracha-t-elle.

— On voulait chasser, expliqua Pelage de Granit, coupant la parole à sa camarade. Désolé, on s'est éloignés plus que prévu. »

Griffe de Ronce le foudroya du regard.

« Finalement, c'est une bonne chose qu'on ait croisé ce renard, fit remarquer Poil d'Écureuil. Le Clan gagne à connaître ses ennemis.

— Et qu'aurait gagné le Clan, si vous vous étiez fait tuer, tous les deux ? gronda-t-il. Pour l'amour du Clan des Étoiles, réfléchissez un peu, la prochaine fois. »

Il s'approcha de Pelage de Granit pour renifler sa blessure à la gorge. Poil d'Écureuil constata, soulagée, qu'elle ne saignait presque plus. L'entaille avait l'air profonde, mais pas mortelle.

« Tu ferais mieux de retourner au camp. Museau Cendré doit t'examiner, conseilla-t-il. Et toi aussi, Poil d'Écureuil. Ces griffures ne sont pas belles à voir. »

La rouquine se tordit le cou pour inspecter ses flancs et ses épaules. Plusieurs touffes de fourrure manquaient ici et là, et du sang perlait de la morsure infligée par le renard. Cette plaie la faisait horriblement souffrir, et le moindre de ses muscles l'élançait. Elle n'aspirait qu'à rejoindre le camp, où l'attendaient une bouchée d'herbes apaisantes et son nid moelleux sous le buisson d'aubépine. Cependant, ils ne pouvaient rebrousser chemin sans tenter de localiser le terrier du renard.

« Et si on remontait sa trace, histoire de s'assurer qu'il n'a pas élu domicile dans le coin ? suggéra-t-elle d'un ton froid qui dissimulait son feu intérieur. Mieux vaut en apprendre le maximum avant de faire notre rapport à Étoile de Feu.

— Bonne idée, convint Pelage de Granit. Ce renard était bien maigre et désespéré, comme si des ennemis plus forts lui volaient son gibier. Il n'en est que plus dangereux. S'il vit sur notre territoire, nous devrons trouver un moyen de nous débarrasser de lui. »

Griffe de Ronce hésita un instant puis acquiesça :

« D'accord, suivons-le. »

Il s'engagea le premier dans les fourrés où le prédateur avait disparu.

« Quelle infection ! » s'écria Pelage de Granit en fronçant le nez.

Griffe de Ronce les entraîna au cœur de la forêt, sur la piste du renard. Ils traversèrent l'ancien sentier de Bipèdes qui menait à la combe rocheuse avant de continuer de l'autre côté, dans les bois. Lorsque les arbres se raréfièrent, laissant place à la lande, la trace du renard se mêla bientôt à une odeur féline. Un cours d'eau gargouillait non loin.

Griffe de Ronce marqua une halte.

« C'est la frontière qui nous sépare du Clan du Vent, annonça-t-il.

— Si le renard est passé sur leur territoire, ce n'est plus notre problème, répondit Pelage de Granit.

— N'en sois pas si certain, soupira Griffe de Ronce en regardant de-ci, de-là. Essayons au moins de trouver sa tanière.

— Elle doit être sur le territoire du Clan du Vent, cervelle de souris », marmonna Poil d'Écureuil tout en se joignant à la recherche.

Elle suivit la frontière sur quelques longueurs de queue, d'un côté puis de l'autre, avant d'aller voir sous les arbres.

Lorsque les trois félins se retrouvèrent un peu plus tard, aucun d'eux n'avait repéré la renardière.

« On dirait qu'il a bel et bien franchi la frontière. Ce n'est plus notre problème, mais celui du Clan du Vent, à présent, miaula Poil d'Écureuil.

— Étoile de Feu ne l'entendra sans doute pas de cette oreille, les mit en garde Griffe de Ronce. Il voudra prévenir Étoile Solitaire. »

Poil d'Écureuil savait qu'il avait raison. La rencontre tendue entre les patrouilles des Clans du Vent et du Tonnerre quelques jours plus tôt n'avait rien changé à l'amitié qui liait son père à son vieil ami. De plus, même si le renard avait traversé la frontière, les guerriers du Clan du Tonnerre demeuraient en danger.

« D'accord, fit-elle. Rentrons au camp pour avertir Étoile de Feu. »

Allongée dans l'entrée de la tanière de Museau Cendré, Poil d'Écureuil serrait les dents pendant que Feuille de Lune tapotait ses plaies avec des feuilles de souci mâchées. Non loin, Museau Cendré appliquait des toiles d'araignées sur la blessure de Pelage de Granit. Comme il se crispait de douleur, Poil d'Écureuil le couva d'un regard empreint de sympathie.

« Ça devrait aller, dit la guérisseuse au blessé. Ménage-toi pendant quelques jours. Et viens nous montrer tes blessures tous les matins : les plaies ne doivent pas s'infecter.

— Tu disais que le renard était passé du côté du Clan du Vent ? » demanda Feuille de Lune à sa sœur.

La jeune chatte tigrée semblait inquiète. Poil d'Écureuil s'en étonna. Pourquoi s'en faire alors que le prédateur n'avait pas élu domicile sur leurs terres ?

« En effet, confirma-t-elle en grimaçant lorsque le suc de la plante pénétra la morsure du renard.

— Tu n'aurais pas vu des guerriers du Clan du Vent, par hasard ? » s'enquit la jeune guérisseuse.

La rouquine perçut l'embarras de sa sœur, ainsi qu'une autre émotion qu'elle ne put identifier.

« Comme Plume de Jais, par exemple ? poursuivit Feuille de Lune.

— Non. Si on avait croisé une patrouille, on l'aurait avertie pour le renard, cervelle de souris. Ce qui nous aurait évité d'y retourner. »

Poil d'Écureuil connaissait d'avance les mesures que prendrait son père lorsqu'il aurait entendu le rapport de Griffe de Ronce.

« Au fait, pourquoi Plume de Jais, en particulier ? » s'enquit la rouquine.

Feuille de Lune prit son temps pour choisir des feuilles de souci dans le tas avant de répondre :

« Oh, comme ça, miaula-t-elle finalement. Je sais que c'est ton ami.

— Mon ami, c'est beaucoup dire, rétorqua Poil d'Écureuil. Je ne pense pas qu'il apprécie la compagnie – surtout depuis la mort de Jolie Plume. Il l'aimait de tout son cœur. Elle doit lui manquer terriblement.

— J'imagine », articula Feuille de Lune en s'étranglant.

Inquiète, sa sœur leva les yeux vers elle, mais la guérisseuse s'était penchée pour mâcher une autre feuille.

Pelage de Granit cracha de douleur lorsque Feuille de Lune lui appliqua sans ménagement la pulpe de souci sur sa patte arrière blessée. Poil d'Écureuil cilla, étonnée. Sa sœur était bien plus délicate, d'habitude !

Les ronces qui masquaient l'entrée frémirent. Étoile de Feu apparut, suivi de près par Griffe de Ronce.

« Griffe de Ronce m'a dit que je vous trouverais là, déclara le meneur. J'ai décidé d'aller prévenir Étoile Solitaire de la présence du renard. Je veux que vous m'accompagniez. »

Pourtant, on n'a pas prévenu le Clan de l'Ombre pour le blaireau, songea Poil d'Écureuil.

Museau Cendré releva aussitôt la tête.

« Je ne pense pas...

— Je sais ce que tu vas dire, la coupa Étoile de Feu. Mais mon épaule va mieux, à présent, et ma décision est prise.

— Ce n'est pas du tout ce que j'allais dire, riposta la guérisseuse. Ces guerriers sont blessés, ils ont besoin de repos.

— Et moi, j'ai besoin qu'ils témoignent devant Étoile Solitaire.

— Ils peuvent très bien te rapporter ce qu'ils ont vu, charge à toi de le répéter à ton ami, s'entêta Museau Cendré.

— Attendez un peu, intervint Poil d'Écureuil en se levant. Et si vous nous demandiez notre avis ? Je pense être en état d'aller voir le Clan du Vent. Et toi, Pelage de Granit ?

— Moi aussi. »

Le guerrier gris se leva à son tour et vint se placer près de la rouquine. Le regard d'Étoile de Feu glissa de l'un à l'autre.

« Oui, vous m'avez l'air en forme. Vous pourrez vous reposer à notre retour.

— Et si vous vous retrouvez mêlés à un autre combat ? insista Museau Cendré.

— Aucun risque. Les membres du Clan du Vent sont nos amis. »

Museau Cendré feula avant de s'enfoncer dans son antre, la queue secouée de sursauts nerveux.

« Elle ressemble de plus en plus à Croc Jaune », murmura Étoile de Feu avec chaleur.

Le temps qu'Étoile de Feu mène sa patrouille jusqu'à la frontière du Clan du Vent, le soleil commençait à rougeoyer à l'horizon. L'endroit était désert. Même l'odeur de la dernière patrouille du Clan du Vent semblait ténue. Poil d'Écureuil eut du mal à la distinguer parmi les riches fumets de lapin qui lui parvenaient de la lande. Elle se souvint tout à coup qu'elle n'avait rien mangé depuis le matin. Elle repéra bientôt trois lapins sautillant dans l'herbe.

« À croire qu'ils savent qu'on n'a pas le droit de les chasser, gémit-elle à l'oreille de Pelage de Granit.

— Je sais, fit ce dernier en remuant les moustaches. Imagine ce que dirait Étoile Solitaire s'il nous surprenait à chasser sur son territoire ! »

Ils atteignirent bientôt un petit ruisseau qui cascadait à flanc de colline. Quelques arbustes épineux rabougris poussaient sur les rives. Les quatre guerriers commencèrent à gravir la pente menant au camp du Clan du Vent sans voir le moindre félin. Puis Poil d'Écureuil aperçut la silhouette d'un guerrier solitaire qui montait la garde sur la crête. Le matou pivota aussi sec et disparut. Peu après, Étoile Solitaire surgit des buissons épineux qui ceinturaient la combe et les attendit. Plume Noire et Plume de Jais l'accompagnaient, impavides.

« Étoile de Feu, miaula Étoile Solitaire en inclinant poliment la tête. Que faites-vous sur le territoire du Clan du Vent ? »

Son ton était courtois. Il s'adressait à Étoile de Feu d'égal à égal, la tête fièrement levée et le regard fixe. Comment croire que c'était le même chat qui avait imploré l'aide du rouquin lorsque Étoile Filante l'avait désigné comme son successeur ?

« Nous sommes venus prendre de vos nouvelles, répondit le meneur du Clan du Tonnerre. Je me serais manifesté plus tôt si ma blessure à l'épaule ne m'avait retenu.

— Le Clan du Vent se porte bien. Pourquoi en irait-il autrement ? »

Poil d'Écureuil en resta bouche bée. Il osait poser une telle question alors que la rébellion de Griffe de Pierre remontait à un quart de lune à peine !

Étoile de Feu regarda un instant Plume Noire, qui se tenait devant la barrière d'ajoncs. Puisque le principal intéressé était à portée d'oreille, Poil d'Écureuil devinait que son père rechignait à dire tout haut que certains traîtres faisaient toujours partie de son Clan.

Étoile Solitaire plissa les yeux.

« Tous les membres de mon Clan jusqu'au dernier savent que le Clan des Étoiles m'a choisi pour être leur meneur. Il n'y aura plus de troubles. Tu n'as pas besoin de veiller sur moi comme si j'étais un chaton sans défense.

— Ce n'est pas mon intention, protesta Étoile de Feu. Nous avons également des nouvelles pour vous. Griffe de Ronce, raconte-lui ce qui s'est passé aujourd'hui. »

Le matou tacheté vint prendre place près de son chef.

« Ces deux-là, dit-il en désignant Poil d'Écureuil et Pelage de Granit d'un battement de queue, ont débusqué un renard.

— Un jeune mâle, précisa Pelage de Granit. L'un des plus gros que j'aie jamais vu.

— À nous trois, nous avons réussi à le faire fuir, expliqua Griffe de Ronce, mais il a franchi la frontière de notre territoire pour passer dans le vôtre. Nous pensons que sa tanière doit être...

— ... parmi les rochers au pied de la colline, compléta Étoile Solitaire. Mes guerriers l'ont déjà repéré. On le surveille. Ne vous en faites pas.

— Il est plus féroce que la plupart de ses congénères, le mit en garde Griffe de Ronce. Regarde les blessures qu'il a infligées à Poil d'Écureuil et Pelage de Granit.

— Ça, tu l'as dit ! murmura la rouquine, qui grimaça en faisant jouer les articulations de ses épaules.

— Le Clan du Vent pourra s'en occuper, insista Étoile Solitaire. Maintes saisons ont passé depuis que le Clan de l'Ombre nous a chassés de notre ancien territoire. Pourtant, beaucoup considèrent toujours le Clan du Vent comme le plus faible. À t'entendre, nous sommes à peine capables de nous nourrir. Mais mon Clan est aussi puissant que les autres, à présent, et nous le prouverons. Nous n'avons besoin de l'aide de *personne.* »

Étoile de Feu baissa la tête, peiné. Poil d'Écureuil aurait donné n'importe quoi pour être ailleurs, pour ne pas voir un des plus vieux alliés de son père rejeter son amitié.

« Le Clan du Vent a joué son rôle tout autant que les autres dans la quête de nos nouveaux territoires, poursuivit le nouveau chef. Nous ne devons rien à personne. »

De justesse, la rouquine se retint de hurler : « Mensonge ! Sans le Clan du Tonnerre, le Clan du Vent serait mort dans la forêt, tous ses membres enlevés jusqu'au dernier par les Bipèdes ou tués par leurs monstres gigantesques ! »

Étoile de Feu releva la tête.

« Si nous t'avons offensé, j'en suis désolé », déclarat-il d'un ton égal. D'un mouvement de la queue, il donna le signal du départ. « Au revoir, Étoile Solitaire. Nous nous reverrons à l'Assemblée.

— Veux-tu qu'une patrouille les suive jusqu'à la frontière ? demanda Plume Noire.

— Non. Ce ne sera pas nécessaire. »

Sans un mot de plus, il pivota pour se fondre dans les taillis. Étoile de Feu contempla l'endroit où il avait disparu jusqu'à ce que les feuilles aient cessé de s'agiter. Puis, en silence, il se lança dans la descente. Poil d'Écureuil allait le suivre lorsqu'elle entendit qu'on l'appelait doucement. Jetant un regard en arrière, elle constata que Plume de Jais se tenait toujours dans l'ombre des buissons.

« Poil d'Écureuil, je voulais te demander... »

Plume Noire pointa le museau hors des feuillages.
« Plume de Jais ! feula-t-il.

— J'arrive tout de suite ! Poil d'Écureuil, écoute... »
Mais Étoile de Feu s'était arrêté au pied de la pente.
« Poil d'Écureuil, viens immédiatement !

— Cela ne peut pas attendre jusqu'à l'Assemblée ?
miaula la rouquine en réponse au guerrier gris sombre.
Je dois filer. »

Déçu, Plume de Jais recula d'un pas, la queue basse.
« D'accord. »

Plume Noire l'appela de nouveau. Plume de Jais jeta
un ultime regard en direction de Poil d'Écureuil, puis
se détourna.

La jeune guerrière bondit vers ses camarades. Elle
ne s'était toujours pas remise de la façon dont Étoile
Solitaire s'était adressé à son père. Elle comprenait
qu'un chef souhaite que son Clan soit fort et indépendant, mais il ne pouvait tout de même pas prétendre
ne rien devoir à Étoile de Feu, si ?

Si Étoile Solitaire le prend comme ça, très bien, se dit-
elle en rejoignant les autres. *Nous n'avons jamais rien
gagné à être ses alliés. Il finira par le regretter, lorsqu'il
aura de nouveau besoin de notre aide.*

CHAPITRE 5

☘

Un disque de lumière blanche, reflet troublé de la lune, dansait à la surface du lac. Les étoiles de la Toison Argentée étincelaient sur le manteau noir de la nuit. *Le Clan des Étoiles doit être content de nous, de voir que nous nous habituons peu à peu à notre nouvelle vie,* se dit Poil d'Écureuil en suivant sa sœur le long de la rive. Des frissons d'excitation la parcouraient à l'idée qu'elle allait assister à sa première Assemblée sur l'île. Elle avait hâte de franchir l'arbre foudroyé et de partir en exploration.

Étoile de Feu avançait en tête, escorté par Pelage de Poussière, Tempête de Sable et Flocon de Neige. Pelage de Granit et Patte d'Araignée suivaient juste derrière. Museau Cendré, Bouton-d'Or et Poil de Fougère venaient ensuite. Griffe de Ronce, qui fermait la marche, lançait des regards furtifs alentour comme s'il craignait une attaque.

Sa prudence rappela à Poil d'Écureuil combien la relation entre les Clans du Vent et du Tonnerre avait évolué. Pour atteindre l'arbre-pont, ils devaient passer par le territoire d'Étoile Solitaire. Et Poil d'Écureuil ne se rappelait pas qu'ils lui aient officiellement demandé la permission de le faire.

« C'était bien plus simple aux Quatre Chênes, miaula-t-elle à Feuille de Lune, soudain nostalgique. Là-bas, on n'avait pas besoin de traverser un autre territoire pour se rendre aux Assemblées.

— Ne t'inquiète pas, personne ne cherchera la bagarre un soir d'Assemblée.

— Je n'en suis pas si sûre. À quel moment commence la trêve ? Dès que nous nous mettons en route ou seulement lorsque nous arrivons sur l'île ? »

Feuille de Lune secoua la tête, incapable de répondre.

Ils cheminaient sur la rive ombragée, avec d'un côté le lac scintillant, de l'autre les pentes abruptes de la lande. Poil d'Écureuil restait sur le qui-vive. Plus ils approchaient du territoire des chevaux, plus l'odeur du Clan du Vent s'intensifiait, comme si une horde de félins venait de passer par là.

« Étoile Solitaire et son Clan ont dû nous précéder », conclut la rouquine. Elle marqua une halte pour humer l'air et repéra un autre fumet. Presque aussitôt, deux silhouettes pâles filèrent dans le champ derrière la clôture bordant le territoire des chevaux. « Sans doute les chats domestiques qui vivent dans la grange, ajouta-t-elle. Tu te souviens de Pacha et Chipie ? Nous les avons rencontrés juste avant la dernière Assemblée. Je me demande si Chipie a déjà mis bas.

— Il serait temps que les reines du Clan du Tonnerre s'y mettent aussi, miaula Feuille de Lune. Le Clan manque cruellement de petits. »

Poil d'Écureuil acquiesça. Si des chatons naissaient,

ils deviendraient vite des apprentis, et elle n'aurait plus à ramasser de la mousse !

Ils traversèrent les terres marécageuses où ils avaient établi le camp temporaire à leur arrivée au lac. Juste après, un nouveau marquage les prévint qu'ils venaient d'atteindre la frontière du Clan de la Rivière. Poil d'Écureuil aperçut plusieurs chats sur la berge, droit devant eux. Au clair de lune, il n'était pas difficile de reconnaître Étoile Solitaire et ses guerriers.

Elle se remémora le jour où sa patrouille avait découvert cette île. Ils y avaient aussitôt vu un endroit de rassemblement idéal, mais ils la pensaient hors d'atteinte – seuls les excellents nageurs du Clan de la Rivière auraient pu s'y rendre. Cependant, le Clan des Étoiles leur avait fourni un moyen de traverser l'étroit chenal qui séparait l'île de la rive. L'arbre-pont était jadis un noble pin qui poussait près du bord de l'île. À présent, ses racines se dressaient vers le ciel tandis que sa cime reposait sur les galets au bord du lac. En s'approchant, Poil d'Écureuil constata que ses aiguilles, déjà brunes et sèches, tombaient en averse sur les rochers.

Un groupe de félins s'était agglutiné autour des branches les plus hautes. Les oreilles rabattues et la queue raide, ils semblaient nerveux : l'arbre supporterait-il leur poids lorsqu'ils franchiraient les eaux froides et noires ? Poil d'Écureuil vit Plume Noire renifler une petite branche avec circonspection. Soudain, un miaulement impatient retentit et Plume de Jais bondit sur le tronc. Il chancela un instant, puis retrouva son équilibre et avança avec prudence, posant une patte devant l'autre, jusqu'à ce qu'il fût suffisamment près du rivage de l'île pour sauter du tronc sans risque.

Poil d'Écureuil aurait voulu se frayer un passage et bondir elle aussi sur le tronc pour partir en exploration. Elle tâcha de prendre son mal en patience. Elle savait que Griffe de Ronce la couvait de son regard ambré impénétrable. Elle lui tourna le dos pour rejoindre Pelage de Granit.

« C'est génial ! s'écria ce dernier en effleurant l'oreille de la guerrière du bout de la truffe. J'ai hâte de traverser.

— Moi aussi. »

D'autres guerriers du Clan du Vent s'aventurèrent sur le tronc. Ils avançaient pas à pas, les griffes plantées dans l'écorce, jusqu'à l'île. Lorsque Étoile de Feu agita la queue pour ordonner au Clan du Tonnerre de les suivre, Poil d'Écureuil se précipita en avant et bouscula Feuille de Lune, qui contemplait l'île, immobile.

« Qu'est-ce qui t'arrive ? s'enquit la rouquine. Pour l'amour du Clan des Étoiles, bouge-toi !

— Désolée ! » s'excusa sa sœur dans un sursaut.

Lorsque Oreille Balafrée bondit à son tour sur le pin, Étoile Solitaire vint dire quelques mots à Étoile de Feu avant de suivre son guerrier. Le rouquin rassembla alors son Clan autour de lui.

« Les Clans de la Rivière et de l'Ombre sont déjà passés, leur apprit-il. Étoile Solitaire m'a dit qu'Étoile du Léopard et Étoile de Jais s'étaient entendus pour laisser à tous le temps d'explorer l'endroit avant le début de l'Assemblée.

— Où nous retrouverons-nous, alors ? voulut savoir Flocon de Neige.

— Seul le Clan des Étoiles le sait, répondit le rouquin, les oreilles frémissantes. Vous ne vous perdrez pas. Cette île n'est pas si grande. »

Il sauta sur le tronc, imité par Tempête de Sable et Flocon de Neige. Enfin vint le tour de Poil d'Écureuil. Elle se ramassa sur elle-même avant de sauter ; l'arbre frémit sous son poids. Sa fourrure se gonfla sous l'effet de la panique. Elle planta fermement ses griffes dans l'écorce afin de garder l'équilibre. Soudain, elle prit conscience de l'étroitesse du tronc et de la proximité de l'eau, qui venait lécher les branches à demi-immergées sous ses pattes.

« Continue, la pressa Pelage de Granit. Tout le monde attend. »

Avec prudence, Poil d'Écureuil avança le long du tronc. Celui-ci s'ébranla plus encore lorsque d'autres guerriers bondirent derrière elle. L'épais pelage de la rouquine se prenait dans les branches. Peu à peu, elle s'habitua au tangage, et prit confiance à mesure que le tronc s'élargissait sous ses pattes. Elle termina sa traversée en courant, puis sauta sur la rive en poussant un cri triomphal.

Pelage de Poussière sursauta.

« Par le Clan des Étoiles, tu m'as fait peur ! À te voir, on croirait un chaton déchaîné.

— Désolée, Pelage de Poussière. »

Malgré sa semonce, elle savait que son ancien mentor était aussi excité qu'elle – sa queue en panache le trahissait.

Elle attendit sous les racines que Pelage de Granit, Feuille de Lune et Griffe de Ronce traversent à leur tour. Dès que le matou tacheté eut posé les pattes sur la terre ferme, il obliqua pour rejoindre un autre guerrier musculeux qui lui ressemblait.

« Plume de Faucon ! cracha-t-elle. J'aurais dû m'en douter.

— Te voilà, Griffe de Ronce, miaula le guerrier du Clan de la Rivière. J'espérais bien te voir ce soir. Suis-moi, j'ai quelque chose à te montrer. »

Les deux matous s'éloignèrent de concert.

Poil d'Écureuil chercha Feuille de Lune des yeux : la chatte tigrée était partie à toute allure vers la sœur de Plume de Faucon, Papillon. La guérisseuse du Clan de la Rivière, qui avait enlacé sa queue à celle de Feuille de Lune, racontait d'un air exalté des nouvelles que la rouquine ne pouvait entendre.

La jeune guerrière se sentit soudain très seule. Explorer l'île n'avait rien de drôle si personne ne l'accompagnait. Elle se retourna soudain lorsqu'on l'appela. Pelage de Granit l'attendait non loin. Elle le rejoignit en quelques bonds.

« Par où veux-tu aller ? Par là ? suggéra-t-il, la queue pointée vers une forêt d'arbres et de buissons au cœur de l'île.

— Et si on faisait plutôt le tour ? Je veux absolument tout voir ! » répondit-elle avec joie, bien contente qu'il l'invite à découvrir l'endroit.

Ils longèrent un moment la rive en contemplant les vaguelettes qui venaient lécher la berge. Puis, au détour d'un massif rocheux, ils découvrirent une plage de galets et de terre sablonneuse, parsemée de flaques luisantes.

Plus loin, les rochers occupaient toute la grève. De là, ils aperçurent leur territoire de l'autre côté du lac étincelant. Poil d'Écureuil distinguait à peine les bois surplombés par les sombres collines de la lande.

« Cet endroit doit être idéal pour les bains de soleil, déclara Pelage de Granit, le regard levé vers un bloc de pierre lisse couvert de lichen. Nous n'avons pas trouvé l'équivalent des Rochers du Soleil dans notre nouveau territoire.

— C'est vrai. Mais nous n'avons pas fini de l'explorer, lui rappela la jeune chatte. Et ça ferait un peu loin s'il fallait venir jusque-là pour réchauffer nos fourrures ! »

Leurs griffes crissèrent lorsqu'ils escaladèrent le rocher. Du sommet, la rouquine aperçut Griffe de Ronce et Plume de Faucon au centre de l'île. Ils avançaient côte à côte, leurs têtes rapprochées comme s'ils échangeaient des secrets. Explorer l'îlot ne semblait pas les intéresser. Ils étaient si absorbés dans leur conversation qu'ils traversaient sans la voir la cohorte de félins grouillant autour d'eux. Poil d'Écureuil détourna la tête de la scène. Elle salua alors Pelage d'Or, qui examinait un buisson en compagnie d'un jeune guerrier du Clan de l'Ombre qu'elle ne reconnut pas. La guerrière écaille lui répondit par un battement de queue, sans dire un mot. Poil d'Écureuil devina qu'elle traquait une proie.

Accompagnée de ses camarades Pelage Fauve et Bois de Chêne, Feuille Rousse, le lieutenant du Clan de l'Ombre, reniflait le pied d'un rocher. Poil d'Écureuil descendit du roc lisse en les évitant. Pelage d'Or était la seule amie qu'elle avait dans le Clan de l'Ombre.

« Tu as remarqué ? Nous formons de nouveau quatre Clans distincts, dit-elle à Pelage de Granit. À croire que le long périple depuis la forêt n'a jamais eu lieu.

— En tout cas, ça n'empêche pas Griffe de Ronce de parler à Plume de Faucon, là-bas, répondit-il, les oreilles tendues vers un bouquet de fougères où les deux matous avaient reparu.

— Ne m'en parle pas...

— Son comportement t'inquiète, pas vrai ? demanda le guerrier gris, les yeux brillants.

— M'inquiéter ? Moi ? Sûrement pas ! » Voyant qu'il ne répondait pas, elle ajouta . « Je t'assure, je ne m'en fais pas du tout. »

Pelage de Granit laissa échapper un long soupir.

« Tant mieux, fit-il. C'est un guerrier loyal, tu sais. Il a beau être l'ami de Plume de Faucon, il ne trahira jamais son Clan. »

Poil d'Écureuil grimaça. Était-il si évident qu'elle ne faisait plus confiance au guerrier tacheté ? Elle le connaissait sans doute mieux que tous les membres du Clan du Tonnerre réunis. À moins qu'elle n'ait été trop proche de lui pour pouvoir le juger en toute impartialité ? Elle secoua la tête, confuse. Elle voulait faire confiance à Griffe de Ronce, vraiment. Mais, par ses actes et ses paroles, il semblait déterminé à lui rendre la tâche impossible.

La lune brillait bien haut dans le ciel lorsque les deux guerriers revinrent à leur point de départ. Poil d'Écureuil galopa jusqu'à l'arbre-pont pour se désaltérer. L'eau était glaciale. En lapant la surface illuminée, la chatte eut l'impression de boire la lumière des étoiles.

« Je comprends pourquoi Plume de Faucon tenait à installer le camp du Clan de la Rivière ici, miaula Pelage de Granit. Il y a tout ce dont on peut rêver !

— Tout, sauf du gibier, rétorqua Poil d'Écureuil. Le Clan de la Rivière ne se nourrit pas que de poisson. Imagine, traverser le chenal à la nage avec une proie dans la gueule !

— J'espère que le Clan de la Rivière ne changera pas d'avis, maintenant que le pont facilite le passage, dit-il en se dandinant, mal à l'aise.

— Il n'oserait pas ! s'indigna-t-elle. Le Clan des Étoiles a fait tomber cet arbre pour le bénéfice de tous.

— Si Étoile du Léopard compte revendiquer cette île, nous le saurons bientôt. L'Assemblée va commencer », conclut-il les yeux levés vers la lune.

Poil d'Écureuil remua les moustaches pour chasser quelques gouttes d'eau étincelantes.

« Nous ne savons toujours pas où nous allons nous réunir, miaula-t-elle.

— Allons vers le cœur de l'île. De là, on devrait entendre les autres, à défaut de les voir. »

Ils se dirigèrent vers le bosquet central. Au bout de quelques pas leur parvint le doux murmure d'une foule de chats qui se saluaient après une lune de séparation.

Pelage de Granit fit halte pour humer l'air.

« Nous y sommes. »

Il s'engagea le premier entre les branches d'un roncier et dut se plaquer au sol afin d'éviter les épines les plus grosses. Poil d'Écureuil entendit du gibier remuer dans les feuilles mortes jonchant le sol, mais elle était trop impatiente pour penser à la chasse. Elle se tapit à son tour et rampa jusqu'à ce que les branches s'écartent suffisamment pour lui permettre de se redresser.

« Waouh ! »

Elle se tenait au bord d'une large clairière où l'herbe, crénelée de lune, semblait d'argent. On aurait dit une version miniature du lac – les hautes tiges ondulaient sous le vent comme autant de vaguelettes. Un chêne solitaire trônait au centre. Ses racines étaient plus larges que le corps d'un chat. Ses branches, agitées par la brise, projetaient des ombres chancelantes sur les félins à son pied.

« C'est parfait ! » s'exclama Pelage de Granit.

Poil d'Écureuil redoutait que les Clans de l'Ombre et de la Rivière se montrent aussi hostiles que celui du Vent. Cependant, cette Assemblée ressemblait à celles de jadis, dans la forêt, où tous échangeaient paisiblement des nouvelles.

Feuille de Lune quitta les autres guérisseurs pour venir la voir.

« J'adore cet endroit, déclara la jeune chatte tigrée, des étoiles dans les yeux, comme si elle se sentait plus proche que jamais de leurs ancêtres. C'est plus petit que les Quatre Chênes, mais on s'y sent davantage en sécurité. »

Poil d'Écureuil acquiesçait lorsque Étoile de Feu traversa la foule au pas de course et sauta dans l'arbre. Toutes griffes dehors, il se hissa jusqu'à une branche basse, d'où il contempla les quatre Clans de nouveau réunis.

« Étoile de Jais ! Étoile du Léopard ! Étoile Solitaire ! lança-t-il. Nous pourrions prendre place ici pour l'Assemblée. »

Étoile de Jais surgit aussitôt de l'ombre. Avec une agilité étonnante pour sa carrure, il grimpa dans l'arbre et se plaça près d'Étoile de Feu, la queue pendante.

« Je parie qu'Étoile de Jais regrette de ne pas y avoir pensé le premier », murmura Pelage de Granit à l'oreille de Poil d'Écureuil.

Étoile du Léopard s'installa à la jonction de deux branches, tandis qu'Étoile Solitaire choisissait une place un peu plus haut d'où il pouvait observer les trois autres chefs.

Patte de Brume s'assit gracieusement sur l'une des racines noueuses. Lorsque les autres lieutenants, Patte Cendrée et Feuille Rousse, l'imitèrent, l'estomac de Poil d'Écureuil se noua tant l'absence du lieutenant du Clan du Tonnerre se faisait sentir.

Étoile de Feu lança :

« Chats de tous les Clans, bienvenue dans notre nouveau lieu de réunion. Le Clan des Étoiles nous a conduits jusqu'ici, et nous l'en remercions. » Il attendit un instant que le silence s'instaure avant de faire un signe de tête poli vers le chef du Clan du Vent. « Étoile Solitaire, souhaites-tu commencer ? »

Confiant, ce dernier se leva. Sous le clair de lune, ses prunelles luisaient et son pelage brun tacheté semblait d'argent. Poil d'Écureuil se remémora le jour où il avait dû s'adresser à tous après la mort d'Étoile Filante, aussi nerveux qu'un apprenti le jour de son baptême de guerrier. Nulle trace de ce manque d'assurance, à présent. À le voir, on aurait pu croire qu'il dirigeait son Clan depuis des lunes.

« Tout va bien pour le Clan du Vent, déclara-t-il. J'ai accompli ma retraite jusqu'à la Source de Lune, où le Clan des Étoiles m'a attribué mes neuf vies et mon nom de chef. »

Un brouhaha de félicitations résonna bientôt dans la clairière. Étoile Solitaire avait toujours été un guerrier populaire, et son autorité de meneur avait été établie par le Clan des Étoiles. Poil d'Écureuil balaya la foule du regard, guettant la réaction des anciens partisans de Griffe de Pierre. Elle ne put repérer Plume Noire. Quant à Belle-de-Nuit, tapie sous un buisson, elle scrutait son chef avec une expression indéchiffrable.

Étoile Solitaire reprit :

« Ce matin, Patte Cendrée, Oreille Balafrée et Plume de Jais ont chassé un renard de notre territoire. Ils se sont bien battus. Le prédateur n'est pas près de revenir. »

Des hourras retentirent – venus pour la plupart du Clan du Vent, mais aussi de quelques guerriers des autres Clans.

« Patte Cendrée ! Oreille Balafrée ! Plume de Jais ! » Poil d'Écureuil se garda de se joindre à eux.

« Il ne parle même pas de la rébellion de Griffe de Pierre, marmonna-t-elle à Pelage de Granit. Ni de l'aide fournie par le Clan du Tonnerre.

— Tu pensais vraiment qu'il le ferait ? » s'étonna le guerrier.

Étoile Solitaire poursuivit :

« Deux apprentis ont reçu leurs noms de guerriers : Poil de Belette et Plume de Hibou assistent à l'Assemblée pour la première fois. »

Il se rassit tandis que les nouveaux chasseurs recevaient les félicitations de leurs pairs.

Étoile du Léopard se leva sans attendre et agita la queue d'un geste impatient pour intimer le silence à l'assemblée de félins.

« Nous n'avons pas trouvé la moindre trace du blaireau que nous avons chassé il y a une lune, annonça-t-elle. Nous pensons qu'il est parti pour de bon. »

Poil d'Écureuil scruta l'autre bout de la clairière, où se tenait Plume de Faucon. Il avait dirigé la patrouille qui avait fait fuir le blaireau. La rouquine fit une grimace de dégoût en voyant son air satisfait. *Comme s'il était le premier guerrier à affronter un blaireau,* se dit-elle, amère, avant de donner un coup de langue sur les blessures pas tout à fait cicatrisées de son flanc.

« Le Clan de la Rivière a lui aussi baptisé un nouveau guerrier, ajouta Étoile du Léopard. Poil de Campagnol accomplit ce soir sa veillée.

— Étoile Solitaire et Étoile du Léopard insistent beaucoup sur les baptêmes de leurs nouveaux guerriers, murmura Poil d'Écureuil à sa sœur. Comme s'ils voulaient prouver aux autres à quel point ils sont forts.

— C'est ridicule, cracha la guérisseuse. Pourquoi est-il si important pour nous d'être rivaux plutôt qu'alliés ? Ont-ils déjà oublié tout ce que nous avons traversé pour arriver jusqu'ici ? »

La rouquine fut surprise par la véhémence de sa sœur. D'habitude, les guérisseurs se tenaient à l'écart des rivalités claniques ; l'amitié qui la liait à Petit Orage, Écorce de Chêne et Papillon ne changerait pas même si leurs Clans devaient s'affronter. À croire que Feuille de Lune s'était tout autant habituée qu'elle à ce que les quatre Clans vivent ensemble.

« Lors de la dernière Assemblée, poursuivit Étoile du Léopard, j'ai accepté que le terrain marécageux où nous avions installé le camp temporaire devienne neutre pour que nous nous y réunissions. Maintenant que le Clan des Étoiles nous a donné cette île, je revendique de nouveau ce territoire. »

Plusieurs guerriers grommelèrent à cette annonce. Écorce de Chêne, le guérisseur du Clan du Vent, s'écria :

« Crotte de souris ! Désormais, je ne pourrai plus venir y récolter mes herbes.

— Les autres Clans doivent s'y opposer, fit remarquer Étoile de Jais en plantant ses griffes dans l'écorce. Un territoire neutre encadrait jadis les Quatre Chênes.

— Ici, tout est différent. Inutile de vouloir reproduire notre ancienne organisation, rétorqua Étoile du Léopard, la queue battant la mesure. Tous les Clans, le mien excepté, doivent traverser un territoire rival pour atteindre l'île. Une zone neutre ne servirait à rien.

— Étoile du Léopard a raison, déclara Étoile de Feu. Je ne vois pas pourquoi le Clan de la Rivière ne pourrait pas récupérer les marécages. »

D'un signe de tête, la chatte le remercia de son soutien.

« Étoile Solitaire, qu'en penses-tu ? » s'enquit Étoile de Feu.

Le chef du Clan du Vent hésita. Il aurait sans doute aimé récupérer les marécages et sa réserve de remèdes pour son propre Clan, mais il possédait déjà le plus grand territoire.

« Je suis d'accord, grommela-t-il.

— Si vous êtes tous pour, alors je ne m'y opposerai pas, déclara Étoile de Jais dans un haussement d'épaules.

— Bien. Nous procéderons au marquage autour du territoire des chevaux dès demain », conclut Étoile du Léopard.

Des cris réjouis s'élevèrent du Clan de la Rivière. Étoile de Feu attendit qu'ils s'estompent avant de prendre la parole :

« Je n'ai pas grand-chose à rapporter, reconnut-il. Comme le Clan de la Rivière, nous avons trouvé un blaireau sur notre territoire. Griffe de Ronce dirigeait la patrouille qui l'a chassé. Cela mis à part, tout va bien, et nous n'avons pas vu la trace d'un Bipède depuis notre arrivée dans les bois. »

Il fit signe à Étoile de Jais de le relayer.

Poil d'Écureuil se crispa lorsque le chef du Clan de l'Ombre se leva. Mentionnerait-il le blaireau ? Savait-il que c'était le Clan du Tonnerre qui l'avait pourchassé jusqu'à leur territoire ? À son grand soulagement, Étoile de Jais se contenta de déclarer que le gibier était abondant dans la pinède.

« Nous avons découvert un terrier de blaireau délaissé non loin du nid de Bipèdes, déclara-t-il de sa voix rauque. L'odeur du prédateur y était à peine discernable. La bête doit être partie depuis longtemps. »

Poil d'Écureuil, qui sentait ses poils retomber en place sur sa nuque, jeta un coup d'œil à Pelage de Granit. La femelle blaireau et ses petits avaient dû chercher refuge au cœur de la forêt, bien loin des territoires de tous les Clans. À en juger par le nombre de terriers abandonnés dans les environs, une colonie de blaireaux avait dû jadis occuper le pourtour du lac. Les Clans devaient peut-être s'estimer heureux de ne pas en avoir croisé davantage.

« J'espère qu'on n'en verra plus la queue d'un, murmura la rouquine au guerrier gris.

— S'ils reviennent, nous leur réglerons leur compte. Tiens, tiens, je pensais que tu aimais bien les blaireaux, la railla-t-il. Comme Minuit.

— Minuit, c'est différent, expliqua-t-elle. Quant aux autres, j'aimerais autant ne plus jamais en croiser. Les blaireaux et les chats ne peuvent pas cohabiter. »

Puisque Étoile de Jais n'avait rien à ajouter, elle se dit que l'Assemblée serait bientôt terminée. Pourtant, la pleine lune brillait toujours bien haut dans le ciel, et Étoile de Feu reprit la parole.

« Je m'adresse aux chefs de Clan, mais aussi à tous les guerriers. Certaines décisions s'imposent. Le Clan des Étoiles a choisi cet endroit pour nos Assemblées. Comme l'a signalé Étoile du Léopard, nous devons tous, le Clan de la Rivière excepté, traverser le territoire d'un autre Clan pour venir ici. Nous devons donc définir précisément l'itinéraire que les guerriers ont le droit d'emprunter avant chaque Assemblée.

— Bonne idée, commenta Poil d'Écureuil dans un souffle.

— Pour commencer, répondit Étoile de Jais, le Clan du Tonnerre n'a pas besoin de passer par chez nous. La route est bien plus courte en prenant de l'autre côté, par le territoire du Clan du Vent. »

Poil d'Écureuil surprit l'air crispé de son père. Il se retenait manifestement de lui envoyer une réponse cinglante.

« Certes, mais nous devons tout de même en discuter.

— Il m'est égal que des guerriers viennent des deux directions jusqu'à l'arbre-pont, miaula Étoile du Léopard. Mais personne n'a le droit de prendre notre gibier.

— Pareil pour le Clan du Vent, ajouta Étoile Solitaire, qui venait de se relever. Étoile de Feu, tes guerriers pourront passer par mon territoire, sans toutefois s'écarter à plus de deux longueurs de queue du lac. Si les miens vous surprennent au-delà, cela sera considéré comme une violation de nos frontières.

— Voilà qui me paraît raisonnable, répondit Étoile de Feu d'un ton calme. Nous pouvons en faire une règle générale. » Il haussa le ton pour que tous l'entendent. « Un Clan a le droit de traverser un autre territoire pour venir aux Assemblées, mais il ne doit pas s'éloigner de plus de deux longueurs de queue de la rive ni s'arrêter en cours de route.

— Ni prendre du gibier », ajouta Étoile de Jais.

Étoile de Feu acquiesça.

« Tout le monde est d'accord ? »

Une vague d'approbations s'éleva de la foule. La proposition du rouquin paraissait équitable.

Museau Cendré se leva à son tour.

« La même règle s'appliquera-t-elle à ceux qui se rendront à la Source de Lune ? s'enquit-elle. Il faut pourtant s'éloigner de la rive pour traverser soit le territoire du Clan du Tonnerre, soit celui du Clan du Vent pour gagner les collines.

— Le Clan du Vent a toujours permis à ceux qui se rendaient à la Pierre de Lune de traverser notre ancien territoire », répondit Étoile Solitaire.

Son ton était empreint de chaleur ; comme tout le monde, il respectait profondément la guérisseuse.

« En effet, reconnut Étoile de Feu. Et je ne vois aucune raison de ne pas le permettre moi aussi.

— Mais ces deux exceptions seront les seules, rétorqua Étoile de Jais en foudroyant Étoile de Feu du regard. Sans cela, autant lever toutes les frontières.

— Non, attendez, intervint Patte de Brume depuis la racine où elle s'était assise. Les chats ne traversent pas toujours les frontières avec des intentions hostiles. Nous avons besoin de rendre visite aux autres de temps en temps. Nous n'avons aucune raison de nous montrer plus méfiants ici que sur notre ancien territoire, si ? »

Poil d'Écureuil se remémora la visite impromptue que Patte de Brume avait rendue à Étoile de Feu lorsqu'elle avait découvert le complot de Griffe de Pierre et Plume de Faucon. À ses risques et périls, elle avait traversé le territoire du Clan de l'Ombre et failli se faire surprendre par une patrouille.

« Cela me paraît logique, murmura Feuille de Lune. Nous devrions avoir le droit de nous rendre visite les uns les autres. »

Ses prunelles ambrées fixaient l'autre côté de la clairière, mais Poil d'Écureuil ne voyait pas quoi.

« Si personne n'a rien à ajouter, nous pouvons clôturer cette Assemblée, reprit Étoile de Feu.

— Qu'il en soit ainsi », répondit Étoile de Jais.

D'un signe de tête, Étoile Solitaire et Étoile du Léopard donnèrent leur accord.

« Nous devrons nous assurer que ceux qui n'ont pas assisté à cette Assemblée soient mis au courant », ajouta Étoile de Feu.

Le meneur du Clan de l'Ombre se lécha la patte puis la fit passer sur son oreille.

« Voilà une tâche revenant aux lieutenants, non ? »

Poil d'Écureuil planta ses griffes dans le sol. La pique d'Étoile de Jais, dirigée contre Étoile de Feu uniquement, était cruelle. Et aucun meneur ne pouvait le contredire. Le rouquin acquiesça sèchement avant de descendre de l'arbre.

Poil d'Écureuil soupira.

« Étoile de Jais ne perd pas une occasion de rappeler à tous qu'Étoile de Feu n'a pas nommé de nouveau lieutenant après la disparition de Plume Grise, se plaignit-elle à Pelage de Granit. À l'évidence, il considère que le Clan du Tonnerre en est affaibli.

— Qu'il essaye donc de nous attaquer ! Il se rendra compte à quel point il se trompe, rétorqua le matou.

— C'est bien vrai », feula la rouquine, avant de se lever pour étirer ses pattes.

Elle remarqua alors que Griffe de Ronce n'avait pas quitté Plume de Faucon. Le guerrier du Clan de la Rivière murmurait à son oreille, et son frère hochait doucement la tête.

Il lui dit sans doute à quel point il ferait un bon lieute-nant, songea-t-elle avec humeur.

Si Griffe de Ronce voulait vraiment devenir lieute-nant, alors il devait penser qu'Étoile de Feu avait tort de croire que Plume Grise était toujours en vie. Pire, de lieutenant à chef de Clan, il n'y avait qu'un pas. Griffe de Ronce avait-il donc hâte de voir le jour où Étoile de Feu perdrait sa dernière vie ?

Songer à la mort de son père la fit frémir. Des griffes glacées lui étreignirent le cœur lorsqu'elle se remé-mora l'histoire d'Étoile du Tigre, prêt à tuer pour devenir lieutenant, puis chef de Clan. Griffe de Ronce nourrissait-il les mêmes ambitions que son père ? Serait-il prêt à suivre ce chemin sanglant pour les assouvir ?

CHAPITRE 6

❦

TANDIS QUE SA SŒUR et Pelage de Granit traversaient les buissons vers la rive, Feuille de Lune demeura assise. Elle porta son regard de l'autre côté de la clairière, à l'endroit où elle avait aperçu Plume de Jais pour la dernière fois. Elle le repéra aussitôt. Il la dévisageait.

La guérisseuse inspecta les alentours. Personne ne semblait faire vraiment attention à elle. Derrière elle, les taillis frémirent sur le passage des guerriers partis rejoindre l'arbre-pont.

Elle s'apprêtait à longer le bord de la clairière, à l'abri des ombres projetées par la lune, lorsqu'un appel retentit :

« Feuille de Lune ! »

Elle se figea, déçue. Elle inspira profondément avant de se retourner.

« Oui, Museau Cendré ?

— Viens vite, tu es à la traîne. »

Feuille de Lune plissa les yeux. Ses camarades venaient à peine de quitter la clairière. Est-ce que son mentor l'empêchait délibérément de s'approcher de Plume de Jais ?

« Très bien, Museau Cendré, j'arrive », dit-elle en jetant un coup d'œil en arrière.

Plume de Jais la regarda s'éloigner avec tristesse.

Je suis guérisseuse, se tança-t-elle en se faufilant entre les branches épineuses. *Je n'ai pas le droit d'aimer Plume de Jais, comme lui n'a pas le droit de m'aimer.*

Elle se le répéta en boucle jusqu'au camp, sans toutefois oublier l'expression du guerrier du Clan du Vent.

Un doux parfum chatouilla les narines de Feuille de Lune. Une voix murmurait son nom. Elle crut d'abord qu'il s'agissait de Petite Feuille. L'ancienne guérisseuse du Clan du Tonnerre lui apparaissait souvent en rêve. Cependant, lorsqu'elle ouvrit les yeux, la chatte qu'elle découvrit devant elle possédait une robe argentée et des prunelles d'un bleu très clair. De la poussière d'étoiles nimbait ses pattes et le bout de ses moustaches.

Stupéfaite, Feuille de Lune la dévisagea.

« Jolie Plume ? »

Au-delà de son nid parmi les ronciers qui bordaient la tanière de Museau Cendré, la clairière était baignée par le clair de lune. Pourtant, plusieurs jours s'étaient écoulés depuis l'Assemblée, et la lune était maintenant décroissante. Elle sut donc qu'elle rêvait.

« Que se passe-t-il, Jolie Plume ? » s'enquit-elle en se levant.

Devinant que la guerrière-étoile était venue lui parler de Plume de Jais, elle se sentit un peu coupable. Jolie Plume et Plume de Jais s'étaient aimés jadis, profondément, mais la chatte du Clan de la Rivière s'était sacrifiée pour sauver la Tribu de l'Eau Vive et ses camarades. Était-elle furieuse que Plume de Jais se soit épris d'une autre ?

« Je... je suis désolée », bafouilla-t-elle.

La belle chatte grise fit glisser sa queue sur la gueule de la guérisseuse.

« Il faut que nous parlions, déclara-t-elle. Suis-moi. »

Elle l'entraîna de l'autre côté de la clairière. Feuille de Lune s'efforça de marcher aussi silencieusement que si elle traquait une souris, avant de se demander si le Clan pouvait vraiment l'entendre alors que tout cela n'était qu'un rêve.

Une lumière vive, surnaturelle illuminait la combe. Telles des statues de pierre, Cœur Blanc et Pelage de Suie, de garde, restaient immobiles, leur pelage couleur de lune. Ni l'un ni l'autre ne réagirent lorsque les deux chattes s'engagèrent dans le tunnel d'aubépine.

Jolie Plume fit halte à plusieurs longueurs de queue du camp, et s'installa confortablement dans un nid d'herbes hautes. Elle fit signe à Feuille de Lune de l'imiter.

« Je devine tes pensées, miaula la guerrière. Tu crois que je t'en veux à cause de Plume de Jais, n'est-ce pas ? »

La guérisseuse battit des cils, trop honteuse pour le reconnaître.

« Je ne souhaite qu'une chose, son bonheur, déclara l'autre chatte avec douceur. Toi, tu pourrais le rendre heureux. Je le vois bien.

— Mais je suis une guérisseuse ! » protesta Feuille de Lune, trop contente de la réaction de Jolie Plume.

Celle-ci semblait encourager Feuille de Lune et Plume de Jais à vivre leur amour. Néanmoins, elle savait que ce n'était pas si simple. « J'aimerais tant le rendre heureux, mais je ne peux pas.

— Ce n'est pas la raison de ma venue, reprit Jolie Plume. J'ai un service à te demander.

— Dis-moi...

— C'est à propos de Papillon, répondit la guerrière, la mine sombre. J'ai un message important à lui transmettre, mais je n'arrive pas à communiquer avec elle. »

Feuille de Lune eut l'impression qu'on lui versait de l'eau glacée sur l'échine. Lorsque les Clans étaient arrivés au bord du lac, la guérisseuse du Clan de la Rivière, Papillon, lui avait confié qu'elle ne croyait pas au Clan des Étoiles. Feuille de Lune en était restée interdite. Comment une guérisseuse pouvait-elle remplir son devoir sans être guidée par les guerriers de jadis ? Elle avait accepté de garder le secret de son amie, car elle savait que Papillon se dévouait corps et âme à son Clan. De plus, elle en connaissait autant sur les herbes que n'importe quel autre guérisseur.

Elle aurait dû savoir que le Clan des Étoiles voyait au plus profond de chacun. Impossible de lui dissimuler la vérité.

Un frisson de crainte la secoua soudain. Le Clan des Étoiles en voulait-il à Papillon ? Pouvait-il l'empêcher d'être guérisseuse ? En voudrait-il à Feuille de Lune, pour avoir gardé le secret ?

« Papillon est très douée pour utiliser les remèdes, dit-elle à Jolie Plume. Et lorsqu'elle était apprentie, elle voulait vraiment avoir la foi.

— Je sais. Nous espérions que, avec le temps, elle apprendrait à croire en nous. Il n'en est rien. Nous sommes donc incapables de lui communiquer les messages dont son Clan a besoin.

— Mais... » commença Feuille de Lune. Une question difficile lui brûlait les lèvres. Elle devait savoir. « Mais Patte de Pierre a attendu un signe du Clan des Étoiles avant de la choisir comme apprentie. Un matin, il a trouvé une aile de papillon devant sa tanière et en a conclu que vous approuviez son choix. S'est-il donc trompé ? »

Jolie Plume se donna un coup de langue sur le poitrail.

« Tu ne peux pas espérer comprendre les signes destinés à d'autres, répondit-elle en se redressant, avant d'ajouter d'un ton plus sec : Feuille de Lune, j'ai un message urgent pour Papillon. Peux-tu le lui transmettre ?

— Bien sûr. Que dois-je lui dire ?

— Que les Bipèdes font planer une terrible menace sur le Clan de la Rivière.

— Les Bipèdes ? Mais nous n'en avons vu aucun. Ils ne se montreront pas avant la saison des feuilles nouvelles, si ?

— Je ne peux t'en dire plus, sinon que le danger concerne le Clan de la Rivière, et lui seul. Il est bien réel, je te le promets. Iras-tu prévenir Papillon ?

— J'irai ! »

Jolie Plume gratifia Feuille de Lune d'un coup de langue sur le sommet de la tête. Son parfum flatta l'odorat de la jeune chatte tigrée.

« Merci, Feuille de Lune, murmura-t-elle. Je sais que, dans d'autres circonstances, nous aurions été amies. »

La guérisseuse ne demandait qu'à la croire. Pourtant, une telle amitié aurait-elle été possible alors qu'elles appartenaient à deux Clans rivaux... Et concernant Plume de Jais ? Seraient-elles toutes deux tombées amoureuses de lui ?

La douce fragrance se dissipa. Lorsque Feuille de Lune leva la tête, la belle chatte avait disparu. Et elle-même se réveilla pour de bon dans son nid devant la tanière de Museau Cendré.

La pâle lumière de l'aube baignait la clairière, malgré l'épaisse couverture nuageuse qui voilait le ciel. Tandis que Feuille de Lune s'étirait en bâillant, Museau Cendré sortit la tête de sa tanière et huma l'air.

« Il va pleuvoir, déclara-t-elle. Tu ferais bien d'aller voir Pelage de Granit, pour examiner sa blessure à la gorge. Il guérit bien, mais il y a toujours un risque d'infection.

— Entendu. »

Feuille de Lune partit à la recherche du guerrier gris tout en se demandant comment elle pourrait s'absenter assez longtemps pour accomplir sa mission. Le territoire du Clan de la Rivière se trouvait de l'autre côté du lac. Elle doutait de pouvoir faire l'aller-retour avant la tombée de la nuit. Devait-elle évoquer la visite de Jolie Plume avec Museau Cendré ? Non. Si elle trahissait le secret de Papillon, son amie serait alors contrainte de renoncer à être guérisseuse.

Elle repéra Pelage de Granit, qui déboulait du tunnel d'aubépine avec la patrouille de l'aube.

« Bonjour, lança-t-il. Tu me cherchais ?

— Oui, je suis venue examiner ta blessure. » D'une patte, elle écarta la fourrure du matou ; la cicatrice était à présent à peine visible. « Tout va bien. J'en parlerai à Museau Cendré, mais je ne pense pas que tu aies encore besoin de remèdes. On se contentera de surveiller ça dans les prochains jours.

— Bonne nouvelle ! J'ai eu de la chance que ça ne s'infecte pas.

— Surtout, préviens-nous à la moindre douleur.

— Salut, fit Poil d'Écureuil, qui avait déposé deux étourneaux sur le tas de gibier avant de rejoindre Pelage de Granit et sa sœur. Feuille de Lune, tu ne devineras jamais ce qu'on a trouvé pendant la patrouille !

— Quoi donc ?

— De l'herbe à chat !

— Pas possible ! Elle ne pousse que dans les jardins des Bipèdes. » Le cœur de la guérisseuse se serra. « Ne me dis pas que vous avez découvert des nids de Bipèdes sur notre territoire...

— Mais non, cervelle de souris. Tu te souviens du nid abandonné que Griffe de Ronce avait exploré avec sa patrouille peu après notre arrivée ? »

Feuille de Lune acquiesça.

« Eh bien, c'est là-bas. Autrefois, il y avait sans doute un jardin, mais il est envahi par les herbes folles, à présent. Et tu verrais ces énormes bottes – elles sortent à peine de terre, mais c'est bien de l'herbe à chat.

— Formidable ! »

Cette plante était de loin le meilleur remède contre le mal blanc et le terrible mal vert qui pouvait s'avérer fatal pour les anciens et les chatons. Dans leur forêt natale, ils en récoltaient régulièrement sur le territoire des Bipèdes. Jamais elle n'aurait cru en trouver ici.

« Je vais avertir Museau Cendré tout de suite. Merci, Poil d'Écureuil. »

En chemin, Feuille de Lune se dit qu'elle tenait peut-être là la solution à son problème. Elle fit une courte halte pour préparer son récit, puis alla trouver son mentor. Au fond de son antre, Museau Cendré était en train de vérifier les réserves de plantes médicinales.

« Le Clan des Étoiles soit loué ! La saison des feuilles nouvelles arrive enfin, miaula-t-elle. Il ne nous reste qu'une seule graine de pavot. J'espère que personne ne tombera malade avant la prochaine lune.

— Justement, écoute un peu ce que vient de me dire Poil d'Écureuil. »

Elle lui rapporta en détail les paroles de sa sœur. Museau Cendré ronronna de contentement.

« Pourrais-tu aller en chercher un peu ?

— Bien sûr. J'en profiterai pour explorer les alentours, au cas où j'y trouverais d'autres plantes utiles. »

Elle s'apprêtait à détaler lorsque Museau Cendré la rappela.

« Attends, tu ne veux pas te faire escorter ? »

Feuille de Lune trembla. Pour que son plan fonctionne, personne ne devait l'accompagner. Naguère, elle aurait demandé à Poil de Châtaigne de la suivre, mais la jeune guerrière écaille devait se reposer, à présent, pour le bien de ses petits à naître.

« Mais non, répondit-elle. Je me débrouillerai. Ce vieux nid est au beau milieu de notre territoire, et nous savons que le renard est parti.

— Comme tu veux. Sois prudente, alors. Méfie-toi des blaireaux.

— Promis. »

Ventre à terre, elle traversa la clairière et s'engouffra dans le tunnel. Elle n'avait jamais vu ce nid abandonné mais savait où le trouver : près du sentier de Bipèdes qui partait de la combe et s'enfonçait dans les bois vers le territoire du Clan de l'Ombre.

Elle l'aperçut bientôt, à moitié dissimulé par des arbres épars et des buissons de ronces, et frissonna. Même si Griffe de Ronce le lui avait décrit, elle ne s'était pas attendue à ce qu'il soit aussi sinistre.

Plutôt affronter un renard que d'entrer là-dedans ! se dit-elle.

Avec prudence, elle examina les murs décrépits et le panneau de bois disloqué qui avait jadis bloqué l'entrée. L'endroit était désert. Nulle odeur de Bipèdes ne flottait dans l'air. En revanche, elle flaira aussitôt le parfum de l'herbe à chat et le suivit jusqu'au plant dont lui avait parlé Poil d'Écureuil, au pied des murs du nid. Sa sœur n'avait pas menti, il y en aurait à foison à la saison des feuilles nouvelles. Elle parvint à couper les tiges les plus hautes et s'éloigna aussitôt de l'endroit.

Au lieu de retourner au camp par le même chemin, elle coupa à travers les bois jusqu'au torrent qui marquait la frontière du Clan du Vent. Elle se dit que c'était le meilleur itinéraire, car le Clan de l'Ombre risquait d'être plus hostile que le Clan du Vent si on la découvrait en territoire étranger.

Elle progressa furtivement de buisson en buisson, à l'affût du moindre signe d'une patrouille – qu'elle soit de son propre Clan ou de celui du Vent. Elle longea ainsi le cours d'eau jusqu'au gué.

Avant d'aller plus loin, elle prit le temps de chasser. Elle attrapa sans peine un campagnol qui frétillait dans les roseaux et le dévora en quelques bouchées, toujours sur le qui-vive. Puis elle traversa le cours d'eau.

Elle suivit de nouveau le torrent et s'arrêta à deux longueurs de queue du lac. Elle se sentait plus à l'aise, à présent. Son statut de guérisseuse la protégeait. Même si le Clan du Vent la repérait, elle ne devrait pas avoir de problèmes.

Rapide comme l'éclair, elle longea la rive du lac. Au début, elle ne cessait de jeter des coups d'œil en arrière, craignant qu'une patrouille du Clan du Tonnerre ne l'aperçoive de l'autre rive. Puis un repli de la colline la dissimula. Elle ralentit l'allure, conservant toutefois un rythme soutenu, et réfléchit à ce qu'elle allait dire à Papillon. Soudain, elle s'arrêta net, le cœur battant.

La guérisseuse du Clan de la Rivière ne croyait pas au Clan des Étoiles. Prendrait-elle tout de même sa mise en garde au sérieux ?

Il le faut, se dit-elle en repartant. Jolie Plume l'observait depuis les cieux, et elle devait tenir sa promesse.

Feuille de Lune poursuivit son chemin sans jamais voir de guerrier du Clan du Vent. *Inutile de guetter*

Plume de Jais. Que pourrais-tu bien lui dire, de toute façon ?

Elle ne vit aucune trace des chats domestiques sur le territoire des chevaux. En revanche, dès qu'elle dépassa le nouveau marquage du Clan de la Rivière, une patrouille apparut au point le plus haut des terres marécageuses. Patte de Brume la dirigeait, accompagnée de Pelage de Mousse et d'un apprenti qu'elle ne connaissait pas.

« Bonjour, Feuille de Lune, la salua le lieutenant. Tout va bien ? »

La guérisseuse posa son bouquet de plantes.

« J'apporte des remèdes pour Papillon. »

Patte de Brume flaira longuement les feuilles.

« De l'herbe à chat, dit-elle d'un air approbateur. Merci, Feuille de Lune. Je crois que Papillon est au camp. Suis-nous, nous nous apprêtions justement à rentrer. »

Reprenant son fardeau dans la gueule, Feuille de Lune leur emboîta le pas. Ils longèrent le lac jusqu'à l'embouchure de la rivière. De là, ils remontèrent ses eaux vives, peu profondes, vers l'intérieur des terres et s'arrêtèrent au confluent de la rivière et d'un petit ruisseau. Le bras de terre entre les deux cours d'eau était bordé de roseaux et de buissons. Malgré le parfum de l'herbe à chat, Feuille de Lune discerna l'odeur de nombreux félins.

Patte de Brume traversa le courant sans hésiter et bondit sur la berge opposée.

« Bienvenue », miaula-t-elle.

Prudente, Feuille de Lune mit une patte dans l'eau, puis une autre. Elle enviait l'assurance de Patte de

Brume et de ses camarades. Ils passèrent devant une ronçière où Fleur de l'Aube, l'une des reines du Clan de la Rivière, prenait le soleil en compagnie de trois minuscules chatons qui escaladaient ses flancs. La reine salua Feuille de Lune d'un battement de la queue. Plus loin, deux apprentis s'entraînaient au combat à l'ombre d'un bouquet de fougères.

La guérisseuse repéra aussitôt la réserve de gibier bien garnie.

« Vous êtes bien installés, marmonna-t-elle à Patte de Brume malgré les plantes dans sa gueule.

— L'endroit est idéal », répondit le lieutenant, l'air satisfait.

La chatte la conduisit jusqu'à un buisson d'aubépine surplombant le ruisseau. La rive s'était affaissée et le courant avait creusé un petit bassin rond sous les racines de l'arbuste. Une cavité aux parois lisses s'ouvrait dans la berge. À en juger par les piles de feuilles et de baies à l'intérieur, Feuille de Lune devina qu'il s'agissait de l'antre de Papillon.

La jolie chatte dorée était tapie sur la rive, au-dessus du bassin, occupée à trier un tas de prêles.

« Papillon, tu as de la visite », annonça Patte de Brume.

L'intéressée leva les yeux, avant de bondir sur ses pattes en poussant un ronron ravi.

« Feuille de Lune, quelle bonne surprise ! Que fais-tu là ?

— Je t'ai apporté ceci. »

Elle se tourna pour remercier Patte de Brume d'un regard avant d'aller déposer les plantes devant son amie. Le lieutenant s'éloigna.

« De l'herbe à chat ! s'écria Papillon. Génial ! Je n'en ai pas encore trouvé sur notre territoire. »

Feuille de Lune s'assura que Patte de Brume était partie pour de bon et que personne n'était à portée d'oreille. Elle tenait là l'occasion où jamais de transmettre le message de Jolie Plume. Mais elle ressentait des picotements sous sa fourrure et elle avait la bouche sèche. Cette mission la mettait mal à l'aise.

Elle s'arma de courage et murmura à l'oreille de son amie :

« En fait, l'herbe à chat n'était qu'un prétexte. J'ai un message pour toi de la part du Clan des Étoiles. »

Les yeux ambrés de la guérisseuse s'ouvrirent tout grands. Feuille de Lune regretta aussitôt d'être venue. Papillon risquait de se vexer. Mais cette dernière ne dit rien. Les oreilles dressées, elle attendit simplement que l'apprentie guérisseuse poursuive.

« J'ai fait un rêve, annonça-t-elle. Jolie Plume m'est apparue. »

Elle hésita devant la mine attristée de son amie, qui avait bien connu Jolie Plume de son vivant.

« Elle... elle m'a dit qu'elle ne pouvait communiquer avec toi. Et m'a demandé de te porter ce message. Le Clan de la Rivière court un terrible danger à cause des Bipèdes. »

Pensive, Papillon ne répondit pas tout de suite.

« Les Bipèdes ? répéta-t-elle enfin. Mais il n'y en a pas... » Elle s'interrompit en se levant d'un bond. « À moins que... le petit Chemin du Tonnerre ! Il était si désert que nous ne l'avons guère surveillé. Et s'il s'était produit quelque chose là-bas ? Tu veux bien m'accompagner ? »

Feuille de Lune hésita. Elle comptait rentrer au plus vite. Si elle s'attardait, elle devrait sans doute passer la nuit dans le camp du Clan de la Rivière. Pourtant, il lui sembla plus important d'aider Papillon à s'assurer que son territoire ne dissimulait aucun danger.

« Bien sûr, je te suis », répondit-elle en refusant de penser au futur sermon de Museau Cendré.

Elle était soulagée que Papillon ne lui en veuille pas. Cette dernière aurait très bien pu voir dans ce message une remise en cause de son statut de guérisseuse. Mais non, seul le bien-être de son Clan l'inquiétait. Feuille de Lune espérait que Jolie Plume soit en train de les observer à cet instant.

Papillon remonta le ruisseau avant de s'arrêter là où il était le plus étroit. Une seule pierre émergeait en son milieu. Après avoir traversé le cours d'eau en deux bonds gracieux, elle grimpa sur la berge opposée et attendit Feuille de Lune.

« J'avais peur que tu ne m'écoutes pas », confessa tout à coup Feuille de Lune dès qu'elle l'eut rejointe. Soudain pleine d'espoir, elle ajouta : « Cela signifie-t-il que tu commences à croire au Clan des Étoiles ?

— Non, répondit sincèrement l'autre chatte, les moustaches frémissantes. Je ne pense pas que les esprits des guerriers de jadis reviennent en ce monde pour nous parler. Les étoiles ne sont que des petites lumières aveugles dans le ciel, non des félins défunts chargés de veiller sur nous. Nos anciens camarades vivent toujours, dans nos souvenirs. C'est tout. S'ils ne sont plus de ce monde, ils ne sont plus nulle part. Voilà ce que je crois.

— Je sais. » Feuille de Lune contourna en silence un plant de chardons avant de reprendre : « Dans ce cas, pourquoi prendre en compte les mises en garde de Jolie Plume ? »

La guérisseuse du Clan de la Rivière ralentit pour regarder Feuille de Lune dans les yeux.

« Parce que je crois en *toi*, Feuille de Lune.

— C'est idiot ! Sans le Clan des Étoiles, je ne saurais rien !

— Tu es une bonne guérisseuse. Tu observes ton environnement. D'une façon ou d'une autre, tu as dû voir, entendre ou sentir quelque chose, un signe de danger. Et parce que toi, tu crois au Clan des Étoiles, ce signe t'est revenu dans un rêve figurant Jolie Plume. C'est simple. »

Sur ces mots, elle reprit son chemin.

Pour Feuille de Lune, tout cela était loin d'être simple. Mais elle ne contesta pas. Au moins, Papillon avait pris au sérieux le message de Jolie Plume.

Lorsqu'elles arrivèrent au Chemin du Tonnerre, Feuille de Lune jeta un regard alentour. Poil d'Écureuil lui avait décrit l'endroit, mais elle n'y était encore jamais venue. Une drôle de clairière s'ouvrait devant elles, recouverte de la même surface noire et dure que le Chemin du Tonnerre. Un petit nid de Bipèdes en bois trônait dans un coin. Sur la rive, un demi-pont surplombait l'eau. Ce lieu était désert.

Au bord du Chemin du Tonnerre, Papillon huma l'air.

« Beurk, le Clan de l'Ombre », miaula-t-elle, ce qui rappela à Feuille de Lune qu'elles se trouvaient devant la frontière du Clan d'Étoile de Jais. « Et je sens autre chose... »

La jeune chatte tigrée ouvrit à son tour grand la gueule. Un léger fumet âcre flottait dans l'atmosphère, une odeur qu'elle n'avait pas sentie depuis longtemps. Sa fourrure se hérissa sur sa nuque.

« Des monstres sont passés par là, miaula-t-elle.

— Pas récemment, la rassura Papillon. Je perçois aussi une ancienne trace de Bipèdes, même si la puanteur du Clan de l'Ombre la masque presque. Franchement, Feuille de Lune, je ne pense pas qu'on puisse qualifier cela de "terrible danger".

— Alors de quoi pourrait-il s'agir ?

— On ne peut jamais savoir, avec les Bipèdes. Peut-être que le danger est à venir. »

Elle rebroussa chemin en s'arrêtant une ou deux fois pour goûter l'eau.

« Tu te souviens de la flaque avec le lapin mort ? lança-t-elle par-dessus son épaule. Tous les anciens avaient été malades après avoir bu de cette eau. Je ne commettrai pas deux fois la même erreur. Ici, l'eau est pure. »

Elle vérifia également la qualité de l'eau du ruisseau, puis elles regagnèrent le camp. Papillon entraîna Feuille de Lune jusqu'à son antre, où les deux chattes se désaltérèrent au petit bassin. L'eau était fraîche et douce, nulle odeur étrange ne flottait dans l'air.

Le soleil déclinait peu à peu. Les ombres s'épaissirent au-dessus du point d'eau et gagnèrent la tanière de la guérisseuse. Comme Feuille de Lune l'avait craint, il était à présent trop tard pour rentrer.

« Veux-tu rester là ce soir ? lui proposa son amie. Tu n'arriveras jamais au camp du Clan du Tonnerre avant la nuit.

— Merci, je veux bien. »

Feuille de Lune savait que Museau Cendré devait la chercher depuis longtemps déjà. Le lendemain, la jeune chatte tigrée aurait à affronter les questions embarrassantes de son mentor. Tant pis. Il était plus sûr de rentrer au petit matin, surtout s'il y avait des blaireaux en maraude.

Un apprenti du Clan de la Rivière leur apporta un poisson dodu, assez gros pour elles deux. Tandis que Feuille de Lune s'installait près de Papillon dans son lit de mousse et de fougère, elle murmura :

« Tu n'oublieras pas la mise en garde de Jolie Plume, pas vrai ? Tu guetteras le moindre signe de danger ?

— Hein ? marmonna Papillon d'une voix ensommeillée. Oh, oui, Feuille de Lune. Bien sûr. Ne t'inquiète pas. »

Mais Feuille de Lune ne fut pas rassurée. Puisque Papillon n'avait pas entendu elle-même le message de Jolie Plume, elle risquait de ne pas le prendre au sérieux. Or, la guérisseuse du Clan du Tonnerre était certaine que le danger approchait.

CHAPITRE 7

❧

POIL D'ÉCUREUIL fit halte devant une touffe de fougères pour humer le parfum des feuilles vertes toutes fraîches. Des gouttes de rosée étincelantes perlaient sur le moindre brin d'herbe. Toute la forêt semblait s'éveiller après le long sommeil de la mauvaise saison.

En inspirant de nouveau, elle repéra une odeur féline, qui n'appartenait ni au Clan du Tonnerre ni au Clan de l'Ombre, alors qu'elle approchait de la frontière. Elle se figea, l'œil aux aguets. Une branche de fougère frémit – un félin inconnu au pelage tigré avançait prudemment, le ventre plaqué au sol.

Poil d'Écureuil crut d'abord qu'un chat errant s'était aventuré sur leur territoire, puis reconnut l'un des chats domestiques que Griffe de Ronce et elle avaient combattus lors de leur exploration du lac. Le nid de leurs Bipèdes se trouvait sur le territoire du Clan de l'Ombre, mais ce matou tigré mangeur de chair à corbeau ne se souciait sans doute pas des frontières claniques.

Elle se laissa tomber dans la position du chasseur et rampa vers lui. Elle n'avait guère avancé lorsqu'elle entendit le reste de sa patrouille. Cœur d'Épines, Pelage de Granit et Pelage de Suie. *Crotte de souris !* se dit-elle. *Ils sont aussi discrets qu'une horde de chevaux !*

D'un battement de queue, elle leur fit signe de rester en arrière, mais le matou les avait déjà entendus. Lorsque la silhouette brune jaillit des fougères pour détaler au plus vite, Poil d'Écureuil la prit en chasse. Elle entendit Pelage de Granit lui lancer : « Poil d'Écureuil, arrête ! », mais elle l'ignora.

Elle fila aux trousses de l'intrus, bien déterminée à lui arracher les oreilles pour qu'il ne revienne pas de sitôt, mais sa cible avait une bonne longueur d'avance.

« Crotte de souris ! » cracha-telle en le perdant de vue dans les taillis.

Elle revint sur ses pas afin de rejoindre ses camarades. À sa grande surprise, les trois guerriers s'étaient blottis les uns contre les autres et la dévisageaient avec inquiétude.

« Poil d'Écureuil, espèce de cervelle de souris ! » lança Pelage de Suie.

Au même instant, Griffe de Ronce émergea des taillis, Tempête de Sable sur les talons.

« On peut savoir ce que tu fabriquais ? l'interrogea-t-il.

— Un des chats domestiques du territoire du Clan de l'Ombre était sur notre territoire. » Confuse, furieuse, Poil d'Écureuil ne comprenait pas l'hostilité du guerrier tacheté. De quoi l'accusait-il, cette fois-ci ? « On patrouille le long de la frontière pour chasser les intrus, non ?

— En effet. Et toi non plus, tu n'as pas le droit de

la franchir, la frontière. Imagine, si une patrouille du Clan de l'Ombre t'avait repérée ?

— Hein ? Mais je n'ai pas... » Poil d'Écureuil s'interrompit. Elle venait d'apercevoir l'arbre mort qui marquait la frontière à cet endroit. Elle avait dû le dépasser en pourchassant le chat domestique. « Je ne comprends pas, il n'y avait pas de marquage, se défendit-elle en repassant du bon côté de la frontière.

— Il est très ténu, reconnut Pelage de Granit, parti flairer les racines du vieil arbre. Laisse-la tranquille, Griffe de Ronce. N'importe qui aurait commis la même erreur. »

Les yeux plissés, Tempête de Sable toisa le guerrier gris.

« Laisse Poil d'Écureuil répondre, dit-elle. Elle n'a jamais eu besoin de personne pour prendre sa défense. »

La rouquine remercia tout de même Pelage de Granit d'un regard.

« Je suis désolée, miaula-t-elle. Vraiment, je ne l'ai pas fait exprès.

— C'est vrai. Le marquage est imperceptible, renchérit Cœur d'Épines. Le Clan de l'Ombre n'a pas dû le renouveler depuis plusieurs jours.

— Qu'est-ce qui leur arrive ? se demanda Tempête de Sable. Le Clan de l'Ombre est toujours le premier à défendre ses frontières.

— S'ils ne prennent pas la peine de marquer leur territoire, répondit Poil d'Écureuil en haussant les épaules, qu'ils ne viennent pas se plaindre qu'on passe leur frontière par erreur.

— Tu as sans doute raison, soupira Griffe de Ronce. Mais pour l'amour du Clan des Étoiles, montre-toi plus prudente la prochaine fois.

— Tu peux compter sur elle », affirma Pelage de Granit, sans remarquer le regard furieux que la chatte lui décocha.

De quoi se mêlait-il ? Son comportement protecteur commençait à l'agacer. Elle fut encore plus courroucée par l'air surpris de Tempête de Sable, comme si la guerrière s'étonnait qu'elle ait besoin de lui pour la défendre.

« De toute façon, Griffe de Ronce, reprit Pelage de Granit, tu n'as pas à nous dire ce que nous devons faire.

— Dans une situation pareille, n'importe qui se doit d'intervenir, rétorqua Griffe de Ronce, le dos rond. Tu tiens vraiment à nous attirer des problèmes ?

— Ce n'est pas la question ! riposta Pelage de Granit en sortant les griffes.

— Arrêtez ! protesta Poil d'Écureuil. Je ne veux pas…

— En voilà assez. » Tempête de Sable s'approcha des trois félins querelleurs. « Retournons au camp avant que le Clan de l'Ombre arrive pour de bon et nous trouve en train de nous écorcher vifs. »

Elle s'élança vers le camp, aussitôt suivie de Pelage de Suie et de Cœur d'Épines. Griffe de Ronce et Pelage de Granit, qui se dévisageaient toujours avec hargne, s'attardèrent. Exaspérée par leur comportement, Poil d'Écureuil soupira.

« Passe devant, lança-t-elle à Pelage de Granit.

— Oh... d'accord, répondit ce dernier, surpris. On se revoit tout à l'heure. »

Frustré, il remua la queue avant de rejoindre les autres.

« Tu ne peux pas lui reprocher de vouloir prendre soin de toi », déclara Griffe de Ronce.

Ses paroles auraient pu sembler amicales s'il n'avait pas pris ce ton critique, comme s'il se remémorait les nombreuses occasions durant leur périple où Poil d'Écureuil avait été furieuse qu'il essaie de la protéger.

« Au moins, je connais un guerrier en qui je peux avoir une confiance aveugle ! feula-t-elle.

— Un seul, Poil d'Écureuil ? répéta-t-il, les yeux écarquillés.

— Exactement ! » cracha-t-elle. Elle se sentait si loin de lui à présent qu'elle s'étonnait de l'avoir un jour considéré avec tendresse. « Pelage de Granit, lui, ne perd pas son temps avec un chasseur d'un autre Clan – un chat dangereux, en plus ! »

L'expression peinée de Griffe de Ronce se mua aussitôt en colère.

« C'est ça que tu veux, pas vrai ? Un guerrier loyal pour trotter derrière toi et balayer les épines sur ton chemin ? Je n'aurais jamais cru ça de toi. Tu me déçois beaucoup.

— Pense ce que tu veux, je m'en fiche ! »

Griffe de Ronce montra les crocs. Avant qu'il ait le temps de répondre, les taillis frémirent derrière Poil d'Écureuil. Pelage de Granit était revenu.

« Qu'est-ce que tu veux ? gronda-t-elle.

— Je suis désolé, répondit le guerrier gris, confus.

Comme tu n'arrivais pas, je suis venu voir si tout allait bien. »

Poil d'Écureuil soupira. Pelage de Granit devrait comprendre qu'elle pouvait se débrouiller seule. Enfin, lui, au moins, était honnête. Il disait ce qu'il pensait et personne ne pouvait mettre en doute sa loyauté.

« Je vais bien, dit-elle en pressant son museau contre le sien. Allons-y. »

Elle s'écarta de la frontière, le guerrier gris à son côté. Elle sentit le regard ambré de Griffe de Ronce sur elle jusqu'à ce que les fougères se referment et la dissimulent tout à fait.

À leur retour au camp, la clairière bourdonnait d'activité. Flocon de Neige et Cœur Blanc sortaient tout juste du gîte des guerriers ; leur fille, Nuage Ailé, traversa la combe en un éclair pour les rejoindre en miaulant bruyamment. Les anciens avaient déjà pris place au pied des rochers sous la Corniche. Étoile de Feu s'apprêtait à descendre de son antre.

« Que se passe-t-il ? s'enquit Poil d'Écureuil en voyant d'autres guerriers sortir du buisson d'aubépine.

— Étoile de Feu vient de convoquer une assemblée du Clan », lui expliqua Feuille de Lune, arrivée dans son dos. La jeune guérisseuse semblait abattue. Museau Cendré l'avait sévèrement réprimandée lorsqu'elle était revenue de sa nuit passée parmi le Clan de la Rivière. « Petit Frêne va devenir apprenti.

— Super ! » s'écria la rouquine en bondissant. Elle remarqua alors Fleur de Bruyère à l'entrée de la pouponnière. Elle lissait le pelage de son fils avec vigueur pendant que celui-ci piaffait d'impatience. Pelage de Poussière était assis non loin, fier comme un paon. « Le premier apprenti baptisé sur notre nouveau territoire ! Qui sera son mentor ?

— Aucune idée », admit sa sœur, d'un ton plus léger.

Feuille de Lune balaya la clairière du regard comme pour deviner qui serait chargé de l'entraînement du nouvel apprenti.

Poil d'Écureuil aurait bien aimé recevoir cet honneur, mais elle se doutait qu'elle n'était pas assez expérimentée pour être choisie. De plus, Tempête de Sable, qui descendit les rochers à la suite d'Étoile de Feu, la toisa durement lorsqu'elle la frôla pour s'asseoir près de Poil de Fougère. Elle avait sans doute rapporté à Étoile de Feu l'incident à la frontière du Clan de l'Ombre. La rouquine poussa un profond soupir. Elle devrait apprendre à être plus réfléchie avant qu'on lui confie la responsabilité d'un apprenti.

Une fois tout le monde rassemblé, Étoile de Feu fit avancer Petit Frêne d'un battement de la queue. Le jeune félin gris obéit. Malgré ses tremblements, il fit face à son chef, la tête et la queue bien droites. Son pelage luisait au soleil et ses yeux brillaient. Poil d'Écureuil l'admirait beaucoup. Alors que ses deux sœurs, Petit Sapin et Petit Laurier, avaient péri de malnutrition pendant la destruction de la forêt, et qu'il avait aussi perdu son foyer, il avait fait montre d'un incroyable courage pour un si petit chaton.

La jeune guerrière repéra Griffe de Ronce, tapi tout seul dans son coin. Il couvait Petit Frêne d'un regard où brûlait l'ambition d'être mentor.

Elle s'interrogea sur ses raisons et, lorsqu'elle comprit, son ventre se noua. Pour devenir lieutenant, un guerrier devait avoir entraîné au moins un apprenti. Puisque la destinée de Plume Grise leur était inconnue, Étoile de Feu devrait bientôt désigner quelqu'un pour le remplacer. Et si Griffe de Ronce voulait avoir une chance, il devait être nommé mentor. Or, Petit Frêne était le dernier chaton du Clan.

Étoile de Feu attendit que le silence se fasse.

« Aujourd'hui est un grand jour pour le Clan du Tonnerre, dit-il. La désignation d'un nouvel apprenti est toujours un signe fort : le Clan du Tonnerre survivra et prospérera. Petit Frêne, à partir de maintenant, tu t'appelleras Nuage de Frêne. »

Le chaton hocha la tête avec enthousiasme.

« Pelage de Granit, tu es prêt à t'occuper d'un apprenti, continua le meneur. Tu seras le mentor de Nuage de Frêne. »

L'expression de surprise de Griffe de Ronce n'échappa pas à Poil d'Écureuil. Les muscles du guerriers se bandèrent comme s'il allait bondir, mais il se contrôla. Même le plus ambitieux des guerriers n'oserait contester le choix d'un chef.

Poil d'Écureuil se tourna vers Pelage de Granit. Une lueur de fierté et de bonheur illuminait ses prunelles lorsque Nuage de Frêne galopa vers lui.

« Pelage de Granit, reprit Étoile de Feu, toi aussi tu as connu le chagrin et le deuil, et tu as trouvé la force de les surmonter. »

Il faisait référence à la mort de Plume Blanche, sa mère. Assassinée par Étoile du Tigre, elle avait servi d'appât pour attirer la meute de chiens jusqu'au Clan du Tonnerre. Ce triste événement avait eu lieu bien avant la naissance de Poil d'Écureuil, mais tous les membres du Clan avaient entendu cette histoire à maintes reprises.

« Je sais que tu transmettras cette force à Nuage de Frêne. Et que tu lui enseigneras le savoir qui fera de lui un valeureux guerrier du Clan du Tonnerre. »

Les yeux pétillants, le nouvel apprenti tendit la tête pendant que Pelage de Granit se baissait pour presser sa truffe contre la sienne.

« Nuage de Frêne ! Nuage de Frêne ! » l'acclamèrent les membres du Clan.

Fleur de Bruyère et Pelage de Poussière bondirent vers lui. La mère ronronnait trop fort pour parler et le père félicita son fils d'un rapide coup de langue.

« Tu ne m'avais pas dit qu'Étoile de Feu t'avait choisi ! » s'écria Poil d'Écureuil, si contente pour son ami qu'elle ne pouvait lui en tenir rigueur.

L'œil brillant, il lui lécha l'épaule.

« Je voulais te faire une surprise », répondit-il.

Une fois la cérémonie achevée, Nuage de Frêne sembla un peu perdu. Nuage Ailé vint à son secours. Elle fendit la foule pour coller son museau au sien.

« Viens, lança-t-elle. Je vais te montrer la tanière des apprentis. Ensuite, on ira chercher de la mousse pour ta litière. Et je demanderai à Poil de Fougère si nous pouvons nous entraîner ensemble demain. »

D'un regard, le novice demanda la permission de la suivre. Pelage de Granit acquiesça. Les deux jeunes félins disparurent dans les ronces où dormaient les apprentis.

« Je n'aurais jamais imaginé qu'Étoile de Feu me choisirait, murmura Pelage de Granit en les regardant partir. Je n'arrive toujours pas à y croire ! »

Poil d'Écureuil enfouit son museau dans la fourrure grise du guerrier.

« Tu le mérites autant que les autres », répondit-elle, avant de jeter un coup d'œil vers Griffe de Ronce.

Le guerrier tacheté s'était levé. Il les contemplait avec jalousie et frustration. Un frisson de peur secoua la rouquine.

« Poil d'Écureuil. » C'était sa mère, Tempête de Sable, qui l'appelait à quelques longueurs de queue de là. « Viens-là un instant.

— Que se passe-t-il ? s'enquit-elle en la rejoignant.

— Je voudrais qu'on parle de cette dispute, à la frontière du Clan de l'Ombre. Griffe de Ronce et Pelage de Granit étaient à un poil de se battre, ce qui n'est pas bon pour la cohésion du Clan.

— Je n'y suis pour rien, marmonna-t-elle.

— Arrête, rétorqua la guerrière à la robe roux pâle, dont la queue s'agitait avec impatience. Tu sais très bien de quoi je parle. Tout le monde peut avoir des problèmes personnels, mais tu ne devrais pas laisser les tiens te faire oublier ton devoir. »

Poil d'Écureuil affronta le regard de sa mère. Malgré ses paroles sèches, elle n'y lut que de la sympathie.

« Entendu, miaula-t-elle. Je ferai de mon mieux. Mais parfois, ils se comportent tous les deux comme de stupides boules de poils.

— Ah, ces mâles... » soupira Tempête de Sable, amusée.

Elle posa la queue sur l'épaule de sa fille avant de se diriger vers la réserve de gibier.

Du coin de l'œil, Poil d'Écureuil vit Griffe de Ronce se faufiler, la queue et la tête basses, entre les branches menant au gîte des guerriers.

Le félin qu'elle appréciait jadis aurait su affronter sa déception et aller de l'avant ; il aurait mis ses ambitions de côté afin de se concentrer sur son devoir : rester un guerrier loyal du Clan du Tonnerre.

Mais ce Griffe de Ronce-là n'était plus.

CHAPITRE 8

❧

Feuille de Lune et Museau Cendré sortirent des bois sur la rive du lac. Elles aperçurent aussitôt la silhouette d'un chat solitaire qui venait vers elles depuis le territoire du Clan de l'Ombre.

« C'est Petit Orage », annonça Museau Cendré.

Feuille de Lune poussa un soupir de soulagement. Le soleil avait décliné au-dessus de l'eau et la demi-lune brillait déjà de son pâle éclat. Les guérisseurs devaient à présent se retrouver à la Source de Lune. La jeune chatte tigrée se réjouissait de cheminer avec Petit Orage tant elle redoutait les questions indiscrètes de son mentor.

Lorsqu'elle était revenue du camp du Clan de la Rivière, deux jours plus tôt, Museau Cendré avait été furieuse.

« Tu te rends compte, Étoile de Feu a dépêché une patrouille pour partir à ta recherche, avait-elle craché. Tu crois que nos chasseurs n'ont rien de mieux à faire ? Franchement, Feuille de Lune, je te pensais plus responsable.

— Désolée, avait murmuré la jeune guérisseuse. Je

137

voulais apporter un peu d'herbe à chat à Papillon. Elle m'a donné des prêles, en échange. »

Elle avait alors désigné le bouquet de tiges dodues qu'elle avait ramassées sur le chemin du retour dans les marécages.

Museau Cendré avait levé les yeux au ciel, exaspérée.

« Feuille de Lune, les Clans doivent réapprendre l'autosuffisance. Je sais que Papillon est ton amie, mais cela ne veut pas dire que vous pouvez échanger des remèdes quand bon vous semble. La prochaine fois, demande-moi d'abord la permission.

— Bien, Museau Cendré. »

Feuille de Lune était presque certaine que cette permission ne lui serait jamais accordée. Elle savait que Museau Cendré serait encore plus furieuse si elle connaissait la véritable explication. Pourtant, Papillon méritait d'être guérisseuse : elle était douée, peu importait qu'elle ne croie pas au Clan des Étoiles puisque ce dernier pouvait communiquer avec elle par son entremise.

Tandis qu'elles attendaient Petit Orage sur la berge, Museau Cendré posa sur elle son regard bleu.

« L'autre jour, tu n'as fait que rendre visite au Clan de la Rivière ? Tu en es bien certaine ?

— Oui, Museau Cendré, je t'assure », répondit-elle, piquée au vif.

Son mentor la soupçonnait-elle d'avoir rejoint Plume de Jais en secret ? La jeune chatte était d'autant plus indignée qu'elle lui avait dit la vérité. Elle n'avait pas vu le moindre poil de Plume de Jais ! Néanmoins, elle aurait du mal à se défendre si Museau Cendré formulait une accusation plus directe.

Feuille de Lune poussa un soupir de soulagement : Petit Orage était assez près pour les entendre, à présent, et Museau Cendré ne parlerait plus de Plume de Jais. Le guérisseur traversa le torrent en pataugeant, secoua ses pattes puis les rejoignit en quelques bonds.

« Que le Clan des Étoiles illumine vos chemins, lança-t-il en guise de salut. Tout va bien dans votre Clan ?

— Oui, très bien, répondit Museau Cendré. Et dans le tien ?

— Oh, oui, tout va très bien. »

Le petit chat tigré semblait distrait. Si Museau Cendré le remarqua, elle n'en laissa rien paraître. Les trois félins se dirigèrent d'un même pas vers le cours d'eau qui les guiderait jusqu'à la Source de Lune.

« Papillon n'est pas venue avec toi ? s'étonna Feuille de Lune.

— Non, répondit-il, les moustaches frémissantes. J'imagine qu'elle est passée par le territoire du Clan du Vent. »

Pourtant, sur l'autre rive, nulle trace de la guérisseuse du Clan de la Rivière. Le secret de Papillon pesait lourd sur les épaules de Feuille de Lune tandis qu'elle suivait les autres le long du torrent. Elle se demanda si son amie avait résolu de ne plus feindre de communier avec des esprits auxquels elle ne croyait pas. À moins que les troubles annoncés par Jolie Plume ne soient advenus, empêchant la guérisseuse de quitter son Clan.

Son inquiétude redoubla lorsque Écorce de Chêne, le guérisseur du Clan du Vent, les rejoignit un peu plus loin, là où les arbres disparaissaient pour laisser place à la lande. Lui non plus n'avait pas vu le moindre signe de Papillon.

« Elle nous rattrapera en cours de route », déclara Museau Cendré en boitillant dans la montée.

Tout en suivant la pente, Feuille de Lune scrutait les vallons du territoire du Clan du Vent. Elle se dit qu'elle guettait la robe dorée de Papillon, et non la silhouette souple de Plume de Jais.

« Quoi de neuf dans le Clan du Vent ? s'enquit Museau Cendré. Étoile Solitaire paraissait plein d'assurance lors de l'Assemblée.

— Oui, il fera un chef puissant », répondit le matou d'un ton neutre.

Si le Clan du Vent connaissait toujours des difficultés, il n'était visiblement pas disposé à en parler, pas même à d'autres guérisseurs.

« Tu sais ce que j'ai trouvé dans la lande ? poursuivit-il d'un ton plus amical.

— Comment veux-tu que je le sache, cervelle de souris ? râla Museau Cendré en lui donnant du bout de la queue une pichenette sur l'oreille. Mais je vois que tu meurs d'impatience de me le dire.

— Des gerbes d'or, des forêts entières, répondit-il avec un ronron satisfait. Préconisées pour la cicatrisation des plaies.

— Très bonne nouvelle, Écorce de Chêne. Espérons que tu n'en auras pas besoin trop vite. »

Le guérisseur acquiesça avant d'ajouter :

« Il est toujours utile de savoir où en trouver. »

Feuille de Lune frémit soudain. Si l'on oubliait le renard et le blaireau, ils n'avaient pas de véritables ennemis sur leur nouveau territoire. La gerbe d'or leur serait inutile, à moins que la guerre des Clans ne reprenne. *Nous avons voyagé ensemble, il n'y a pas si longtemps*, songea-t-elle, au désespoir. *Pourquoi devrions-nous nous déchirer de nouveau ?*

Les quatre guérisseurs arrivèrent à la Source de Lune à la nuit tombée. Devant eux se dressait une falaise de roche noire, couverte de fougères et de mousse. Une petite cascade s'échappait d'une fissure à mi-hauteur ; les étoiles scintillaient à sa surface et sur les eaux bouillonnantes du bassin.

Dès qu'elle franchit la barrière de buissons qui gardait le sommet de la cuvette, Feuille de Lune se sentit aussitôt apaisée. Leur avenir, quel qu'il soit, se trouvait entre les pattes du Clan des Étoiles, à présent.

Écorce de Chêne resta en retrait pour laisser Museau Cendré descendre la première le sentier qui courait sur les flancs de la combe. Soudain, Feuille de Lune entendit un halètement rauque, derrière elle : les branches s'écartèrent au passage d'un autre félin.

« Papillon ! s'exclama la jeune chatte tigrée, soulagée. Je pensais que tu ne viendrais plus. Tout va bien ?

— Oui, souffla la guérisseuse du Clan de la Rivière. Je suis bien occupée, c'est tout. Désolée. »

Feuille de Lune surprit le regard courroucé que Museau Cendré lança à la retardataire.

« Tu n'as rien raté, la rassura Petit Orage en agitant la queue en signe d'amitié. Nous n'avons pas encore commencé. »

Tandis que Museau Cendré ouvrait la marche vers le bassin, Feuille de Lune resta en arrière pour murmurer à son amie :

« Je craignais que la prophétie de Jolie Plume ne se soit réalisée.

— Non, rassure-toi. J'ai quadrillé notre territoire sans rien trouver d'inquiétant. Néanmoins, je resterai sur mes gardes. Ne t'inquiète pas », ajouta-t-elle avant de se lancer à son tour dans la pente.

Feuille de Lune, qui descendit la dernière, glissa avec plaisir ses pattes dans les empreintes laissées par leurs ancêtres sur le sol dur. Elle frémit de plaisir à l'idée d'appartenir à une longue lignée de guérisseurs, qui avaient tous servi leur Clan, guidés par les guerriers de jadis.

Au fond de la combe, les cinq félins prirent place sur le bord du bassin. Ils tendirent le cou pour laper l'eau dansante où se baignaient les étoiles. Feuille de Lune sentit sur sa langue le goût glacé des astres et de la nuit. Elle ferma les yeux afin de recevoir les rêves que le Clan des Étoiles lui destinait.

Elle s'attendait à revoir Jolie Plume, et peut-être à en apprendre davantage sur la menace qui planait au-dessus du Clan de la Rivière. Pourtant, la belle guerrière grise ne parut pas. Dans sa vision, la guérisseuse arpentait des ténèbres venteuses. Des silhouettes félines surgissaient un instant à la périphérie de sa vision avant de disparaître sans lui laisser le temps de leur parler. Une plainte s'éleva au loin, un chœur de gémissements qui déchirait la nuit et dont le sens lui échappait.

« Qui êtes-vous ? lança-t-elle. Où êtes-vous ? Et que voulez-vous ? »

Seule la complainte lui répondit. Prise de panique, elle sentit son cœur palpiter. Elle aurait voulu s'enfuir, horrifiée au-delà des mots. Elle se força pourtant à ralentir le pas, bien déterminée à découvrir la nature du message du Clan des Étoiles.

Elle aperçut enfin au loin un point de lumière blanche étincelante, telle une étoile suspendue à l'horizon. Elle força l'allure. Le point gonfla jusqu'à emplir sa vision. Puis elle se précipita dans la lumière et s'éveilla au bord de la Source de Lune.

Des frissons parcoururent ses membres. Elle avait l'impression que le moindre de ses poils s'était dressé sur sa peau. Lorsqu'elle essaya de se relever, elle tremblait tant qu'elle retomba sur le ventre. Immobile, elle se força à inspirer profondément pour se calmer.

Autour d'elle, Museau Cendré, Écorce de Chêne et Petit Orage étaient encore plongés dans leurs rêves. Quant à Papillon, elle s'était lovée sur une pierre plate et piquait visiblement un petit somme.

« Papillon ! souffla Feuille de Lune en allant la secouer du bout de la patte. Papillon, réveille-toi ! »

La chatte dorée ouvrit les yeux et regarda son amie sans comprendre. Puis elle se leva et s'étira avec grâce.

« Feuille de Lune, tu étais vraiment obligée de me réveiller ? Je n'avais pas si bien dormi depuis des lunes.

— Désolée. Mais tu ne voudrais pas que les autres te surprennent ainsi, pas vrai ? »

Papillon jeta un coup d'œil vers les trois guérisseurs assoupis qui commençaient à s'agiter.

« Tu as raison, excuse-moi. »

Feuille de Lune attendit qu'ils se réveillent. Elle avait hâte de savoir s'ils avaient eux aussi fait ce rêve déroutant, et s'ils en connaissaient la signification. Lorsqu'ils se redressèrent, elle ne fut guère surprise par leur air solennel et quelque peu confus.

« Quelle vision étrange, lança Petit Orage en se donnant un coup de langue sur le poitrail. Nous devrions peut-être en parler. »

Chouette, se dit Feuille de Lune. *L'un d'entre eux pourra peut-être m'éclairer.*

« Des griffes, poursuivit Museau Cendré. J'ai vu d'énormes griffes blanches, prêtes à écorcher vif, à verser le sang...

— Et des gueules béantes, renchérit Écorce de Chêne. Mais s'agissait-il de chats ? Je n'en suis pas sûr.

— Sans oublier cette voix... ajouta Petit Orage, avec un frisson. Si impérieuse, prédisant le danger et la mort. Qu'est-ce que tout cela signifie ? »

Feuille de Lune se figea. Ce n'était pas son rêve ! Pourquoi le Clan des Étoiles ne lui avait-il pas montré ces images ? Parce qu'elle gardait le secret de Papillon ? *Pourtant, Jolie Plume est venue me voir. Si le Clan des Étoiles m'en voulait à cause de Papillon, elle me l'aurait dit.*

Peut-être que cela n'avait rien à voir avec son amie. Peut-être que le Clan des Étoiles avait deviné ses sentiments pour Plume de Jais. Son statut de guérisseuse était-il remis en cause ? *Ce serait injuste ! Je ne lui ai même pas parlé depuis la nuit de la bataille.*

« À quoi penses-tu, Feuille de Lune ? » s'enquit Museau Cendré.

La jeune guérisseuse sursauta.

« Je… je ne sais pas très bien. »

Voilà donc ce que ressent Papillon chaque fois qu'elle doit parler du Clan des Étoiles ? se demanda-t-elle. *Le besoin de faire semblant ?*

Papillon bâilla à s'en décrocher la mâchoire.

« Nos ancêtres veulent sans doute nous mettre en garde », miaula-t-elle.

Surprise, Feuille de Lune la dévisagea. Sa conclusion était pourtant logique après les comptes rendus des autres. Papillon pensait-elle que cette nouvelle alerte rejoignait celle de Jolie Plume ? Non, les paroles de Jolie Plume ne concernaient que le Clan de la Rivière, alors que cette prophétie était apparue aux trois autres Clans.

Museau Cendré s'inclina.

« Nous devons y réfléchir, miaula la guérisseuse. Si le danger nous guette, le Clan des Étoiles nous en dira bientôt plus.

— Nous en reparlerons à notre prochaine réunion, suggéra Petit Orage. D'ici là, les choses seront peut-être plus claires.

— Bonne idée, grommela Écorce de Chêne. Le Clan des Étoiles ne semblait pas très bavard, ce soir.

— N'oublie pas que nos ancêtres ont eux aussi besoin de temps pour s'habituer à leur nouveau territoire, lui fit remarquer Museau Cendré. Peut-être qu'ils ont plus de mal à nous parler. »

C'était bien possible, se dit Feuille de Lune, pleine d'espoir. Mais cela n'expliquait pas pourquoi son rêve était tout à fait différent du leur.

Les guérisseurs empruntèrent le sentier en spirale jusqu'à la barrière de buissons. De là-haut, Museau Cendré, Petit Orage et Écorce de Chêne s'engagèrent dans la descente. Ils échangèrent des murmures angoissés comme s'ils ne pouvaient attendre leur prochaine réunion pour évoquer leur vision. Papillon et Feuille de Lune cheminaient côte à côte derrière eux.

« As-tu parlé de mon rêve à Étoile du Léopard ? s'enquit Feuille de Lune à voix basse.

— Bien sûr que non, répondit son amie, surprise. Je ne peux pas admettre que le Clan des Étoiles m'envoie un message par l'intermédiaire d'une autre guérisseuse !

— Mais tu aurais pu prétendre qu'il s'agissait de ta propre vision, rétorqua la chatte tigrée en touchant l'épaule de son amie du bout de la queue. Cela ne m'aurait pas gênée. Étoile du Léopard devrait être mise au courant, pour pouvoir ordonner à ses guerriers de rester sur leurs gardes.

— C'est impossible. Je n'ai jamais évoqué mes rêves avec Étoile du Léopard, et je n'en aurai sans doute jamais l'occasion. Je ne fais pas de rêves prémonitoires. » D'une voix plus basse, plus troublée aussi, elle poursuivit : « Je dois trouver ma propre voie de guérisseuse, sans le Clan des Étoiles. Fais-moi confiance, Feuille de Lune. J'œuvre pour le bien de mon Clan, mais selon mes règles. »

Sceptique, Feuille de Lune contempla son amie. La Toison Argentée illuminait le ciel. Comment Papillon pouvait-elle voir les esprits-étoiles de leurs ancêtres sans croire en leur existence ? Elle savait que Papillon travaillait dur, que la santé de son Clan passait avant tout. Mais sans la foi, elle n'avait pas accès à la force et à la sagesse du Clan des Étoiles. Pour Feuille de Lune, le Clan des Étoiles était indissociable de la voie du guérisseur.

« Mais si tu ne crois pas... »

Elle s'interrompit, ne sachant comment formuler sa pensée.

« Ne t'en fais pas, la rassura Papillon sans lui laisser le temps de finir. J'inspecte régulièrement tous les points d'eau et lorsque je vais ramasser des plantes médicinales, je guette le moindre signe de présence des Bipèdes. » D'un mouvement de la queue, elle fit comprendre à son amie qu'elle ne souhaitait plus en parler. « Et dans ton Clan, tout va bien ? reprit-elle.

— Oui, merci. Nous avons un nouvel apprenti : Nuage de Frêne. Tu le verras sans doute à la prochaine Assemblée.

— Voilà une bonne nouvelle. Qui sera son mentor ?

— Pelage de Granit... »

Feuille de Lune se tut aussitôt. Un feulement venait de retentir, tout près. Consciente du danger, elle sentit ses poils se hérisser.

« Qu'est-ce que c'était que ça ? » souffla Papillon.

Elles avaient atteint la frontière du Clan du Vent. La lande s'étendait de toutes parts, semée de blocs de roche et d'arbustes rabougris. Des ombres noires s'étendaient à leurs pieds.

Le feulement retentit de plus belle.

« Feuille de Lune ! »

La guérisseuse se détendit en apercevant une silhouette grise et souple au détour d'un rocher. Un parfum familier envahit ses sens.

« Plume de Jais ! s'écria-t-elle. Tu m'as fait une de ces peurs !

— Désolé, marmonna le guerrier, avant de plonger son regard dans celui de Papillon. Je voudrais parler à Feuille de Lune, si tu le permets. »

Surprise, la guérisseuse du Clan de la Rivière fit mine de protester. Puis elle acquiesça en poussant un petit ronron amusé. Gênée, Feuille de Lune ne savait plus où se mettre.

« Bien sûr, murmura Papillon. À bientôt, Feuille de Lune. »

Sur ces mots, elle disparut dans la descente.

La jeune chatte tigrée faillit la rappeler. Elle n'était pas certaine de vouloir rester seule avec Plume de Jais.

« Nous ne devrions pas… marmonna-t-elle en reculant d'un pas.

— Je savais que tu passerais par là, répondit-il avec impatience. J'ai suivi Écorce de Chêne, puis je t'ai attendue. Feuille de Lune, il faut que nous parlions. Je ne peux pas oublier l'autre nuit, près de ton camp…

— Je sais, mais…

— D'abord, je pensais que tu partageais mes sentiments, la coupa-t-il. Puis tu m'as évité à l'Assemblée, et je n'ai pas compris pourquoi. » Ses griffes raclèrent le sol. « Je pense à toi tout le temps, Feuille de Lune. L'autre jour, j'ai raté un lapin qui m'avait presque sauté dans les pattes. Je n'arrête pas de faire des erreurs…

— Moi aussi ! s'écria-t-elle. J'ai failli donner des graines d'orties au lieu de graines de pavot à Étoile de Feu, et j'ai confondu du suc de mille-feuille avec de la bile de souris. Quelle idiote !

— Patte Cendrée affirme que je suis aussi maladroit qu'un apprenti...

— Museau Cendré s'est fâchée contre moi.

— Feuille de Lune, nous ne pouvons pas rester séparés. »

La fragrance, le doux pelage du guerrier la mettaient dans tous ses états.

« Mais je suis guérisseuse », protesta-t-elle. Elle devait lutter contre le désir d'enfouir son museau dans sa fourrure grise. « Et j'appartiens à un autre Clan. C'est sans espoir. »

Les prunelles ambrées du guerrier flamboyèrent.

« Feuille de Lune, m'aimes-tu autant que je t'aime ? »

Sa raison lui soufflait de ne pas lui avouer ses sentiments, mais elle ne put lui mentir.

« Oui.

— Alors nous trouverons une solution. Acceptes-tu qu'on se revoie ? Pour parler tranquillement ? »

Elle retint son souffle. Comment résister au besoin irrépressible d'être à ses côtés ? Le Clan des Étoiles ne pouvait lui demander une chose pareille. Ce serait trop cruel...

« D'accord, souffla-t-elle. Quand ?

— Je t'enverrai un message dès que possible. »

Soudain, la voix de Museau Cendré leur parvint depuis le pied de la colline.

« Feuille de Lune, tu es là ?

— J'arrive ! lança-t-elle, avant d'ajouter à voix basse : Je dois y aller. »

La langue râpeuse du guerrier passa sur son oreille.

« Je te dirai où me retrouver. Très bientôt. »

Elle le contempla longuement pour graver son visage dans son esprit. Puis elle fit demi-tour et dévala la colline aussi vite que si une horde de renards la pourchassait.

CHAPITRE 9

❧

« **H**é, Poil d'Écureuil ! »

La rouquine abandonna un instant la souris qu'elle dégustait près de la réserve de gibier. Un vent glacial lui ébouriffait la fourrure. Depuis plusieurs jours, le temps était gris et venteux. La promesse d'une saison des feuilles nouvelles précoce s'était envolée.

« Tu veux venir chasser ? lui demanda Flocon de Neige en s'avançant vers elle d'un pas nonchalant. Poil de Fougère et Patte d'Araignée viennent aussi.

— Super ! » répondit-elle.

Poil de Fougère était en pleine conversation avec Pelage de Granit et les deux apprentis près du tunnel d'aubépine. Il semblait leur donner des instructions en agitant la queue pour souligner l'importance de son propos. Le guerrier gris entraîna ensuite les deux jeunes félins vers la tanière des anciens tandis que Poil de Fougère venait rejoindre Poil d'Écureuil et Flocon de Neige.

« Pelage de Granit va garder un œil sur Nuage Ailé et Nuage de Frêne pendant qu'ils s'occupent des anciens, expliqua-t-il. Ces deux-là insistent pour s'entraîner ensemble. »

Poil d'Écureuil les comprenait. Depuis que Patte d'Araignée avait reçu son nom de guerrier plus d'une lune plus tôt, Nuage Ailé était restée la seule apprentie du Clan. Quant à Nuage de Frêne, il avait souffert bien trop longtemps de la solitude dans la pouponnière. Poil d'Écureuil se souvenait des bons moments passés à s'entraîner avec ses camarades. À l'époque où elle était novice, elle ne quittait pas Nuage de Musaraigne, son meilleur ami. Puis ce dernier avait péri avant leur départ de la forêt, renversé par un monstre alors qu'il poursuivait un faisan. Elle aurait aimé s'entraîner avec sa sœur, mais celle-ci avait toujours su que son destin la conduirait dans l'antre d'une guérisseuse.

La rouquine se leva d'un bond tout en avalant une dernière bouchée de souris.

« Où va-t-on ? s'enquit-elle avant de se lécher une patte et de la passer sur son menton.

— Je pensais au torrent, près du lac, répondit Poil de Fougère. Le gibier y abonde. Où est Patte d'Araignée ? »

Au même instant, le matou noir haut sur pattes émergea du gîte des guerriers et traversa la clairière comme une flèche.

« Qu'est-ce qu'on attend ? demanda-t-il.

— Toi, rétorqua Flocon de Neige en lui assénant une pichenette sur l'oreille. Allons-y. »

Tandis que les chasseurs cheminaient vers le torrent, les branches des arbres claquaient sous les assauts du vent. Les bourrasques plaquaient les fougères au sol. La bise, dont la caresse à rebrousse-poil faisait frissonner Poil d'Écureuil, avait quelque chose de stimulant. Le froid aiguisait ses sens et l'encourageait à courir plus vite. Gagnant peu à peu de la vitesse, elle fila dans la forêt, sa queue voletant derrière elle.

« Attends-nous ! » lança Poil de Fougère.

Flocon de Neige courait tout près d'elle, son pelage blanc frôlant presque le sien. Poil de Fougère la rattrapa de l'autre côté. Avec un cri triomphal, Patte d'Araignée les dépassa tous trois, grâce à ses longs membres.

« Ne va pas trop loin ! haleta Flocon de Neige. Tu vas effrayer le gibier. »

Poil d'Écureuil ralentit. La course avait échauffé ses muscles. Une énergie sans borne irriguait à présent son corps. Ils rattrapèrent Patte d'Araignée au sommet de la butte qui dominait le torrent. D'un battement de queue, le chat noir leur intima le silence – il avait repéré un étourneau. Il adopta la position du chasseur et rampa vers l'oiseau. Il allait bondir lorsque le vent tourna, écartant les hautes herbes où il s'était dissimulé. L'étourneau poussa un cri d'alarme. Le félin bondit, mais sa proie s'envola dans un arbre, échappant de peu à ses griffes tendues.

Penaud, il se tourna vers ses camarades, la queue basse.

« Désolé, marmonna-t-il.

— Pas de quoi, le rassura Poil de Fougère. Le vent a tourné subitement, ce n'est pas de chance. »

Sur la berge, Poil d'Écureuil écoutait le claquement des branches et les gargouillis du cours d'eau en contrebas. Un peu plus loin, entre les arbres, le vent ridait la surface grise du lac. La rouquine crut soudain entendre un autre bruit – le cri d'un chat en détresse. Comme il ne se reproduisit pas, elle crut l'avoir imaginé.

Flocon de Neige vint la rejoindre.

« Tu as senti quelque chose ? » demanda-t-il.

Elle fit non de la tête.

Le guerrier au pelage immaculé entrouvrit la gueule pour mieux humer l'air. Les oreilles soudain dressées, il s'exclama :

« Des intrus !

— Le Clan du Vent ? » suggéra Poil de Fougère.

Ce dernier les rejoignit pour contempler le torrent qui marquait la frontière. Alors que la fin de la mauvaise saison approchait, la berge était toujours couverte d'herbes folles et de fougères où ennemis et proies pouvaient se dissimuler.

« Non, pas le Clan du Vent, répondit Flocon de Neige avant de flairer de nouveau l'atmosphère. Je ne reconnais pas cette odeur. »

Poil d'Écureuil leva la truffe à son tour. Flocon de Neige avait raison. Elle repéra elle aussi la présence d'un chat – peut-être même de plusieurs – mais qui n'appartenait à aucun des Clans. La fragrance – âcre, teintée d'herbe fraîche – venait de tout près.

« Des chats errants, tu penses ? demanda Patte d'Araignée en s'engageant dans la descente.

— Reste où tu es ! le rabroua Flocon de Neige. Pourquoi ne pas coller la truffe dans une ruche, pendant que tu y es ! Nous devons d'abord découvrir à qui nous avons affaire. Qui est là ? Montrez-vous ! » lança-t-il en avançant d'un pas.

Les muscles bandés, guettant le moindre signe de danger, Poil d'Écureuil scrutait le terrain entre le cours d'eau et eux.

« S'ils cherchent la bagarre, ils ne vont pas être déçus, marmonna-t-elle.

— Nous savons que vous êtes là ! reprit Flocon de Neige. Sortez ! »

Une touffe d'herbes hautes au bord du torrent s'écarta. Au grand étonnement de Poil d'Écureuil, une chatte au poil long, couleur crème, en sortit.

« C'est Chipie, du territoire des chevaux ! s'exclama-t-elle. Que fais-tu là ? Tu t'es perdue ? »

En son for intérieur, elle s'étonnait que même un chat domestique puisse s'égarer ici, puisqu'il n'y avait qu'à suivre la rive du lac.

L'intruse se recroquevilla sous un buisson avant de lever la tête vers les guerriers.

« Pitié, ne me faites pas de mal…

— Je vais la chasser, proposa Patte d'Araignée, tapi au sol comme pour bondir sur une proie.

— Relève-toi, cervelle de souris, le tança Flocon de Neige. Demandons-lui d'abord ce qu'elle veut. »

D'un pas mesuré, il descendit la rejoindre. Poil d'Écureuil le suivit. La chatte domestique faisait peur à voir : son long pelage était boueux et plein de bourres, son regard bleu voilé par la fatigue.

« Qu'est-ce qui ne va pas ? Il s'est passé quelque chose chez vous ? »

Chipie la regarda en battant des cils. Avant qu'elle puisse répondre, un miaulement déchirant leur parvint depuis l'autre côté du buisson.

« Des chatons ! » s'écria Flocon de Neige.

Il passa devant Chipie et se fraya un chemin dans l'herbe haute. La chatte le suivit en l'implorant :

« Ne faites pas de mal à mes petits ! »

Poil d'Écureuil contourna le buisson et découvrit trois chatons minuscules, blottis les uns contre les autres, leurs petites gueules roses grandes ouvertes criaient leur faim et leur frayeur. L'un d'eux avait la robe crème de Chipie, les deux autres étaient gris et blanc comme Pacha, le mâle du territoire des chevaux.

Chipie attira ses petits près d'elle en les entourant de sa queue.

« Pitié, aidez-nous, supplia-t-elle.

— Ne t'en fais pas, nous ne vous voulons aucun mal, la rassura Poil de Fougère.

— Que faites-vous là ? s'enquit Poil d'Écureuil. Tes petits sont bien trop jeunes pour voyager si loin. »

La reine se pencha pour lécher le chaton couleur crème.

« Lorsque les petits de Câline ont vu le jour, les Sans-Fourrure les lui ont pris. »

Les Sans-Fourrure devaient êtres les Bipèdes, se dit Poil d'Écureuil.

« Pourquoi ont-ils fait une chose pareille ? s'étonna la rouquine.

— Personne ne le sait. Les chatons étaient si jeunes qu'ils n'avaient pas encore ouvert les yeux. »

Flocon de Neige poussa un feulement de rage.

« Crotte de renard ! Si j'avais été là, j'aurais griffé leur sale face.

— À quoi bon ? gémit Chipie, les yeux embués de larmes. Cela n'aurait pas ramené les petits. Câline ne les reverra plus jamais. Du coup, quand les miens sont nés, reprit-elle en relevant la tête avec courage, j'ai décidé de partir avant que les Sans-Fourrure ne les trouvent. Comme j'avais vu de nombreux chats passer devant notre clôture, dans cette direction, je me suis dit que certains d'entre vous se montreraient peut-être amicaux. »

Elle tourna ses grands yeux bleus vers Flocon de Neige.

Le guerrier blanc se pencha pour renifler les trois petites boules de poils. Les chatons reculèrent en piaillant, plus apeurés que jamais.

« Vous allez nous aider, pas vrai ? s'enquit Chipie. Là-bas, ajouta-t-elle en désignant le territoire du Clan du Vent du bout de la queue, on nous a chassés.

— Sans doute Oreille Balafrée et les autres, miaula Poil de Fougère. Ne t'inquiète pas, tu es sur le territoire du Clan du Tonnerre, à présent.

— Je comprends. C'est sans doute pour ça qu'ils nous ont laissés tranquilles dès qu'on a franchi le torrent. Je ne pense pas que mes chatons puissent aller plus loin. Et je refuse de rentrer. Les Sans-Fourrure me les voleraient.

— Nous allons t'aider, promit Flocon de Neige. Tu peux amener tes petits jusqu'à notre camp.

— Oh, merci ! »

Poil de Fougère lança un regard surpris au guerrier blanc.

« Quatre chats domestiques ? murmura-t-il. Qu'en pensera Étoile de Feu ?

— Il comprendra, lui assura Flocon de Neige. Il est né chat domestique. Tout comme moi. Ça te pose un problème ?

— Bien sûr que non, répondit le guerrier brun doré. Mais j'ignore si le moment est bien choisi pour accueillir d'autres membres, alors que nous n'avons pas fini d'explorer le territoire.

— Pour ces chatons, c'est peut-être une question de vie ou de mort, rétorqua Poil d'Écureuil. Nous ne pouvons quand même pas les chasser le long de la rive jusqu'au Clan de l'Ombre. Allons-y !

— D'accord, c'est parti, miaula Flocon de Neige. Patte d'Araignée ! lança-t-il au jeune guerrier resté au sommet de la rive pour monter la garde. On a besoin de vous, en bas ! Vous trois, vous pouvez porter un chaton chacun. Moi j'aiderai Chipie. »

Poil d'Écureuil prit l'un des petit gris et blanc par la peau du cou. Celui-ci poussa un cri de terreur et se mit à gigoter dans tous les sens.

« Tais-toi. Je fais ça pour t'aider », marmonna-t-elle.

Poil de Fougère et Patte d'Araignée l'imitèrent. Flocon de Neige laissa Chipie s'appuyer contre son épaule pour remonter la pente.

Lorsque Poil d'Écureuil se fraya un passage dans le tunnel d'aubépine, elle trouva la clairière déserte. Elle se dirigea aussitôt vers la pouponnière et croisa Nuage de Frêne qui sortait une boule de mousse sale de la tanière des anciens.

« Qu'est-ce que tu portes, là ? demanda-t-il en laissant tomber son fardeau pour scruter la petite chose qui pendait de la gueule de la rouquine. Oh, waouh ! Nuage Ailé, viens voir ça ! »

L'apprentie sortit à son tour des branchages, portant sa part de litière souillée.

« Un chaton ! s'écria-t-elle. Où l'as-tu trouvé ? »

Poil d'Écureuil ne pouvait s'expliquer avant d'avoir posé le petit. Elle gagna la pouponnière pendant que les apprentis alertaient le reste du Clan. Fleur de Bruyère glissa la tête hors de l'antre des guerriers et écarquilla les yeux en voyant le butin de Poil d'Écureuil et de sa patrouille.

« Les pauvres petits ! hoqueta-t-elle. Emmenez-les dans la pouponnière. Nuage Ailé, va chercher Museau Cendré. Et toi, Nuage de Frêne, avertis Étoile de Feu. Tu es leur mère ? demanda-t-elle à Chipie, qui venait d'apparaître au côté de Flocon de Neige. Ne t'inquiète pas, nous allons prendre soin de vous. »

Fleur de Bruyère se faufila dans la pouponnière devant Poil d'Écureuil et entreprit de rassembler mousse et fougères pour préparer un nid bien chaud et confortable. La rouquine y déposa doucement le petit. Il avait arrêté de gigoter depuis longtemps. Inerte, il respirait à peine. Poil de Fougère et Patte d'Araignée placèrent les deux autres près de leur frère et Chipie s'installa à côté d'eux. Elle leur donna aussitôt des coups de museau inquiets.

« Nuage Ailé m'a dit qu'il y avait des chatons, ici ? Je peux les voir ? »

Poil de Châtaigne venait de passer la tête dans la pouponnière. En voyant Chipie et sa portée, elle entra pour de bon et se plaça près du nid.

« Oh, ils sont magnifiques ! ronronna-t-elle. Attends, laisse-moi t'aider. »

Elle entreprit de lécher un chaton à rebrousse-poil pour le réchauffer.

L'intérêt soudain de la guerrière écaille pour ces petits surprit Poil d'Écureuil. Puis elle remarqua pour la première fois le gros ventre de la chatte. Son odeur aussi avait changé. *Elle doit sûrement porter les chatons de Poil de Fougère,* se dit-elle. *Quelle bonne nouvelle ! Le Clan du Tonnerre a besoin de sang neuf.*

Sous les coups de langue vigoureux de Chipie, Poil de Châtaigne et Fleur de Bruyère, les chatons commencèrent à remuer et à pousser de petits cris. Chipie ne releva la tête qu'une fois qu'ils furent tous trois assez revigorés pour enfouir le museau dans son ventre et se mettre à téter.

« Vous leur avez sauvé la vie, murmura-t-elle. Je pensais qu'ils allaient mourir, tous les trois. »

Les branches frémirent de nouveau dans l'entrée lorsque Museau Cendré entra à son tour, suivie de Feuille de Lune qui portait un ballot de plantes dans la gueule. Poil d'Écureuil se coula près de sa sœur et lui murmura :

« Tu crois que Poil de Châtaigne est pleine ? »

Feuille de Lune déposa les remèdes près de Chipie.

« Évidemment ! feula-t-elle. N'importe qui s'en rendrait compte. Où étais-tu passée pendant la dernière demi-lune ? »

Perplexe, la rouquine agita les oreilles. Sa sœur n'avait pas l'habitude de s'emporter. Des vagues d'émotions fortes émanaient de la guérisseuse, mais la jeune guerrière ne parvenait pas à les identifier.

Museau Cendré contourna Patte d'Araignée pour atteindre Chipie et ses chatons.

« Vous vous croyez où ? À une Assemblée ? Que tous ceux qui n'ont rien à faire ici s'en aillent tout de suite ! Allez ouste ! De l'air ! »

Jetant un ultime regard aux nouveaux arrivés, Poil d'Écureuil sortit avec Patte d'Araignée et Poil de Fougère. Au même instant, Museau Cendré murmura :

« Chipie, je t'ai apporté des herbes fortifiantes pour toi et tes petits. Ne t'en fais pas. Tout va bien se passer. »

Dans la clairière, les apprentis bavardaient joyeusement, leur mousse abandonnée au sol. Juste devant la pouponnière, Flocon de Neige faisait son rapport à Étoile de Feu, pendant que d'autres s'approchaient pour l'entendre. Poil d'Écureuil aperçut Griffe de Ronce parmi eux. Le guerrier tacheté semblait contrarié – mais bon, Griffe de Ronce semblait toujours contrarié, ces temps-ci.

Il n'était pas le seul que l'arrivée de Chipie troublait.

« Combien de temps comptes-tu les accueillir ? s'enquit Pelage de Poussière.

— Cela dépend de beaucoup de choses, répondit le meneur, dont le bout de la queue s'agitait. Combien de temps voudront-ils rester, pour commencer ?

— Je ne pense pas que Chipie ait un jour envie de retourner auprès des Bipèdes, rétorqua Flocon de Neige. Comme ils ont pris les petits de Câline, Chipie a décidé de partir au plus vite pour protéger sa propre portée.

— Voilà une sage décision, déclara Étoile de Feu.

— Cela signifie-t-il que tu les acceptes dans le Clan ? De façon permanente ? » Le ton de Griffe de Ronce était clairement hostile. « Quatre chats domestiques ? »

Poil d'Écureuil sentit un grondement monter au fond de sa gorge. Griffe de Ronce avait-il oublié que son chef était un ancien chat domestique, et qu'elle-même avait hérité de son sang ?

« Il n'y a qu'à regarder Chipie pour comprendre qu'elle n'a sans doute jamais tué une souris de toute sa vie, poursuivit Griffe de Ronce sans laisser le temps à Poil d'Écureuil de l'attaquer. Elle aura besoin d'aide pour survivre ici.

— C'est vrai, reconnut Étoile de Feu. Mais le Clan du Tonnerre, lui, a besoin de jeunes recrues. Nous n'avons que deux apprentis et, même si les petits de Poil de Châtaigne seront plus que bienvenus, leur apprentissage ne commencera que dans bien des lunes. »

Poil de Fougère et Poil de Châtaigne échangèrent un regard plein de fierté.

« Mais ce sont des *chats domestiques*, insista Griffe de Ronce. Comment vont-ils apprendre...

— Et alors ? » Flocon de Neige pivota vers lui, ses yeux bleus plissés de rage. « Tu as oublié que ton chef était un chat domestique ? Et que moi aussi ? Je vais te montrer, moi, qu'un chat domestique est parfaitement capable de t'arracher les oreilles ! »

Griffe de Ronce recula d'un pas, le regard embrasé. Le reste du Clan les observait, sous le choc, y compris Cœur Blanc, la compagne de Flocon de Neige. La susceptibilité du guerrier blanc étonna Poil d'Écureuil. Il n'était qu'un chaton minuscule à son arrivée dans le Clan, bien avant la naissance de Poil d'Écureuil, et ses camarades n'en parlaient jamais.

« Si Flocon de Neige ne t'écorche pas vif, je m'en charge, cracha-t-elle en prenant place près du guerrier insulté.

— Assez ! » Étoile de Feu s'interposa entre les chats. « Rentrez vos griffes. Personne ne se battra ici.

— Merci de nous avoir défendus. » La petite voix venait de derrière elle. En se tournant, Poil d'Écureuil vit que Chipie avait sorti la tête de la pouponnière. « J'ai entendu malgré moi votre conversation. Je n'avais pas l'intention de rejoindre l'un ou l'autre de vos Clans en partant de chez moi. Je voulais simplement sauver mes chatons. Si notre présence est un problème, nous poursuivrons notre chemin dès que mes petits seront assez forts pour voyager.

— Ce n'est pas un problème, la rassura aussitôt Flocon de Neige.

— Vous pouvez rester aussi longtemps que vous le souhaitez, ajouta Étoile de Feu en venant se placer devant Chipie. Mais si tu décides de partir, tu devras bien choisir ta destination. La vie de solitaire est des plus difficiles. As-tu l'habitude de chasser pour te nourrir ?

— Je parie que oui, coupa Poil d'Écureuil sans lui laisser le temps de répondre. Gerboise et Nuage de Jais attrapent bien des souris dans leur grange. Pourquoi Chipie et les autres ne feraient-ils pas pareil ? »

La chatte crème secoua la tête, l'air gêné.

« Non, nous...

— Non, elle est sans doute trop grosse et trop fainéante pour courir », lança Pelage de Suie, suffisamment fort pour que tous l'entendent.

Poil d'Écureuil se réjouit de voir Poil de Souris lui asséner un coup de patte sur l'oreille. Elle aurait fait de même si elle avait été suffisamment près.

« Les Sans-Fourrure nous nourrissaient, expliqua Chipie, un peu inquiète. Il nous arrivait d'attraper des souris dans la grange. Mais elles ne sont pas nombreuses, là-bas – et j'imagine qu'il est encore plus difficile de les chasser dans la nature.

— Tu as raison, miaula Étoile de Feu. Nous t'apprendrons, si tu décides de rester. Et nous enseignerons nos coutumes à tes petits.

— Tu n'es pas obligée de faire ton choix tout de suite, intervint Flocon de Neige. Pourquoi ne retournes-tu pas auprès de tes chatons ? Tu as besoin de repos.

— Et de notre côté, nous ne prendrons aucune décision sans te consulter », ajouta Étoile de Feu avant de se tourner vers les apprentis. « Nuage de Frêne, va chercher un morceau de gibier pour Chipie, s'il te plaît. »

L'apprenti s'exécuta aussitôt.

« Rassure-toi, Chipie, reprit Flocon de Neige. Tout ira mieux après un bon repas et une bonne nuit de sommeil. »

Poil d'Écureuil fut frappée par l'expression de Cœur Blanc : la guerrière semblait déconcertée de voir son compagnon enfouir le museau dans le flanc de Chipie. La chatte défigurée les regarda cheminer côte à côte vers la pouponnière, avant de murmurer à Nuage Ailé :

« Ton père a raison. Chipie est épuisée, et sans doute encore terrorisée. »

Elle se hâta ensuite de les rejoindre.

« As-tu besoin d'aide pour tes chatons ? » s'enquit-elle.

En la voyant, la chatte au pelage crème sursauta.

« Qu'est-il arrivé à ton visage ? » s'écria-t-elle.

Poil d'Écureuil était tellement habituée aux cicatrices de la guerrière qu'elle ne les remarquait même plus. Cependant, elle comprenait que Chipie, confrontée pour la première fois aux marques roses et dépourvues de poils, et à l'orbite vide, soit déconcertée.

Elle aurait tout de même pu réagir moins violemment, se dit Poil d'Écureuil. *Pauvre Cœur Blanc !*

« Une meute de chiens m'a attaquée », expliqua la chatte à demi aveugle en se détournant avec pudeur.

Elle recula afin de laisser Flocon de Neige et Chipie entrer seuls dans la pouponnière, puis elle traversa la clairière vers la tanière des guerriers.

« Tu veux venir chasser ? lança Pelage de Granit à l'adresse de Poil d'Écureuil. J'imagine que ta patrouille n'a pas eu le temps de rapporter beaucoup de prises.

— Tu l'as dit, admit-elle. Allons-y.

— D'ailleurs, il va nous falloir davantage de gibier, reprit-il tandis qu'ils se dirigeaient vers le tunnel d'aubépine. Avec quatre bouches de plus à nourrir ! »

Son ton chaleureux fit plaisir à Poil d'Écureuil. Il semblait se réjouir de l'arrivée des nouveaux venus, contrairement à Griffe de Ronce. *Je suis moi-même à moitié chatte domestique,* songea-t-elle. *Tu crois que, moi non plus, je n'aurais jamais dû devenir une guerrière, Griffe de Ronce ?*

Elle chassa le guerrier tacheté de ses pensées et s'engagea dans le tunnel derrière Pelage de Granit.

Peu importait d'où venait Chipie. Le Clan du Tonnerre avait désespérément besoin de sang neuf, après la mort de tant de chatons et d'apprentis durant la famine et le périple jusqu'au lac. L'arrivée de Chipie était peut-être une aubaine pour eux tous.

CHAPITRE 10

❧

FEUILLE DE LUNE déposa au sol le ballot d'herbes qu'elle avait apporté et dévisagea la chatte couleur crème.

« Museau Cendré te conseille de manger ces remèdes. »

Levant un instant la tête de son épaisse litière de mousse, Chipie la contempla, l'air ensommeillé. En deux jours, elle et ses petits s'étaient presque remis de leurs épreuves. Chipie avait lissé sa fourrure pour lui redonner tout son lustre, et ses trois chatons, blottis les uns contre les autres, ronronnaient de contentement.

« Vous vous montrez tous si gentils... » murmura-t-elle en mâchant docilement les herbes, malgré leur parfum âcre qui lui faisait froncer le nez.

Feuille de Lune se pencha doucement pour examiner les trois boules de poils sans les déranger.

« Ils sont magnifiques, dit-elle. Tu les as déjà baptisés ?

— Oui. Le petit couleur crème, comme moi, s'appelle Sureau. Le plus gros des deux gris, le mâle, c'est Mulot, et la femelle, plus menue, Noisette. »

Tout en les nommant, leur mère posa un instant le bout de sa queue sur chacun d'eux.

« Voilà des noms qui s'accorderont parfaitement avec nos coutumes, répondit Feuille de Lune. Ici, ils deviendront Petit Sureau, Petit Mulot et Petite Noisette. Je préviendrai Étoile de Feu. »

Chipie semblait hésitante, comme si elle n'était pas certaine de vouloir que ses chatons intègrent le Clan. Avant qu'elle ait pu répondre, Fleur de Bruyère se faufila dans l'entrée, une souris entre ses mâchoires.

« Je t'ai apporté à manger », annonça-t-elle à Chipie en déposant sa prise. Toute ronronnante, elle s'allongea dans la mousse près des chatons. « Ils ont l'air en forme, à présent. Tu ne dois pas manquer de lait. »

Feuille de Lune les salua, les laissant à leur conversation, et sortit dans la clairière. Le temps était toujours froid et gris. Les branches nues des arbres claquaient dans le vent.

Plus d'une demi-lune s'était écoulée depuis qu'elle avait parlé à Plume de Jais sur la colline. Il n'avait toujours pas envoyé le message promis. D'un côté, elle était sur son petit nuage, perdue dans les souvenirs de son regard ardent et du doux parfum de sa fourrure.

De l'autre, la culpabilité la rongeait. Comment avait-elle pu accepter de le revoir alors qu'elle était guérisseuse ? Elle ne devrait même pas penser à lui. Elle essayait plus que jamais de se concentrer sur sa mission. De plus, elle ne voulait pas que Museau Cendré la rabroue, encore moins qu'elle suspecte l'objet véritable de ses pensées.

Alors que la jeune chatte tigrée se dirigeait vers sa tanière, elle stoppa net en voyant une guerrière écaille débouler du tunnel et s'arrêter en dérapant au milieu de la clairière. Feuille de Lune crut tout d'abord qu'il s'agissait de Poil de Châtaigne et s'inquiéta aussitôt pour la santé des chatons qu'elle portait. Puis elle dévisagea la nouvelle venue et reconnut Pelage de Mousse, une guerrière du Clan de la Rivière.

« Feuille de Lune ! hoqueta-t-elle. Le Clan des Étoiles soit loué, tu es là !

— Que se passe-t-il ?

— C'est Papillon qui m'envoie, haleta la nouvelle venue. Une maladie terrible sévit dans notre Clan.

— Et Papillon a besoin de moi ?

— Oui. Elle pense que tu sauras d'où vient ce mal étrange. »

Feuille de Lune eut un frisson. Elle ne comprenait que trop bien. La mise en garde de Jolie Plume s'avérait fondée. Son rêve, le long trajet entrepris pour prévenir Papillon, tout avait été vain.

D'autres félins les rejoignirent peu à peu. Étoile de Feu apparut sur la Corniche avec Tempête de Sable, pendant que Cœur Blanc et d'autres sortaient du gîte des guerriers. Chipie jeta un coup d'œil prudent par l'entrée de la pouponnière avant de rejoindre Flocon de Neige en courant. Tandis qu'elle lui parlait d'un ton pressant, sa queue, qui battait en cadence, trahissait son inquiétude.

Pelage de Suie foudroya Pelage de Mousse du regard.

« Pourquoi devrions-nous dépêcher notre guérisseuse de l'autre côté du lac pour secourir le Clan de la Rivière ? Allez donc chercher de l'aide ailleurs.

— Arrête un peu ! s'emporta Cœur d'Épines. Le Clan du Vent ne risque pas de leur tendre la patte, pas vrai ? Et le Clan de l'Ombre ne s'est jamais montré très généreux avec les autres Clans. »

Lorsque Museau Cendré arriva à son tour, Feuille de Lune poussa un soupir de soulagement.

« Que se passe-t-il ? Pelage de Mousse, tu as des ennuis ?

— Le Clan de la Rivière tout entier a des ennuis », répondit la guerrière écaille. À présent qu'elle avait retrouvé son souffle, elle répéta plus calmement son récit. « La tanière de Papillon déborde de malades, miaula-t-elle. Nous n'avons perdu personne, pour le moment, mais sans aide extérieure, il y aura des morts.

— Je peux y aller ? » supplia Feuille de Lune, pétrie de culpabilité. Elle s'en voulait de n'avoir rien fait pour anticiper la catastrophe. Peut-être avait-elle perdu sa capacité à communiquer avec le Clan des Étoiles. « S'il te plaît, Museau Cendré... »

Cette dernière consulta Étoile de Feu d'un long regard avant de répondre :

« Si Étoile de Feu est d'accord.

— Nous ne pouvons refuser d'aider un autre Clan en détresse, miaula le chef. De plus, ce mal, quel qu'il soit, pourrait nous atteindre. Feuille de Lune, arrange-toi pour en apprendre le plus possible.

— Je le ferai, promit la jeune chatte tigrée. Tu es certaine de pouvoir te débrouiller sans moi ? » demanda-t-elle à son mentor.

À cause de sa claudication, Museau Cendré comptait sur Feuille de Lune pour aller récolter la plupart des remèdes.

« Bien sûr. Le Clan du Tonnerre a la chance de posséder deux guérisseuses », souffla-t-elle, le regard soudain assombri.

Cœur Blanc s'avança d'un pas.

« Je pourrais t'aider, Museau Cendré, suggéra la chatte. Je sais identifier la plupart des herbes, enfin, les plus communes, du moins.

— Merci, Cœur Blanc. » Museau Cendré se tourna vers Feuille de Lune. « Je ne vois pas d'objection à ton départ. Mais reviens dès que possible. Et que le Clan des Étoiles t'accompagne. »

Feuille de Lune s'inclina brièvement et suivit la guerrière du Clan de la Rivière hors du camp. Elle se récitait déjà la liste des herbes dont elle aurait sans doute besoin : genièvre, menthe aquatique, racines de cerfeuil… Puis elle secoua la tête. Non, impossible de savoir ce qu'il lui faudrait sans avoir examiné les malades. *Clan des Étoiles, j'ai besoin de vous à présent*, pria-t-elle en silence. *Montrez-moi ce que je dois faire.*

De violentes bourrasques ridaient la surface du lac lorsque Feuille de Lune et Pelage de Mousse s'engagèrent sur le territoire du Clan du Vent. La bise leur ébouriffait le poil. Pelage de Mousse, qui avait déjà galopé d'une traite jusqu'au camp du Clan du Tonnerre à l'aller, était à bout de forces. Feuille de Lune suivait son allure mesurée. Inutile de se précipiter si elle arrivait trop épuisée pour être utile.

Elles approchaient du territoire des chevaux lorsque Feuille de Lune entendit un miaulement dans les collines. Elle aperçut alors une patrouille de quatre guerriers du Clan du Vent, qui dévalaient la pente à leur rencontre. Son cœur fit un bond dans sa poitrine lorsqu'elle reconnut parmi eux la silhouette grise et souple de Plume de Jais.

Les deux chattes firent halte pour les attendre. Oreille Balafrée était en tête, suivi de Plume de Jais, Plume de Hibou et Plume Noire.

« Salutations, miaula Oreille Balafrée en hochant la tête. Que faites-vous sur le territoire du Clan du Vent ? »

Son ton formel n'avait rien d'agressif. Feuille de Lune entendit à peine la question. Elle sentait les yeux de Plume de Jais sur elle. Devant les autres, elle n'osait lui parler, ni même le regarder.

« Nous regagnons le territoire de mon Clan », expliqua Pelage de Mousse, sans en révéler la raison.

Elle ne voulait pas admettre que le Clan de la Rivière était affaibli par la maladie, comprit la jeune guérisseuse.

« Et nous restons sur la berge du lac, ajouta Feuille de Lune. Tout comme nos chefs l'ont décidé lors de l'Assemblée.

— Je le vois bien, miaula Oreille Balafrée. Dans ce cas, vous pouvez poursuivre votre chemin. »

Elles n'avaient pas fait deux pas lorsque Feuille de Lune entendit un léger sifflement. En se tournant, elle découvrit que Plume de Jais la suivait.

« Rejoins-moi devant l'île à la tombée de la nuit », souffla-t-il avant d'ajouter à voix haute : « Au fait, salue Poil d'Écureuil et Griffe de Ronce de ma part.

— Je n'y manquerai pas », répondit-elle, le cœur battant.

En son for intérieur, la culpabilité le disputait à l'excitation. Puisqu'elle était si heureuse, elle ne faisait rien de mal, pas vrai ?

« Plume de Jais, tu viens ? » le rappela Plume Noire.

Le guerrier au pelage gris sombre fila sans un dernier regard à Feuille de Lune. Celle-ci bondit le long de la rive pour rejoindre Pelage de Mousse comme s'il lui avait poussé des ailes.

Feuille de Lune perçut la puanteur du mal bien avant d'arriver au camp du Clan de la Rivière. Les remugles qui flottaient lourdement dans l'air rappelaient la chair à corbeau putréfiée. Une plainte déchirante couvrit le gargouillis du ruisseau qui bordait le camp. Pelage de Mousse décocha à Feuille de Lune un regard terrifié avant de forcer l'allure. La guerrière traversa le ruisseau en soulevant des gerbes d'eau pour gagner le camp au plus vite, suivie de près par la jeune chatte tigrée. Cette dernière remarqua à peine le courant glacial qui aspirait ses pattes et trempait la fourrure de son ventre.

Étoile du Léopard émergea des fougères au sommet de la rive et attendit que les deux chattes la rejoignent. La plainte terrible n'en finissait pas.

« Feuille de Lierre est morte », annonça la meneuse. Malgré son ton posé, une lueur terrifiée brillait dans ses yeux. « Crois-tu pouvoir nous aider ?

— Je ne le saurai pas avant d'avoir parlé à Papillon, répondit Feuille de Lune. J'y vais de ce pas. Je connais le chemin.

— Je vais vous envoyer des guerriers pour vous seconder. »

Feuille de Lune traversa le camp et descendit sur l'autre berge, jusqu'au buisson d'aubépine qui abritait la tanière de son amie. Plume de Jais avait totalement disparu de ses pensées. L'important était à présent de s'occuper des malades.

En chemin, elle croisa Gros Ventre et Plume de Faucon. Ils portaient le corps d'une chatte tigrée qu'elle ne reconnut pas. La tête baissée en signe de respect, elle s'écarta pour les laisser passer.

« Feuille de Lune ! » C'était Papillon, qui l'appelait d'une voix aiguë où perçait la panique. La guérisseuse jaillit de son antre et enfouit son museau dans l'encolure de son amie. « Je savais que tu viendrais ! »

L'odeur de peur de la chatte dorée était si forte qu'elle couvrait la puanteur de la maladie.

« Raconte-moi tout, lui demanda-t-elle.

— Ils sont tous en train de mourir ! Je ne sais pas quoi faire !

— Papillon, calme-toi. Tes camarades perdront tout espoir s'ils voient leur guérisseuse paniquer. Tu te dois d'être forte, pour le bien de ton Clan. »

Haletante, Papillon hoqueta.

« Je suis désolée, miaula-t-elle. Tu as raison, Feuille de Lune.

— Raconte-moi tout, répéta-t-elle.

— Viens voir par toi-même. »

Papillon entraîna son amie jusqu'à son antre. Près de l'entrée, un petit chaton noir était couché à l'abri des branches noueuses du buisson d'aubépine. Ses yeux étaient clos. Feuille de Lune dut l'examiner longuement pour discerner les légers mouvements de sa respiration.

Près de lui gisaient deux autres petits – un deuxième noir, tout aussi inconscient que le premier mais à la respiration plus profonde, et un petit gris qui s'agitait en tous sens en gémissant.

Plus bas le long de la rive, quatre guerriers reposaient sur des litières de fougères improvisées, près d'un chat plus jeune, sans doute un apprenti. Feuille de Lune reconnut la robe gris pâle de Fleur de l'Aube, ainsi que Poil de Campagnol, qui avait reçu depuis peu son nom de guerrier.

Elle s'accroupit près de Fleur de l'Aube et lui tapota doucement le ventre. La chatte geignit et voulut s'écarter. La jeune guérisseuse lui donna un coup de langue réconfortant puis se rassit pour lever les yeux vers Papillon.

« Ça me rappelle le jour où les anciens sont tombés malades après avoir bu l'eau empoisonnée, déclara-t-elle. Pourtant, l'odeur n'est pas tout à fait la même. Je me demande...

— Mais c'était ma faute ! gémit Papillon. J'aurais dû sentir le cadavre de lapin au fond de cette mare.

— Bien sûr que non, tu avais les pattes pleines de bile de souris, lui rappela Feuille de Lune. Et pour ce mal-ci, ce n'est pas ta faute non plus.

— Si ! » La chatte dorée planta ses griffes dans la terre. « Si j'étais une vraie guérisseuse, je saurais quoi faire pour le bien de mon Clan.

— N'importe quoi. Tu *es* une vraie guérisseuse. Et tu n'y es pour rien. Nous devons découvrir l'origine de cette maladie.

— Je n'ai pas eu le temps d'inspecter tout le territoire, avec tant de chats à soigner, admit Papillon.

Mais tous les cours d'eau sont purs et je n'ai pas vu de déchet de Bipèdes dans le lac. » Elle gratta le sol de nouveau. « Je ne sers à rien. Patte de Pierre n'aurait jamais dû me choisir.

— Tu dis des bêtises, et tu le sais, la rabroua gentiment son amie. Tu oublies l'aile de papillon que ton mentor a découverte devant sa tanière ? Le Clan des Étoiles n'aurait pas pu envoyer de signe plus clair : il voulait que tu deviennes guérisseuse. » Papillon semblait sur le point de protester, mais Feuille de Lune poursuivit : « Dis-moi comment tu as traité les malades, jusque-là.

— Je leur ai donné de la menthe aquatique contre leurs maux de ventre. Comme ça n'a pas marché, j'ai essayé les baies de genièvre. Leur douleur a diminué, mais leur état ne s'est pas amélioré.

— Mmm... » Feuille de Lune se récita mentalement sa liste de remèdes. « S'ils ont ingéré un aliment avarié, on devrait essayer de les faire vomir. As-tu de la mille-feuille ?

— Un peu. Pas suffisamment pour tout le monde.

— Alors il faut envoyer quelqu'un en chercher. »

Au même instant, Feuille de Lune vit Patte de Brume et un jeune guerrier noir qu'elle ne connaissait pas dévaler le talus dans leur direction. Le lieutenant du Clan de la Rivière la salua d'une ondulation de la queue.

« Étoile du Léopard nous envoie vous aider, annonça-t-elle.

— Merci, répondit Feuille de Lune. Il nous faudrait de la mille-feuille.

— J'y vais, répondit aussitôt le mâle noir. Tu ne me reconnais pas, n'est-ce pas ? »

Scrutant sa fine silhouette et ses petites oreilles, la jeune chatte tigrée eut l'impression d'avoir déjà vu le félin, mais son nom ne lui revenait pas.

« Non, désolée, avoua-t-elle.

— Je m'appelle Cœur de Roseau. Tu m'as sauvé la vie le jour où j'ai failli me noyer dans la rivière de notre ancien territoire.

— Il s'appelait Nuage de Roseau, à l'époque », précisa Patte de Brume.

Surprise, Feuille de Lune ne sut que répondre. Elle se souvenait très bien du jour où Patte de Brume avait tiré le corps de l'apprenti hors de la rivière en crue. Prise de panique, Papillon n'avait pas su comment ranimer le petit chat, et Feuille de Lune avait dû intervenir. L'esprit de Petite Feuille avait guidé ses gestes jusqu'à ce que l'apprenti soit hors de danger.

« Je suis contente de te revoir », répondit-elle enfin. Ne voulant pas raviver cet autre épisode où Papillon avait paniqué, elle enchaîna : « Nous avons besoin d'autant de mille-feuille que possible, et très vite. Sais-tu où en trouver ?

— J'ai vu des plants généreux près de la clôture du territoire des chevaux, annonça Papillon.

— J'y cours, répondit Cœur de Roseau. J'ai ma propre apprentie, à présent, ajouta-t-il. Nuage d'Écume. Je vais l'emmener pour que nous en rapportions beaucoup.

— Il nous faudrait aussi des baies de genièvre, lança Feuille de Lune tandis qu'il filait dans la montée. Tu en trouveras au sommet de la colline qui surplombe les marais. »

Cœur de Roseau agita la queue pour lui signifier qu'il avait compris et disparut derrière le talus.

« Alors, Papillon, reprit-elle ensuite. Où est rangée la mille-feuille qu'il te reste ? On peut commencer en attendant le retour de Cœur de Roseau.

— Dis-moi d'abord ce que je peux faire, coupa Patte de Brume. As-tu besoin d'autres plantes ?

— Pas pour le moment. Mais tu ferais bien d'inspecter le territoire pour découvrir ce qui a pu provoquer cette épidémie.

— Et qu'est-ce que je suis censée chercher ? » s'enquit la guerrière, confuse.

Feuille de Lune réfléchit un instant. Sa réponse ne devait pas révéler que c'était elle qui avait reçu le rêve du Clan des Étoiles et non la guérisseuse du Clan de la Rivière.

« J'aimerais le savoir. Quelque chose d'étrange – surtout si ça sent mauvais. Peut-être en rapport avec les Bipèdes.

— Les Bipèdes ? Par ici ? s'étonna la chatte, la tête inclinée. Bon, si c'est toi qui le dis... Je vais dépêcher tous mes guerriers disponibles. »

Elle jeta un regard attristé vers la rangée de malades, avant de disparaître au sommet du talus.

Pendant ce temps, Papillon était allée quérir un ballot de mille-feuille dans son antre, qu'elle déposa aux pattes de Feuille de Lune. Celle-ci fut déçue par la petite quantité du remède. Elle se consola en constatant que les plantes avaient au moins l'air fraîches.

« Bien, occupons-nous d'abord des chatons, miaula-t-elle. Il y a assez de feuilles pour eux trois et, avec un peu de chance, Cœur de Roseau sera bientôt de retour. »

Elle donna un petit coup de museau au chaton gris, qui gémissait et se tortillait toujours de douleur. Elle frissonna en s'apercevant qu'il s'était encore affaibli.

« Aide-moi à le bouger par ici, indiqua-t-elle à Papillon. Il ne faut pas qu'il vomisse sur sa litière. »

Aussi délicatement que possible, les deux chattes déplacèrent le petit près de la rive, sur une couverture de mousse. Feuille de Lune mâcha une unique feuille. Elle prit soin de recracher les brins puis déposa le suc dans la gueule grande ouverte du chaton.

« Avale », ordonna-t-elle sans vraiment savoir s'il l'entendait.

Malgré un haut-le-cœur, la petite boule de poils dut ingérer une partie de la pulpe amère, car il vomit aussitôt de longs jets de mucus puant. Ses plaintes s'estompèrent. À demi conscient, tremblant, il regardait Feuille de Lune en clignant les yeux.

« Bravo », dit la guérisseuse, et elle lui caressa la tête du bout de la patte. « Maintenant, je veux que tu manges une baie de genièvre. Ensuite, tu pourras dormir. Papillon ? »

L'autre guérisseuse alla aussitôt chercher le remède demandé. Elle broya doucement la baie et la tendit au chaton afin qu'il puisse en lécher la purée. Elle lui massa la gorge pour s'assurer qu'il avalait le tout. Le ronronnement rassurant de la chatte dorée – si différent de ses cris paniqués antérieurs – apaisèrent le petit chaton. Lorsque les deux chattes parvinrent à le ramener à son nid, il dormait déjà.

« Je pense qu'il va s'en tirer, murmura Feuille de Lune tout en adressant une prière silencieuse au Clan des Étoiles. Au suivant. »

Elles se tournèrent ensuite vers une petite femelle, qui dormait encore. Elle s'éveilla en sentant qu'on la transportait vers la berge.

« J'ai mal au ventre, se plaignit-elle.

— Voilà qui va te soulager », promit Feuille de Lune en lui administrant de la mille-feuille.

La petite malade la recracha aussitôt.

« Berk, c'est dégoûtant !

— Petite Anguille, fais ce qu'on te dit, la gronda Papillon.

— Je veux pas... »

Une nouvelle crampe à l'estomac lui fit pousser un cri de douleur.

Papillon en profita pour lui remettre la feuille dans la bouche, pendant que Feuille de Lune se chargeait de lui masser la gorge. Petite Anguille gémit de plus belle. Puis, comme l'autre chaton, elle rendit à son tour des jets de vomi pestilentiel.

« Maintenant, tu as droit à une baie de genièvre », miaula Papillon.

Elle déposa la baie sur la langue de la petite chatte lorsque celle-ci ouvrit la gueule pour protester :

« Le genièvre, c'est répugnant », murmura-t-elle d'une voix à peine audible tandis qu'elle plongeait dans le sommeil sans cesser de râler.

Feuille de Lune et Papillon la reposèrent sur sa litière avant d'examiner le troisième petit, une autre femelle qui semblait la plus faible de tous.

Papillon écarquilla les yeux, bouleversée.

« Je crois qu'elle est morte. »

La guérisseuse du Clan du Tonnerre se pencha sur le corps chétif et sentit un souffle léger sur ses moustaches.

« Non, elle respire encore », la rassura-t-elle. Elle essayait de paraître optimiste même si, en son for intérieur, elle la croyait tout près de rejoindre les rangs du Clan des Étoiles. *Pas si je peux l'empêcher,* décida-t-elle. « Évitons de la bouger, en revanche. Va chercher une feuille d'oseille, elle pourra vomir dessus. »

Papillon se rua vers les touffes vertes qui poussaient le long du cours d'eau et en coupa une large feuille avec ses dents. De son côté, Feuille de Lune concocta une nouvelle dose de suc de mille-feuille. Elle essaya en vain de réveiller le chaton. Papillon dut lui écarter de force les mâchoires pendant qu'elle lui déversait la mixture au fond de la gorge.

Le chaton vomit un peu et recracha sur l'oseille quelques bouts de feuille mêlés de mucus, avant de retomber inerte.

« Cela ne suffit pas, murmura Papillon, inquiète.

— Non, mais c'est mieux que rien. Laissons-la se reposer un peu. Nous réessayerons plus tard. »

Il ne leur restait que deux tiges de mille-feuille.

« Maintenant, il vaudrait mieux s'occuper de Nuage de Hêtre, décida Papillon en pointant du bout de la queue la silhouette du jeune matou au bout de la rangée de malades. Après les chatons, c'est lui le plus faible. »

Elle ramassa le reste de mille-feuille pour se diriger vers lui. Feuille de Lune allait la suivre lorsque Patte de Brume réapparut, haletante.

« Feuille de Lune, souffla-t-elle. J'ai trouvé quelque chose. Tu veux bien venir voir ? »

La jeune guérisseuse consulta Papillon du regard.

« Vas-y, l'encouragea cette dernière. Je vais me débrouiller. »

Feuille de Lune examina une dernière fois les trois chatons endormis avant de rejoindre Patte de Brume au sommet du talus. À son grand soulagement, elle aperçut alors Cœur de Roseau et une apprentie au pelage argenté qui traversaient le camp, la gueule pleine de mille-feuille.

« Formidable ! Apportez ça tout de suite à Papillon, s'il vous plaît.

— Entendu. Ensuite, nous irons chercher les baies de genièvre. »

Le lieutenant du Clan de la Rivière entraîna Feuille de Lune jusqu'à une barrière de ronciers qui s'étendait d'un cours d'eau à l'autre et protégeait ainsi le camp d'éventuels attaquants. Lorsque les deux chattes émergèrent de l'étroit tunnel qui traversait la barrière, Patte de Brume remonta le ruisseau le long d'une pente raide en direction du Clan de l'Ombre.

La pente devint bientôt une falaise aussi sablonneuse qu'escarpée, semée de rocs pointus que les chattes devaient escalader. Près d'elle, le ruisseau cascadait à présent telle une petite chute d'eau. Feuille de Lune ralentit, craignant de glisser sur la pierre humide. Patte de Brume l'attendit au sommet, où le cours d'eau jaillissait de la colline entre deux blocs de pierre mousseux.

« On y est presque », promit-elle.

Feuille de Lune marqua une pause pour reprendre son souffle et humer l'air. Elle repéra l'odeur âcre du Chemin du Tonnerre qui traçait la frontière entre le Clan de la Rivière et le Clan de l'Ombre. Cependant, la trace des monstres était ancienne, à peine perceptible, comme si aucun d'eux n'était passé depuis bien des jours. Ses oreilles se dressèrent lorsqu'elle identifia une autre odeur – elle ne la connaissait pas, mais elle lui rappelait la puanteur du mal qui planait autour de l'antre de Papillon. Elle jeta un coup d'œil vers Patte de Brume.

« Par là », miaula le lieutenant.

La pestilence s'accentua lorsqu'elles approchèrent de la frontière. Feuille de Lune commençait à se demander si le problème venait bien du Clan de la Rivière lorsque Patte de Brume contourna un noisetier. Plume de Faucon et Griffe Noire attendaient derrière, à quelques longueurs de queue, au cœur d'une clairière bordée de ronces. En entendant le bruit de leurs pas, le guerrier tacheté se tourna vers elles, la fourrure dressée sur la nuque. Puis il se détendit en les reconnaissant.

« Rien à signaler, déclara-t-il. Nous n'avons rien remarqué d'anormal depuis ton départ.

— Aucun signe du Clan de l'Ombre », ajouta Griffe Noire.

Cette précision étonna Feuille de Lune. Ils n'avaient pas franchi la frontière. Peut-être voulaient-ils accuser le Clan rival de l'arrivée de la maladie ?

« Le Clan de l'Ombre n'a rien à voir là-dedans, rétorqua Patte de Brume. Ce sont les Bipèdes, les responsables, tout comme tu l'avais dit, Feuille de Lune. Viens voir, mais surtout ne t'approche pas trop. »

Les deux guerriers s'écartèrent. À l'autre bout de la clairière se trouvait un objet lisse et rond de la taille d'un blaireau, à moitié caché dans les ronciers. Sa surface dure et brillante rappelait celle des monstres des Bipèdes. En rampant vers lui, Feuille de Lune s'aperçut que l'objet était brisé d'un côté. Un liquide poisseux suintait de la fissure, formant une flaque d'un vert argenté. Des traces du liquide, visibles un peu plus loin sur l'herbe, suggéraient que des chats ou d'autres animaux avaient marché dans la flaque.

Feuille de Lune entrouvrit la gueule pour parler mais l'odeur abominable lui brûla la gorge et lui arracha une quinte de toux.

« Ça doit être ça ! hoqueta-t-elle. Ce truc pourrait tuer un chat. Rien qu'à le regarder, on sait que c'est nocif.

— Sans parler de l'odeur... gronda Plume de Faucon, le nez retroussé.

— Je ne comprends pas, coupa Griffe Noire. Seule une cervelle de souris boirait un truc pareil...

— C'est toi, la cervelle de souris, rétorqua Patte de Brume. Tu vois bien que des chats ont dû s'en mettre sur les pattes, non ? Tu passes ici sans faire attention, tu fais ta toilette, et voilà.

— D'autres animaux ont pu marcher dedans, confirma Feuille de Lune. Des souris, par exemple. En les mangeant, un chat aura pu là encore s'empoisonner, de façon indirecte. »

Cette révélation horrifia Patte de Brume.

« Ça veut dire qu'on pourrait en retrouver sur tout le territoire, à présent !

— Je ne pense pas que ce soit aussi grave. Il faudra que tu ordonnes à tout le Clan d'éviter cette zone, c'est tout. Le gibier empoisonné mourra avant d'aller bien loin. Ailleurs, les proies seront tout à fait comestibles.

— Je vais avertir tout de suite Étoile du Léopard, annonça Patte de Brume.

— C'est pas trop tôt, grommela Plume de Faucon à voix basse à l'adresse de Griffe Noire. Si les patrouilles avaient été correctement organisées, on aurait découvert cette chose bien plus tôt. »

Feuille de Lune se figea. Les patrouilles relevaient de la responsabilité du lieutenant. Plume de Faucon critiquait Patte de Brume presque ouvertement. Elle savait qu'il aurait voulu rester lieutenant, même après le retour de Patte de Brume. Ce n'était pas une raison pour saper l'autorité de la guerrière. D'autant qu'il mentait : les territoires des Clans étaient bien trop vastes pour que les patrouilles découvrent aussitôt le moindre signe suspect.

Griffe Noire décocha un regard hostile à Patte de Brume tout en hochant la tête. Pensait-il lui aussi que son camarade aurait dû rester lieutenant ? Plume de Faucon essayait-il de rassembler une bande de guerriers qui seraient davantage loyaux avec lui qu'envers leur Clan ?

La chatte au pelage gris-bleu avait pris la direction du camp. Si elle avait saisi les paroles de Plume de Faucon, elle ne le montra pas.

« Allons chercher des ronces pour construire une barrière autour de cette chose », suggéra Plume de

185

Faucon assez fort pour que le lieutenant l'entende. Puis il ajouta à voix basse : « Viens, Griffe Noire. Cela évitera que d'autres animaux, chats ou proies, s'en approchent. Il faut bien que quelqu'un s'occupe de la sécurité du Clan. »

Il bondit vers un roncier et entreprit de couper une branche morte avec ses canines. Griffe Noire le suivit et l'aida à rapporter la branche jusqu'à la mare puante.

« Lavez-vous bien les pattes quand vous aurez fini, leur conseilla Feuille de Lune, feignant de ne rien avoir entendu. Sans les lécher, surtout.

— Bonne idée », répondit Plume de Faucon en repartant vers les ronces.

La guérisseuse se hâta de rejoindre Patte de Brume.

« Il y a une chose que je ne comprends pas, déclarat-elle alors. Comment ces chatons sont-ils tombés malades ? Ils sont bien trop jeunes pour s'aventurer si loin de la pouponnière, non ? »

Patte de Brume poussa un soupir exaspéré.

« L'autre jour, ils se sont échappés du camp pour partir en exploration. C'était l'idée de Petite Anguille. Celle-là, elle pourrait trouver plus de façons de faire des bêtises qu'il n'y a d'étoiles dans la Toison Argentée. Plus tôt elle aura un mentor pour la surveiller, mieux cela vaudra.

— Ils sont trop jeunes pour avoir attrapé du gibier là-bas, alors ils ont dû trouver la flaque de poison. » Feuille de Lune frémit en imaginant les chatons tremper leurs pattes dans l'horrible mare verte. « Ils n'ont parlé à personne de leur découverte ? » Voyant que Patte de Brume secouait la tête, elle poursuivit : « Les autres ont dû s'empoisonner en mangeant du gibier, sinon, eux, ils auraient décrit l'objet à Étoile du Léopard.

— Les petits n'ont rien dit à personne, confirma Patte de Brume. J'étais furieuse lorsque je les ai surpris en train de regagner le camp en douce. Ils devaient penser qu'ils avaient déjà suffisamment à se faire pardonner. » Elle s'interrompit brusquement avant de reprendre : « Leur mère, c'est Fleur de l'Aube. Elle leur a fait une bonne toilette à leur retour, et c'est la première adulte à être tombée malade.

— Voilà qui est logique. Je dirai un mot à ces chatons lorsqu'ils se réveilleront.

— Ils vont s'en tirer ?

— Je pense. » Elle n'évoqua pas la petite chatte qui n'avait pas vomi après sa dose de mille-feuille. Pour sauver certaines de ces vies, Papillon aurait besoin d'une aide qu'elle-même ne pouvait lui fournir. « Si le Clan des Étoiles le veut », ajouta-t-elle dans un murmure.

Le jour déclinait lorsque les deux chattes regagnèrent le camp du Clan de la Rivière. Le soleil couchant luisait tel un disque rouge derrière une nappe nuageuse. Feuille de Lune n'avait pas vu le temps passer. Il lui semblait qu'un instant à peine s'était écoulé depuis que Pelage de Mousse avait déboulé dans la combe rocheuse.

Au moins, le silence régnait dans le camp. Nulle plainte endeuillée ne signalait une nouvelle victime. La plupart des guerriers s'installaient à présent dans leurs nids pour la nuit. Deux ou trois d'entre eux étaient toujours tapis près de la réserve de gibier.

« Maintenant que j'y pense, déclara Feuille de Lune, il vaudrait mieux vérifier la pile de proies et jeter toutes celles qui portent l'odeur du liquide vert.

— D'accord. Je vais aussi inspecter le camp, pour m'assurer que personne n'en a ramené par inadvertance. Et tous les guerriers devront renifler leurs pattes et les laver dans le ruisseau au moindre doute. »

Elle fila vers l'antre d'Étoile du Léopard pour faire son rapport. De son côté, Feuille de Lune partit retrouver Papillon qui examinait Fleur de l'Aube au bord de l'eau.

« Comment ça se présente ? s'enquit-elle.

— Bien, je pense. Personne n'est mort. Par contre, Gros Ventre est tombé malade. » Du bout de la queue, elle désigna le matou tigré pelotonné sur la rive. « Je lui ai donné de la mille-feuille. Il n'a pas l'air de souffrir autant que les autres. »

Gros Ventre avait peut-être été empoisonné en portant le corps de Feuille de Lierre. Plume de Faucon l'avait aidé, mais ce dernier semblait en bonne santé. De plus, il savait à présent qu'il ne devait pas entrer en contact avec le liquide verdâtre.

« Nous avons découvert l'origine du mal », apprit Feuille de Lune à Papillon, avant de lui décrire le curieux objet et le poison pestilentiel qui s'en échappait.

Papillon frissonna.

« Alors ce sont bien les Bipèdes, les responsables ! s'indigna-t-elle. Bon, viens voir les malades. »

La jeune chatte tigrée flairait Fleur de l'Aube lorsqu'un mouvement attira son attention. Un chaton se tenait à l'autre bout de la rangée de félins endormis. Dans la semi-obscurité, elle discernait à peine la teinte gris-blanc de sa robe. Elle crut d'abord qu'il s'agissait de l'un des petits de Fleur de l'Aube, qui s'était remis à une vitesse spectaculaire. Puis elle s'aperçut que la petite chatte était un peu plus âgée et ne semblait pas malade.

« Papillon, par ici ! lança le chaton d'un ton pressant.

— Qui est-ce ? s'enquit Feuille de Lune en suivant son amie entre les corps inertes.

— Petit Saule, répondit Papillon, le regard brillant d'affection tandis qu'elle se dirigeait vers la nouvelle venue. La fille de Pelage de Mousse. Elle vient souvent m'aider, et elle connaît déjà les noms de presque toutes les plantes. Petit Saule, voici Feuille de Lune, du Clan du Tonnerre. »

Petit Saule s'inclina.

« Papillon, tu devrais examiner Nuage de Hêtre », la pressa-t-elle.

L'apprenti gisait sur le flanc, les membres étalés, les griffes grattant faiblement le sol. Il respirait avec difficulté. Ses yeux, grands ouverts, étaient vitreux.

« Qu'est-ce qu'il a ? s'enquit Petit Saule, inquiète. Les autres ne font pas ça. »

Papillon hésita. Ce fut Feuille de Lune qui répondit.

« Tu lui as donné des baies de genièvre ?

— Oui, pour son mal de ventre, répondit Papillon. Et sa respiration. Si seulement on avait du pas-d'âne… ajouta-t-elle avec un soupir de frustration. Les fleurs sont sorties, mais ce sont les feuilles dont nous avons besoin et elles ne pointeront pas avant la prochaine lune. »

Feuille de Lune ne voyait pas l'intérêt de se lamenter ainsi. Les efforts que faisait Nuage de Hêtre pour respirer diminuaient à vue d'œil. Si elles ne tentaient rien, il mourrait sous leurs yeux.

Et si ce n'était pas lié au poison des Bipèdes ? Il pouvait souffrir de tout autre chose... Le temps pressait pour le découvrir.

« Il a peut-être quelque chose de coincé dans la gorge, suggéra-t-elle. Cela ne ressemble pas à un étouffement ordinaire. Affaibli comme il l'est par le poison, il n'a peut-être plus la force de tousser pour dégager ses voies respiratoires. »

Papillon ouvrit grand la gueule de l'apprenti tout en le maintenant fermement pour qu'il arrête de gigoter. Feuille de Lune examina sa gorge.

« Il y a quelque chose, au fond, mais c'est trop loin...

— Laisse-moi essayer. »

Aussitôt, Petit Saule plongea sa patte fine dans le gosier de Nuage de Hêtre et poussa un soupir satisfait en en ressortant une boule de mille-feuille à moitié mâchée.

« Bravo ! » la félicita Feuille de Lune.

Lorsque Papillon le relâcha, l'apprenti s'écroula au sol en inspira de longues goulées d'air.

« Petit Saule, va lui chercher de l'eau », lui demanda Papillon.

La petite chatte fila sur la berge, arracha une touffe de mousse qu'elle trempa dans l'eau. Elle revint sans tarder et fit tomber quelques gouttes dans la gueule du malade. Peu à peu, la respiration de ce dernier se calma, ses tremblements cessèrent. Il trouva bientôt une position plus confortable et ferma les yeux.

La chatte dorée posa le bout de sa queue sur l'épaule de Petit Saule.

« Tu l'as sauvé, miaula-t-elle. Je ne manquerai pas de le lui dire à son réveil.

— Voilà donc ce que ressentent les guérisseurs ? demanda-t-elle, les yeux illuminés. Je n'ai jamais été aussi heureuse de ma vie !

— Je sais, ronronna Feuille de Lune. Je me souviens du jour où j'ai posé pour la première fois de la racine de glouteron sur une morsure de rat. Je n'en croyais pas mes yeux lorsque la blessure a commencé à guérir !

— Sans parler de la fois où tu as sauvé Cœur de Roseau de la noyade, renchérit Papillon. Tu n'étais encore qu'une apprentie. »

Feuille de Lune gratifia son amie d'un regard chaleureux.

« Il n'y a rien de comparable à ce que l'on ressent en sauvant une vie, dit-elle ensuite à Petit Saule. Si c'était à refaire, je n'hésiterais pas une seule seconde.

— Mais on ne sauve pas des vies tous les jours, lui rappela Papillon. La plupart du temps, on ne soigne que des petits bobos.

— Ça aussi, c'est important, non ? s'enquit la petite chatte.

— Bien sûr. D'ailleurs, j'ai une tâche très importante à te confier. Reste ici, auprès de Nuage de Hêtre et appelle-moi au moindre changement dans sa respiration.

— Oui, Papillon. »

Petit Saule s'assit près de l'apprenti. Elle enroula la queue autour de ses pattes et surveilla le malade.

Papillon et Feuille de Lune allèrent examiner les autres. La guérisseuse du Clan du Tonnerre se demanda si son amie avait déjà trouvé une future apprentie. Avant d'en douter aussitôt : comment pourrait-elle la former si elle ne pouvait lui léguer la moindre connaissance concernant le Clan des Étoiles ?

Elle écarta cette question pour se concentrer sur sa tâche. Les malades dormaient. Feuille de Lune commençait à croire qu'ils s'en remettraient tous, même si Fleur de l'Aube était encore très faible.

Elles observèrent ensuite les trois chatons lovés dans le nid de mousse. Le mâle gris dormait, mais Petite Anguille avait les yeux ouverts.

« J'ai faim ! gémit-elle.

— C'est bon signe, dit Feuille de Lune à Papillon. Le poison a donc été éliminé.

— Ta mère ne peux pas te nourrir pour le moment, répondit Papillon en jetant un coup d'œil vers la silhouette immobile de Fleur de l'Aube. Tu peux boire un peu d'eau, si tu as envie. »

Petite Anguille semblait prête à se plaindre de plus belle. Pourtant, elle se leva tant bien que mal et fit quelques pas chancelants jusqu'au cours d'eau. Pendant qu'elle lapait, la chatte tigrée ne la quitta pas un instant du regard, craignant qu'elle ne perde l'équilibre et tombe dans l'eau.

« Feuille de Lune ! » appela Papillon d'une petite voix étouffée.

Son amie était penchée au-dessus du chaton le plus affaibli. Celle-ci releva la tête, la mine triste.

« Nous avons dû lui administrer la mille-feuille trop tard. Elle est morte. »

Feuille de Lune poussa le petit corps du museau. Papillon avait raison. La sœur de Petite Anguille avait rejoint le Clan des Étoiles. *Prenez soin d'elle,* pria-t-elle. *Elle est si minuscule…*

Ayant fini de boire, Petite Anguille regagna le nid.

« Ne lui dis rien, souffla Feuille de Lune à Papillon en couvrant le corps sans vie d'une touffe de mousse. Les deux autres iront mieux demain matin. Et si Fleur de l'Aube se réveille, elle pourra les consoler, ajouta-t-elle tandis que la petite chatte noire s'installait dans la litière. Dis-moi, Petite Anguille, l'autre jour, vous avez trouvé quelque chose d'étrange lorsque vous vous êtes échappés du camp… Un objet laissé par les Bipèdes…

— Tu es au courant ? s'étonna la petite chatte, les yeux écarquillés.

— Oui, je l'ai vu moi aussi. Avez-vous touché au liquide verdâtre ? » Voyant que Petite Anguille hésitait à répondre, elle précisa : « Ne t'inquiète pas, tu ne te feras pas gronder. »

La petite réfléchit encore un instant avant de s'expliquer :

« C'est vrai, on y a touché, admit-elle. On a joué à courir dedans pour laisser nos empreintes dans l'herbe. Ensuite j'ai mis Petit Gravier au défi d'en boire un peu. »

Papillon hoqueta.

« Comment as-tu pu être aussi stupide ! Voilà bien une idée digne d'une cervelle de souris !

— Et il l'a fait ? poursuivit Feuille de Lune en faisant taire son amie d'un regard appuyé.

— On l'a tous fait, répondit Petite Anguille, le nez retroussé de dégoût. C'était pas bon.

— Tu te rends compte que vous êtes tombés malades à cause de ce poison ? renchérit Papillon.

— On ne savait pas ! se défendit la petite chatte.

— Voilà pourquoi il ne faut jamais toucher ce que l'on ne connaît pas, reprit Feuille de Lune. Lorsque tu seras apprentie et que tu auras le droit de sortir seule du camp, tu devras avertir ton mentor au moindre signe suspect. Même sur ton propre territoire, tout n'est pas sans risque. C'est compris ?

— Oui », miaula Petite Anguille. Elle ferma les yeux, avant de les rouvrir aussitôt. « Tout est ma faute, pas vrai ? »

Feuille de Lune secoua la tête pour la rassurer. Petite Anguille se sentirait suffisamment coupable en découvrant que sa sœur avait péri.

« Non, mon cœur. Maintenant, endors-toi.

— Je ne comprends pas comment tu arrives à te montrer si compréhensive avec eux ! cracha Papillon lorsque Petite Anguille se fut rendormie. Je n'ai qu'une envie, leur arracher la fourrure ! Tous ces soucis, tous ces morts !

— Tu n'en penses pas un mot, rétorqua Feuille de Lune. Ce ne sont que des chatons. Ils ne savaient pas ce qu'ils faisaient. Fleur de l'Aube s'est sans doute empoisonnée en leur faisant la toilette. Les autres malades ont dû manger du gibier contaminé.

— Je sais, soupira Papillon. Pourtant, je m'étonne qu'ils soient si naïfs ! »

La guérisseuse du Clan de la Rivière bâilla à s'en décrocher la mâchoire.

« Tu es épuisée, miaula Feuille de Lune. Va te coucher. Je reste auprès d'eux, puis je te réveillerai pour me remplacer. »

Papillon bâilla de plus belle.

« D'accord. Merci, Feuille de Lune... Merci pour tout. »

Elle s'engouffra dans son antre sous les racines du buisson. Feuille de Lune examina les malades une dernière fois. Tous dormaient paisiblement, même Nuage de Hêtre.

« Il va bien, murmura-t-elle à Petit Saule. Je veillerai sur lui, à présent. Tu peux retourner auprès de ta mère dans la pouponnière. N'oublie pas de lui raconter ton exploit. »

Petit Saule s'inclina, les yeux brillants, et galopa jusqu'au sommet du talus. Feuille de Lune s'installa auprès de l'apprenti endormi, les pattes ramenées sous elle. Autour de la lune presque pleine, les étoiles de la Toison Argentée scintillaient dans le ciel. La guérisseuse remercia d'une prière silencieuse le Clan des Étoiles : le mal qui rongeait le Clan de la Rivière semblait enfin sous contrôle.

Elle s'aperçut alors qu'elle avait oublié de retrouver Plume de Jais au crépuscule.

CHAPITRE 11

❧

Poil d'Écureuil marqua une pause sous un arbre et tendit l'oreille. Seul le bruissement des feuilles résonnait dans les bois silencieux. Les odeurs qui flottaient dans l'atmosphère étaient ténues ; le temps froid avait sans doute encouragé les proies à rester terrées au fond de leurs terriers. Elle haussa les épaules avant de repartir, laissant le hasard guider ses pas.

Elle n'était pas partie du camp avec l'intention de chasser. Elle comptait simplement suivre Pelage de Granit et Nuage de Frêne jusqu'à la clairière mousseuse découverte par Cœur Blanc. Cependant, ils étaient tombés sur Griffe de Ronce, qui revenait lui-même d'une séance d'entraînement avec Patte d'Araignée et Perle de Pluie.

« Où allez-vous ? avait-il demandé à Poil d'Écureuil en faisant signe aux deux jeunes guerriers de rentrer sans lui.

— Pelage de Granit a l'intention d'enseigner quelques techniques de combat à Nuage de Frêne, avait expliqué Poil d'Écureuil sans prêter attention au ton agressif du matou tacheté. Je pensais leur filer un coup de patte.

— Eh bien, tu pensais à tort, rétorqua Griffe de Ronce. C'est Pelage de Granit, le mentor de Nuage de Frêne, pas toi. Si tu cherches à t'occuper, les anciens ont besoin qu'on les débarrasse de leurs tiques.

— Tu n'as pas d'ordres à me donner ! avait riposté la rouquine en montrant les crocs.

— Alors arrête de jouer les irresponsables. Il y a tant à faire ! »

Sur ces mots, il avait disparu dans le tunnel.

« On ferait mieux d'y aller seuls », avait déclaré Pelage de Granit en jetant un coup d'œil vers son apprenti. Apeuré, ce dernier avait assisté à la scène les yeux écarquillés. « Pas la peine de faire des histoires.

— C'est Griffe de Ronce qui fait des histoires », lui avait rappelé Poil d'Écureuil, même s'il n'avait pas tort. Dans la forêt de jadis, les mentors et leurs apprentis s'entraînaient le plus souvent seuls. « On se verra plus tard. Par contre, il peut toujours courir pour que j'aille enlever les tiques des anciens. Ce n'est pas à lui de me dire ce que j'ai à faire. »

Peu à peu, elle avait compris les raisons du comportement de Griffe de Ronce. *Il est jaloux parce qu'il n'a pas été choisi comme mentor. Et peut-être parce que je passe du temps avec Pelage de Granit, et non avec lui. Mais bon, il m'a bien fait comprendre ce qu'il pensait de moi, alors il n'a aucune raison de se comporter comme un blaireau piqué par une guêpe !*

Elle avait donc décidé de chasser afin de rapporter une contribution digne de ce nom à la réserve de gibier. Elle ne voulait pas donner à Griffe de Ronce le moindre motif de la critiquer. Il serait bien trop satisfait de pouvoir lui reprocher une nouvelle fois de négliger ses devoirs de guerrière.

Soudain, l'odeur pestilentielle du Clan de l'Ombre l'assaillit. Ses pas l'avaient conduite jusqu'à la frontière, non loin de l'arbre mort. Un instant plus tard, elle entendit un feulement, suivi des cris caractéristiques d'un combat de félins. Elle se figea. Avait-elle franchi la frontière par erreur ?

À quelques longueurs de queue, de l'autre côté de la frontière, un bouquet de fougères s'agita follement, puis deux chats au corps à corps roulèrent au sol. Elle les reconnut aussitôt : Pelage d'Or et le gros chat domestique noir et blanc venu du nid de Bipèdes sur le territoire du Clan de l'Ombre.

Pelage d'Or poussa un cri de douleur lorsque son adversaire la mordit à la gorge. Poil d'Écureuil ne pouvait tout de même pas regarder son amie se faire tuer sans rien tenter. Sans une hésitation, elle passa la frontière et se jeta sur le dos du matou.

« Lâche-la ! »

Elle lui griffa le flanc et, lorsqu'il tenta de s'échapper, elle lui mordit la queue de toutes ses forces. Il poussa un cri de douleur mêlée de fureur. Pelage d'Or, qui en avait profité pour se libérer, fit volte-face et lui asséna un coup de patte sur l'oreille. Le chat domestique roula sur le dos pour marteler les deux chattes de ses puissantes pattes arrière, puis se releva d'un bond avant de filer dans le sous-bois.

Poil d'Écureuil le regarda disparaître. Pantelante, Pelage d'Or vint se placer à son côté.

« Merci, haleta-t-elle. Il m'a attaquée par surprise.

— De rien. À charge de revanche. »

Pelage d'Or avait l'air préoccupée ; ses yeux papillonnaient de tous côtés comme si des ennemis se cachaient derrière chaque arbre. L'odeur de sa peur était si intense que Poil d'Écureuil en fut troublée. La guerrière du Clan de l'Ombre était réputée pour son courage. De plus, elle se trouvait sur son propre territoire.

« Quelque chose ne va pas ? » s'enquit Poil d'Écureuil.

Une lueur de détresse brilla un instant dans les prunelles de la chatte écaille, puis disparut lorsqu'elle secoua la tête.

« Rien dont nous ne puissions nous charger, répondit-elle.

— C'est ça, et les merles ont des dents. Allez, Pelage d'Or. Je vois bien que tu es perturbée. Je ne peux pas croire que ce soit juste à cause de cette brute galeuse.

— Laisse tomber, d'accord ? feula l'autre. Tu ne devrais même pas être là. Estime-toi heureuse qu'une patrouille ne t'ait pas déjà surprise. »

En quelques bonds, elle s'éloigna pour s'enfoncer dans le territoire du Clan de l'Ombre. Poil d'Écureuil s'assura que personne ne l'épiait et s'élança à sa poursuite.

« Pelage d'Or, attends ! »

L'intéressée s'arrêta aussitôt à l'ombre d'un pin.

« Poil d'Écureuil, espèce de cervelle de souris ! Va-t'en. Si une patrouille t'attrape, tu y laisseras ta fourrure, et moi j'aurai des tas d'ennuis ! »

La rouquine l'ignora. En dévisageant son amie, elle fut frappée par sa maigreur : ses côtes saillaient sous sa fourrure négligée. Son combat récent ne justifiait pas à lui seul un tel état d'épuisement.

« Hors de question, s'obstina-t-elle. Je ne m'en irai pas tant que tu ne m'auras pas tout raconté.

— Tu ne lâches jamais le morceau, pas vrai ? » soupira Pelage d'Or.

À croupetons, elle s'abrita sous les branches les plus basses du pin, à l'abri des regards.

Poil d'Écureuil la suivit et lui donna un coup de langue amical derrière les oreilles.

« Allez, tu peux tout me dire.

— Très bien. Tu sais d'où il vient, ce matou noir et blanc ? Du nid de Bipèdes. Il y a un autre chat domestique là-bas. Un tigré.

— Comment pourrais-je l'oublier ? s'indigna Poil d'Écureuil. Ils ont failli me faire la peau ! »

Et je ne m'en serais jamais sortie sans l'aide de Griffe de Ronce, songea-t-elle.

« Eh bien, ils mettent le Clan de l'Ombre en difficulté, expliqua la chatte écaille à contrecœur.

— Le Clan de l'Ombre ? En difficulté à cause de deux chats domestiques ? répéta la rouquine. Tu veux dire qu'un Clan entier de guerriers n'arrive pas à régler leur compte à deux chats domestiques minables ?

— Ce n'est pas drôle. Hier, ils ont attaqué Nuage Piquant alors qu'il était seul. Malgré ses blessures, il est parvenu à rentrer au camp, mais il est mort dans la nuit, expliqua-t-elle, la tête basse.

— Oh, Pelage d'Or, je suis navrée ! »

La guerrière du Clan de l'Ombre poursuivit d'une voix égale, comme si l'épuisement l'avait insensibilisée.

« Pelage Fauve, qui était son mentor, a emmené une

201

patrouille pour se venger. Mais dès que les chats domestiques ont vu arriver nos guerriers, ils se sont carapatés dans leur nid. Leurs Bipèdes ont balancé des objets durs sur la patrouille, et Cœur de Cèdre s'est fait grièvement blesser à la patte. Ces deux-là sont des lâches. Ils ne s'en prennent qu'aux faibles, ou à ceux qui vont chasser seuls. »

Poil d'Écureuil enfouit son museau dans le flanc de son amie.

« Le Clan du Tonnerre va vous aider, promit-elle. Je vais en parler tout de suite à Étoile de Feu.

— Ne fais pas ta cervelle de souris ! C'est le problème du Clan de l'Ombre.

— Et alors ? On ne peut pas les laisser vous tuer l'un après l'autre sans rien faire ! »

Pelage d'Or releva la tête ; le chagrin avait laissé place à l'indignation.

« Tu insinues que mon Clan n'est pas assez fort pour résoudre ses propres problèmes ?

— Oh, vous finiriez par y parvenir, convint Poil d'Écureuil, mais à quel prix ? Quel mal y aurait-il à ce que nos deux Clans réfléchissent ensemble à une solution ? Ces sales brutes ont besoin d'une bonne leçon ! Il faudrait être demeuré pour refuser de l'aide dans une situation pareille. »

Le regard de Pelage d'Or s'embrasa un instant. Poil d'Écureuil réprima un mouvement de recul en se rappelant que son amie était une redoutable guerrière. Puis la chatte écaille se calma.

« Ce sera à Étoile de Jais d'en décider, miaula-t-elle.

— Oui. Je reviens tout de suite », répondit-elle avant de lui donner un petit coup de museau rassurant.

Sans se soucier de savoir si des membres d'un Clan ou de l'autre l'apercevaient, Poil d'Écureuil fila sans s'arrêter jusqu'à son camp. Le Clan du Tonnerre devait faire quelque chose ! Ils n'avaient pas accompli tout ce chemin pour que l'un des quatre Clans se fasse décimer par une paire de chats domestiques.

Lorsqu'elle approcha du tunnel d'aubépine, elle ralentit pour reprendre son souffle. Elle devait décrire en détail la situation à Étoile de Feu. À son grand soulagement, elle repéra aussitôt son père dans la clairière, tapi près de la réserve de gibier. Il partageait un campagnol avec Tempête de Sable. Tout près, Pelage de Poussière et Pelage de Granit conversaient à voix basse. À quelques longueurs de queue de là, Griffe de Ronce mangeait seul, dévorant à pleines dents un pigeon ramier.

Poil d'Écureuil se rua vers eux.

« Je viens de voir Pelage d'Or, lança-t-elle à la cantonade, avant de répéter l'histoire de la guerrière. Ils se font persécuter par ces deux crottes de renard, conclut-elle à bout de souffle. J'ai dit à Pelage d'Or qu'on allait les aider.

— Et de quel droit ? » feula Pelage de Poussière.

La fourrure de Poil d'Écureuil se hérissa, mais Étoile de Feu intima à sa fille de se taire d'un battement de la queue.

« Il est vrai que chaque Clan doit se débrouiller seul, déclara-t-il. Cela fait partie du code du guerrier. Mais où serions-nous à présent si nous nous y étions tenus rigoureusement tandis que les Bipèdes ravageaient la forêt ? Leurs monstres nous auraient tous exterminés, les uns après les autres.

— Alors tu acceptes de les aider ? insista Poil d'Écureuil, impatiente. N'oublie pas que j'ai aperçu le matou tigré sur notre territoire, l'autre fois. Si on ne fait rien pour les arrêter, ils pourraient s'en prendre à nous aussi.

— J'irai. »

Poil d'Écureuil sursauta en entendant la voix de Griffe de Ronce derrière elle. Elle n'avait pas remarqué qu'il s'était approché pour l'écouter.

« Je n'ai pas encore donné mon accord, lui rappela Étoile de Feu en remuant les oreilles.

— Moi, je ne suis pas certain qu'on doive y aller, de toute façon, intervint Pelage de Poussière. Nous ne nous sommes pas totalement remis de notre exode et l'une de nos guérisseuses est déjà partie aider un autre Clan… On ne peut pas régler les problèmes de tous les Clans, Étoile de Feu.

— Non, mais nous pouvons au moins essayer, rétorqua Tempête de Sable en le fixant de ses yeux vert pâle. Un apprenti s'est fait tuer. Et si ç'avait été Nuage de Frêne ? »

La question laissa Pelage de Poussière muet.

« J'espère que tu vas dépêcher une patrouille, s'écria Griffe de Ronce. Pelage d'Or est ma sœur. J'affronterais le Clan des Étoiles pour elle, alors deux chats domestiques…

— Moi aussi, ajouta Poil d'Écureuil. On a voyagé ensemble. On ne peut pas faire comme si de rien n'était ! »

Griffe de Ronce plissa les yeux, le regard rivé sur un point derrière elle. En se tournant, elle vit que

Pelage de Granit approchait, la mine inquiète. Il vint poser la truffe sur le museau de la rouquine.

« Il faut qu'on aide le Clan de l'Ombre, déclara-t-elle, craignant qu'il ne s'y oppose. Tu comprends, non ?

— Bien sûr. Tu es une amie loyale. Et je ne te voudrais pas autrement. »

Poil d'Écureuil sentit un ronronnement monter dans sa gorge. Elle se frotta à l'épaule du guerrier gris, consciente que Griffe de Ronce s'était raidi.

« Très bien, trancha Étoile de Feu. Nous enverrons une patrouille. Griffe de Ronce, tu en prendras la tête, mais tu devras parler à Étoile de Jais avant d'entreprendre quoi que ce soit. Et revenez immédiatement s'il s'oppose à votre présence sur son territoire. Compris ?

— Oui, Étoile de Feu.

— Poil d'Écureuil, tu ferais mieux de l'accompagner. De toute façon, tu y serais allée, avec ou sans ma permission.

— Merci, Étoile de Feu ! s'écria-t-elle, la queue en panache.

— Choisis quelques combattants, Griffe de Ronce, poursuivit le meneur. Et partez sans attendre. »

Le matou tacheté acquiesça avant de filer vers le gîte des guerriers.

« Moi aussi, je veux y aller, lança Pelage de Granit.

— Non, tu restes là », répondit Étoile de Feu. Devant la mine déconfite du matou gris, il ajouta : « Je t'ai entendu promettre à Nuage de Frêne que tu l'emmènerais chasser. Tu ne veux pas le décevoir, pas vrai ?

« — Non, évidemment », reconnut le mentor dans un soupir.

Griffe de Ronce ne l'aurait sans doute pas choisi pour sa patrouille, de toute façon, se dit Poil d'Écureuil. Impatiente, elle fit crisser ses griffes sur le sol en attendant le retour du guerrier tacheté.

« Te demander d'être prudente ne servirait à rien, j'imagine », miaula Pelage de Granit, résigné.

La rouquine lui posa le bout de la queue sur l'épaule.

« Ne t'inquiète pas pour moi. » Elle se remémora leur première escarmouche avec les chats domestiques – elle aurait dû se douter qu'ils créeraient d'autres problèmes ! Elle allait enfin pouvoir se venger. « Tout ira bien, promit-elle. On va leur faire regretter le jour où ils ont défié les Clans ! »

CHAPITRE 12

❧

GRIFFE DE RONCE ressortit du gîte en compagnie de Poil de Fougère, Cœur d'Épines et Perle de Pluie. Poil d'Écureuil fila les rejoindre.

« Bonne chance ! » lança Pelage de Granit.

La rouquine le salua d'une ondulation de la queue. Dès qu'ils eurent franchi le tunnel d'aubépine, elle se plaça en tête de patrouille à côté de Griffe de Ronce.

« Pelage d'Or devrait nous attendre à la frontière, dit-elle. Elle nous emmènera auprès d'Étoile de Jais.

— Bien. On te suit. »

Ils se mirent tous en route, réglant leur pas sur celui de Poil d'Écureuil. Elle préférait s'économiser, car le trajet était long et ils devaient garder leurs forces pour le combat à venir.

« C'est quoi, le plan ? s'enquit Cœur d'Épines.

— Y en a pas, avoua Griffe de Ronce. Nous dirons à Étoile de Jais que nous sommes venus à la rescousse et que nous ferons ce qu'il voudra. S'il accepte notre aide, nous déciderons de la marche à suivre avec lui et ses guerriers. »

Comme prévu, Pelage d'Or était assise près de la frontière, tapie sous une touffe de fougères sèches qui dissimulaient sa fourrure écaille. Elle bondit, visiblement soulagée de voir son frère escorté de combattants aguerris.

« Tu vois ? lui lança Poil d'Écureuil. Je t'avais dit qu'Étoile de Feu enverrait des renforts. »

Griffe de Ronce et Pelage d'Or se touchèrent le museau.

« Conduis-nous auprès d'Étoile de Jais », ordonna-t-il.

Pelage d'Or se dirigea aussitôt vers le cœur du territoire du Clan de l'Ombre. Bientôt, les arbres dénudés laissèrent place à de sombres pins qui masquaient presque entièrement le ciel. Sous leurs pattes, les aiguilles formaient un tapis moelleux. Ils traversèrent une rivière, dont l'eau froide et peu profonde courait sur des galets, puis gravirent la berge. Peu à peu, l'odeur du Clan de l'Ombre s'affirma : ils approchaient du camp.

La pente devenait plus abrupte à chaque pas ; des rochers saillaient ici et là du tapis d'aiguilles. Au sommet de la butte, les pins, très denses, semblaient monter la garde autour d'une petite cuvette garnie de buissons. Poil d'Écureuil reconnut l'endroit que ses amis et elle avaient découvert lors de leur toute première exploration autour du lac. À l'époque, personne n'aurait imaginé que les chats domestiques poseraient problème. À présent, Poil d'Écureuil se demandait si le Clan de l'Ombre n'avait pas établi son camp trop près du nid de Bipèdes.

Des relents de peur et de chair blessée faillirent lui couper le souffle. En arrivant au camp, elle fut d'abord incapable de repérer le moindre félin. Puis des branches frémirent dans la combe en contrebas et Étoile de Jais apparut. Il les rejoignit en quelques bonds, la fourrure ébouriffée.

« Que se passe-t-il ? s'époumona-t-il. Le Clan du Tonnerre sur mon territoire ? Pelage d'Or, qu'est-ce que ça signifie ? »

La guerrière s'inclina devant son chef.

« Poil d'Écureuil m'a aidée à chasser l'un des chats domestiques de notre territoire. Je lui ai parlé de nos soucis, et elle a ramené une patrouille du Clan du Tonnerre en renfort.

— Tu as évoqué nos problèmes avec une guerrière d'un Clan rival ? gronda-t-il.

— Seulement avec Poil d'Écureuil, insista-t-elle en soutenant son regard. C'est une amie.

— Et Pelage d'Or est ma sœur », renchérit Griffe de Ronce en venant se placer près d'elle.

Étoile de Jais renifla avec mépris.

« Peut-être. Mais Pelage d'Or devrait avant tout être loyale envers son Clan.

— Étoile de Jais, je ne t'ai jamais donné de raisons de douter de ma loyauté », rétorqua Pelage d'Or, le poil hérissé.

Le meneur regarda tour à tour les six guerriers du Clan du Tonnerre.

« Et tu espères que je vais te croire, alors que tu as mené ces combattants jusqu'à notre camp ?

— Nous sommes prêts à rentrer chez nous si tu le désires, expliqua Cœur d'Épines. Tu n'as qu'un mot à dire.

— Attends, Étoile de Jais. »

C'était Cœur de Cèdre qui venait de parler. Le matou gris quitta péniblement l'abri des buissons et claudiqua dans la pente pour rejoindre son chef. Poil d'Écureuil se souvint que les Bipèdes l'avaient blessé.

« Nous ne sommes pas de taille à régler cela nous-mêmes.

— Cœur de Cèdre a raison, déclara Pelage Fauve, venant épauler son camarade. Ces chats domestiques ont tué mon apprenti. J'accepterais volontiers de l'aide pour leur arracher les entrailles. »

Étoile de Jais hésita un instant. Il regarda l'un après l'autre ses deux guerriers, jaugeant leurs prunelles embrasées et leur fourrure hérissée. Il finit par s'incliner.

« Très bien. Cœur de Cèdre, va chercher Feuille Rousse. Nous enverrons notre propre patrouille aux côtés de ces chasseurs du Clan du Tonnerre jusqu'au nid de Bipèdes. Toi, en revanche, tu n'y vas pas, ajouta-t-il à l'intention de Cœur de Cèdre. Tu n'es pas en état de te battre. »

Ce dernier lui lança un regard noir, avant de disparaître sans protester dans les buissons.

« Étoile de Jais, tuer ces chats domestiques n'est pas une bonne solution, miaula Griffe de Ronce.

— Comment ? feula Pelage Fauve avant son chef. Ils ont assassiné mon apprenti ! Je réclame vengeance !

— Dans ce cas, les Bipèdes voudront se venger à leur tour. Ils savent sans doute que vous êtes tout près.

— C'est vrai, renchérit Flocon de Neige. Les Bipèdes vivent au sein de petits clans. » Il frissonna en ajoutant : « J'ai été leur prisonnier, jadis. Si leurs chats domestiques se font blesser ou tuer, ils n'auront plus qu'une idée en tête : vous chasser ou, pire, vous exterminer. Vous avez bien vu ce qu'ils nous ont infligé, dans notre forêt natale. Vous voulez qu'ils recommencent ici ?

— Alors comment empêcher leurs chats domestiques de nous attaquer ? contra Pelage Fauve. En le leur demandant gentiment ?

— On pourrait leur tendre un piège, et les forcer à promettre de garder leurs distances, suggéra Poil d'Écureuil. Lorsqu'ils nous verront arriver en nombre, ils auront la peur de leur vie.

— Bonne idée », murmura Griffe de Ronce.

Poil d'Écureuil lui jeta un coup d'œil, aussi étonnée que ravie qu'il la soutienne.

« Ça vaut le coup d'essayer », conclut Étoile de Jais au moment où Feuille Rousse, son lieutenant, émergeait des buissons.

Bois de Chêne, un petit mâle, la suivait de près.

« Bien, voici donc notre plan, reprit Étoile de Jais. Vous vous rendez au nid de Bipèdes. Vous leur tendez une embuscade et vous leur faites jurer de nous laisser tranquilles. Dites-leur que nous les tuerons s'ils s'avisent de toucher de nouveau à un poil de nos guerriers. » Il soutint fermement le regard de Griffe de Ronce. « Et je suis sérieux. Je suis prêt à tout pour le bien de mon Clan. Mais pour l'instant, contentez-vous de les intimider. C'est bien clair, Pelage Fauve ? »

Le mâle roux baissa la tête en marmonnant.

« Alors allez-y. Feuille Rousse, tu prends le commandement de la patrouille. Je reste là pour assurer la garde du camp. »

Si le chef du Clan tient à protéger le camp lui-même, c'est qu'ils doivent vraiment craindre ces chats domestiques ! songea Poil d'Écureuil. Puis elle surprit le regard oblique que le meneur lança à Griffe de Ronce et comprit ce qu'il redoutait en fait : que le Clan du Tonnerre ait inventé cette histoire afin d'attaquer le camp pendant que ses guerriers les plus expérimentés étaient occupés ailleurs. *C'était bien le Clan de l'Ombre, ça !* Elle renifla bruyamment, furieuse. *Ils pensent que tout le monde est aussi fourbe qu'eux !*

« Que le Clan des Étoiles vous accompagne », ajouta Étoile de Jais avant de regagner l'ombre des taillis.

Feuille Rousse rassembla sa patrouille d'un mouvement de la queue ; elle la mena le long de la crête et la fit redescendre de l'autre côté. Griffe de Ronce fit signe à ses camarades de les suivre.

Le lieutenant ordonna une halte à quelques longueurs de queue du nid, sous un massif de fougères. Un mur de pierre protégeait l'endroit. Les deux chats domestiques étaient perchés dessus, les yeux perdus dans la forêt. Poil d'Écureuil reconnut le gros mâle noir et blanc à l'oreille déchirée qui s'était battu avec Pelage d'Or, et le petit tigré qu'elle avait chassé du territoire du Clan du Tonnerre quelques jours plus tôt.

« Les voilà ! lança-t-elle.

— Silence ! » souffla Feuille Rousse en remuant une oreille.

Les deux matous semblaient repus et somnolents. Le gros mâle commença à faire sa toilette, à grands coups de langue nonchalants.

« Ils ne se doutent pas de notre présence, souffla Pelage Fauve. Attaquons !

— Non ! rétorqua Feuille Rousse. Dès qu'ils nous verront, ils fileront chercher leurs maîtres. Et face aux Bipèdes, nous sommes impuissants. Même moi, je le sais.

— Il faut qu'on les attire par ici, suggéra Cœur d'Épines.

— Écoutez, fit Griffe de Ronce en venant se placer près de Feuille Rousse. Imaginons que l'un d'entre nous s'avance vers le mur en feignant d'être blessé. D'après ce que vous dites, ils ne rateront pas une occasion d'attaquer une proie facile. Pendant ce temps, nous les prendrons à revers, pour les empêcher de regagner le nid.

— Bonne idée ! s'enthousiasma Poil de Fougère. Ensuite, on leur saute dessus et on leur explique en détail ce qu'on leur infligera s'ils continuent leurs attaques.

— Qu'en penses-tu ? demanda Griffe de Ronce au lieutenant.

— Par le Clan des Étoiles, marmonna Feuille Rousse. Un guerrier du Clan du Tonnerre qui réfléchit ! On aura tout vu ! Très bien, suivons le plan de Griffe de Ronce, décida-t-elle. Qui veut faire l'appât ?

— Moi, répondirent en chœur Poil d'Écureuil et Pelage d'Or.

— Ce sera Pelage d'Or, trancha Feuille Rousse. S'ils repèrent une odeur différente de la nôtre, ils risquent de deviner que c'est un piège. »

Pas faux, se dit la rouquine.

Griffe de Ronce enfouit le museau dans la toison de sa sœur.

« Ne t'inquiète pas, miaula-t-il. Nous ne les laisserons pas te faire de mal.

— Je sais. »

La guerrière écaille pénétra dans la clairière en boitillant avant de s'effondrer sur le flanc.

Feuille Rousse désigna Pelage Fauve, Cœur de Cèdre, Cœur d'Épines et Flocon de Neige pour prendre les chats domestiques à revers dès qu'ils seraient descendus du muret. Les autres guerriers restèrent sur place.

« Faites le moins de bruit possible, même pendant le combat, ordonna Feuille Rousse. Les Bipèdes ne doivent pas nous entendre. »

Tapie dans les fougères, Poil d'Écureuil ne quittait pas des yeux les chats domestiques. Dès que Pelage d'Or apparut, ils se relevèrent, les oreilles dressées. Le mâle noir et blanc s'adressa à son compagnon, puis ils se laissèrent tous deux tomber du mur pour se diriger vers la guerrière écaille.

Aussitôt, Feuille Rousse donna le signal. Séparés en deux groupes, les combattants se déployèrent sur les flancs, camouflés par les taillis. Les deux matous n'y virent que du feu. Ils n'étaient sans doute pas habitués à repérer les odeurs inconnues. De plus, ils étaient trop concentrés sur leur proie.

Toujours affalée, Pelage d'Or respirait bruyamment. Lorsque les deux mâles s'approchèrent, elle releva la tête et s'écria :

« Pitié, ne me faites pas de mal ! »

Le gros matou écrasa sa truffe sur le museau de la guerrière.

« On va pas te faire de mal, t'es déjà morte, railla-t-il.

— Ça t'apprendra à venir sur notre territoire », feula le petit tigré en se préparant à crever les yeux de Pelage d'Or d'un coup de griffes.

Pelage d'Or se raidit. Poil d'Écureuil entendit Griffe de Ronce hoqueter. Le guerrier tacheté labourait le sol comme s'il avait oublié que sa sœur n'était pas aussi vulnérable qu'elle le semblait.

Au même instant, Feuille Rousse jaillit des fougères.

« Maintenant ! »

Aussitôt, Poil d'Écureuil surgit des sous-bois, Griffe de Ronce et les autres sur ses talons. Hébétés, les deux matous contemplèrent la vague de chats sauvages qui se préparait à les emporter. Puis ils firent volte-face pour aller se réfugier dans leur nid. Cependant, les autres guerriers avaient déjà pris place derrière eux. Épaule contre épaule, ils avançaient en ligne serrée. Le petit tigré poussa un cri terrifié, mais le gros bicolore fonça droit devant. Il percuta Flocon de Neige et ils roulèrent tous deux au sol. Pelage Fauve rejoignit la mêlée de griffes et de crocs.

Pelage d'Or se releva d'un bond et attaqua le tigré. Perle de Pluie et Feuille Rousse l'imitèrent, si bien que Poil d'Écureuil se jeta sur le gros mâle qui venait de se libérer de ses deux adversaires et tentait de fuir dans la clairière. Feulant de rage, elle lui asséna un coup de patte au visage ; le sang du matou, tiède et poisseux, gicla sur la fourrure rousse de la guerrière. Elle esquiva son attaque et lui donna un coup de tête en plein poitrail pour le déséquilibrer. Il chancela et percuta Griffe de Ronce qui le prenait à revers. La rouquine lui grimpa sur le ventre et prit soin d'éviter les coups de ses pattes arrière. Griffe de Ronce le plaqua ensuite au sol par les hanches tandis que Pelage Fauve mordait la queue noir et blanc qui s'agitait en tous sens.

« Vous avez intérêt à laisser nos guerriers tranquilles ! » feula Poil d'Écureuil dans son oreille.

À cet instant précis, elle s'exprimait au nom des quatre Clans, prête à tuer pour défendre n'importe quel félin.

Un coup d'œil en arrière lui apprit que Pelage d'Or et Perle de Pluie avaient cloué le petit tigré au sol. Feuille Rousse s'adressa à lui dans un grondement puis s'approcha du gros mâle que la rouquine tenait toujours entre ses pattes. Le lieutenant le foudroya du regard un instant. Les yeux jaunes du matou luisaient de haine.

« Tu n'es qu'un chat domestique, ta place est auprès de tes Bipèdes, rugit Feuille Rousse avec mépris. La forêt est à nous, à présent. Si vous vous mettez une fois de plus en travers de nos pattes, vous savez ce qui vous arrivera. » Elle planta ses griffes dans la fourrure de l'ennemi. « Compris ? »

En guise de réponse, il lui cracha dessus.

« Compris ? répéta Poil d'Écureuil. Ou tu préfères que je t'égorge tout de suite ?

— C'est compris, gronda-t-il.

— Relâche-le, ordonna Feuille Rousse avant d'ajouter à l'intention du mâle : Retourne chez tes Bipèdes et restes-y. »

À contrecœur, Poil d'Écureuil et les autres guerriers libérèrent le chat domestique. Il se leva en chancelant. Lorsqu'il s'ébroua, des gouttelettes de sang giclèrent de sa fourrure. Le petit tigré vint le rejoindre à croupetons, la tête basse et la queue entre les pattes.

« Partez ! ordonna Feuille Rousse, les crocs découverts. Immédiatement ! »

Les deux chats domestiques reculèrent de quelques pas avant de pivoter pour rejoindre le nid à toute allure. Ils escaladèrent le mur et disparurent dans le jardin. Une porte grinça et une voix de Bipède paniquée retentit.

Sur un signe de Feuille Rousse, la patrouille des Clans de l'Ombre et du Tonnerre fila se mettre à l'abri sous les pins et ne s'arrêta qu'une fois le camp en vue.

« Je vais chercher Étoile de Jais », annonça le lieutenant avant de dévaler la pente.

Pelage d'Or s'approcha de Griffe de Ronce et enfouit le museau dans la fourrure de son frère.

« Merci. Vous avez été géniaux – vous tous, ajouta-t-elle en redressant la tête.

— Tout le plaisir a été pour nous, ronronna Griffe de Ronce. On recommence quand tu veux.

— Incroyable ! miaula Poil d'Écureuil. Je n'oublierai jamais la tête de ces chats domestiques lorsqu'ils nous ont vus débarquer. Et Griffe de Ronce, tu étais pile au bon endroit quand j'ai attaqué la grosse brute. Tu as été formidable. »

La vague de chaleur qui montait en elle se changea en glace lorsque le guerrier tacheté lui lança un regard froid.

« Toi aussi, tu t'es bien débrouillée », répondit-il d'un ton sec, comme s'il complimentait un apprenti.

Les griffes plantées dans le sol, la jeune guerrière ravala une réponse acerbe. Elle n'allait pas se disputer avec son camarade devant le Clan de l'Ombre. Mais l'attitude du guerrier la blessait plus que toutes les griffures reçues au combat.

Les buissons frémirent en contrebas : Étoile de Jais apparut.

« Feuille Rousse m'a dit que la mission avait été un succès, déclara-t-il.

— Oui. Ils ne devraient plus vous inquiéter, répondit Griffe de Ronce. Dans le cas contraire, prévenez-nous. Nous reviendrons vous aider avec plaisir.

— Merci, fit Étoile de Jais avec froideur. Je pense que nous pourrons régler nos problèmes seuls, à présent. »

Ces paroles sonnaient comme un refus. Griffe de Ronce n'essaya pas de le convaincre. Il rassembla sa patrouille d'un signe de la queue puis toucha le museau de sa sœur du bout de la truffe.

« Au revoir, lança-t-il ensuite à Étoile de Jais. J'imagine que nous nous reverrons à la prochaine Assemblée. »

Sur ces mots, il s'élança vers le territoire du Clan du Tonnerre, le long de la piste qu'ils avaient suivie à l'aller.

Poil d'Écureuil, qui cheminait derrière lui, sentait la colère lui ramollir les pattes. L'excitation était retombée, tout comme la brève impression d'être de nouveau proche de Griffe de Ronce. Pourquoi ne parvenaient-ils pas à être amis alors qu'ils se battaient si bien ensemble ? Son ventre se noua à l'idée que Griffe de Ronce pouvait oublier leur querelle uniquement pour le bien du Clan de l'Ombre. Quel gâchis !

« Parfait, marmonna-t-elle si bas que personne ne l'entendit. S'il le prend comme ça... De toute façon, je m'en fiche. »

Pourtant, elle suivit ses camarades jusqu'à la combe rocheuse, les épaules et la queue basses.

CHAPITRE 13

❦

« Vivement la nouvelle saison ! déclara Papillon
en passant en revue sa réserve de baies de genièvre.
Nous sommes presque à court de remèdes.

— Nous aussi, lui répondit Feuille de Lune. La
mauvaise saison n'en finit pas, et nous ne connaissons
pas encore les coins où poussent les plantes médicinales. Heureusement, tes malades commencent à se
remettre.

— Oui, grâce à toi, ronronna Papillon avant de se
tourner vers Petit Saule, qui attendait devant l'antre
de la guérisseuse en se dandinant sur place. Donne
deux baies de genièvre à tous les malades, sauf à Petite
Anguille et Petit Gravier. Eux n'en prendront qu'une
seule. Te souviens-tu des vertus du genièvre ? »

La petite chatte grise se figea, la patte en l'air pour
piquer quelques baies sur ses griffes.

« Il est efficace contre le mal de ventre, récita-t-elle,
les yeux plissés par l'effort de concentration. Mais les
chatons vont mieux, ils n'ont plus de crampes à l'estomac. » Elle hésita, confuse. Puis son regard s'illumina.
« C'est pour qu'ils reprennent des forces ! miaula-t-elle,

triomphale. Tu leur donnes du genièvre pour qu'ils se remettent plus vite.

— Très bien ! la félicita Papillon, qui la suivit du regard lorsqu'elle partit donner une baie à Fleur de l'Aube. Elle m'a beaucoup aidée... et toi aussi, Feuille de Lune. Sans toi, mes camarades seraient morts.

— Je ne pense pas, répondit cette dernière, gênée par les compliments de son amie. Tu savais quoi leur donner. »

Sa troisième nuit passée au sein du Clan de la Rivière touchait à sa fin. Sous les premières lueurs de l'aube, la rosée scintillait sur le moindre brin d'herbe, la moindre feuille. La guérisseuse du Clan du Tonnerre avait l'impression que l'air était plus doux. La saison des feuilles nouvelles n'allait plus tarder.

Aucun nouveau cas d'empoisonnement ne s'était déclaré. Patte de Brume avait rassemblé les guerriers les plus robustes pour aller nettoyer les dernières traces du liquide verdâtre dans les alentours du camp, pendant que Plume de Faucon avait terminé d'ériger la barrière de ronces autour de la flaque de poison. À présent, tout le monde savait qu'il fallait éviter d'y toucher.

Quant aux malades, ils guérissaient doucement. Gros Ventre avait déjà regagné l'antre des anciens, tandis que Petite Anguille et Petit Gravier étaient assez en forme pour faire des bêtises. Près du ruisseau, ils trempaient la patte dans l'eau comme s'ils feignaient de pêcher.

« Ne vous approchez pas du bord ! lança Papillon. Je n'aurai pas le temps de venir vous sauver si vous tombez. »

Les deux chatons échangèrent un regard avant de reculer de quelques pas. Puis ils se mirent à se poursuivre.

« Je vais devoir les renvoyer à la pouponnière, soupira Papillon. Fleur de l'Aube n'est pas tout à fait remise, mais je demanderai à Pelage de Mousse de l'aider. Ils finiront par s'attirer des ennuis en restant ici. J'ai surpris Petite Anguille en train de renifler mes remèdes, hier. »

Feuille de Lune émit un ronron amusé.

« Pourtant, ils devraient avoir compris la leçon et ne plus jamais avaler d'aliments inconnus. »

Elle se mit sur ses pattes et s'étira longuement. Les convalescents commençaient à remuer sur la berge. Fleur de l'Aube avait roulé sur le côté pour nettoyer la fourrure de son ventre, pendant que Nuage de Hêtre bâillait à s'en décrocher la mâchoire. Personne ne semblait souffrir.

« Il est temps que je rentre, annonça la guérisseuse du Clan du Tonnerre. Tu n'as plus besoin de moi. »

Papillon hocha la tête.

« C'était agréable, de pouvoir travailler avec une consœur. Mais tu dois retourner auprès des tiens.

— Tu t'en vas ? gémit Petit Saule, revenue chercher une nouvelle dose de genièvre. Tu vas nous manquer. » Elle ajouta à l'adresse de Papillon, hésitante : « Tu auras encore besoin de moi ?

— Bien sûr », la rassura la guérisseuse.

Les yeux brillants, la petite chatte redressa la queue.

Feuille de Lune alla dire au revoir aux premiers réveillés. Lorsqu'elle revint à l'antre de Papillon, Étoile du Léopard avait fait son apparition.

« Je viens d'apprendre que tu nous quittes, miaula la meneuse. Le Clan de la Rivière te remercie de tout cœur, Feuille de Lune.

— N'importe quel guérisseur aurait fait de même, répondit-elle, la tête baissée.

— Nous ne sommes pas près de l'oublier. Que le Clan des Étoiles t'accompagne jusqu'à ton camp. Remercie Étoile de Feu de ma part. »

Saluant une dernière fois Papillon, Feuille de Lune suivit la rivière jusqu'au lac, traversa le cours d'eau là où il était peu profond et longea la rive jusqu'à l'arbre-pont. Elle espérait que Plume de Jais ne lui en voulait pas trop d'avoir manqué à sa promesse. Dans la panique de la première nuit, elle avait complètement oublié qu'elle devait le retrouver. Les deux nuits suivantes, la fatigue l'avait dissuadée de le rejoindre. De plus, il n'avait jamais dit qu'il reviendrait l'attendre tous les soirs.

En arrivant au territoire du Clan du Vent, elle garda un œil sur la lande. D'un côté, elle espérait apercevoir entre les herbes folles sa silhouette gris sombre. De l'autre, cette idée lui faisait un peu peur. Il valait peut-être mieux que cela se termine ainsi, qu'elle lui laisse croire qu'elle ne s'intéressait pas à lui.

En chemin, elle n'aperçut qu'une patrouille de guerriers du Clan du Vent perchée haut sur le flanc d'une colline. Ils étaient trop loin pour qu'elle les identifie, pourtant elle était certaine que Plume de Jais ne figurait pas parmi eux.

En approchant de la combe rocheuse, le doux parfum de son propre Clan l'enivra. Un ronron de bonheur monta dans sa gorge lorsqu'elle se précipita dans le tunnel d'aubépine. Elle était heureuse de rentrer chez elle.

Étoile de Feu s'entretenait avec Flocon de Neige près de la pouponnière. Feuille de Lune entendit les paroles de son père.

« Je vois mal Chipie devenir un jour guerrière, déclarait-il. Mais, bien sûr, tu peux lui enseigner quelques techniques de combat. Elle doit apprendre à se défendre, elle et ses petits, si elle décide de vivre dans la forêt.

— Elle se débrouillera », assura le guerrier blanc, les yeux brillants, avant de disparaître dans la pouponnière.

Étoile de Feu secoua la tête, sceptique. Il se redressa en avisant sa fille.

« Je suis content de te revoir, ronronna-t-il en touchant son oreille du bout de sa truffe. Comment va le Clan de la Rivière ?

— L'état des malades était inquiétant à mon arrivée. Les Bipèdes ont laissé un liquide visqueux empoisonné sur leur territoire. » Feuille de Lune lui décrivit ce qu'elle avait découvert et comment elle avait aidé Papillon à soigner les chats contaminés. « Ils vont bien à présent, conclut-elle.

— Tu as fait du beau travail. J'ai toujours su que tu deviendrais une formidable guérisseuse. » Son père lui donna un coup de langue affectueux sur la tête. « Je suis fier de toi. »

Feuille de Lune frissonna de plaisir.

« Je ferais mieux d'aller rejoindre Museau Cendré, dit-elle. Elle a dû être débordée pendant mon absence. »

— Merci, fit la jeune guerrière en remuant les oreilles. À tout à l'heure. »

Alors qu'elle écoutait d'une oreille distraite le récit de Poil d'Écureuil à propos des chats domestiques du Clan de l'Ombre, son cœur se serra de nouveau. Sa sœur et Pelage de Granit s'entendaient si bien... Ils travaillaient en équipe, dormaient ensemble dans la tanière des guerriers. Pourquoi ne pouvait-elle rien partager de tel avec Plume de Jais ? *Parce que tu es guérisseuse*, se rappela-t-elle. Elle n'avait pas le droit de tomber amoureuse, même si Plume de Jais avait appartenu au Clan du Tonnerre. Leur histoire était sans espoir.

« Tout va bien ? s'inquiéta Poil d'Écureuil en percevant l'air absent de sa sœur. Le Clan de la Rivière n'est plus en danger, n'est-ce pas ?

— Non, plus maintenant. »

Feuille de Lune aurait tant voulu parler de ses problèmes à sa sœur... Mais elle ne pouvait se confier à personne. Résignée, elle se força à s'asseoir pour manger son campagnol tout en ponctuant le récit de Poil d'Écureuil de commentaires admiratifs appropriés.

Oh, Clan des Étoiles, soupira-t-elle, *pourquoi vos lois sont-elles si implacables ?*

Au coucher du soleil, Feuille de Lune se sentait toujours aussi désemparée. Pourtant, lorsqu'elle se lova dans son nid devant l'antre de Museau Cendré, elle s'endormit presque aussitôt. Dans son rêve, elle marchait à travers de sombres forêts, le genre d'endroits qu'elle avait souvent arpentés avec des guerriers du Clan des Étoiles.

« Petite Feuille ? » lança-t-elle. Elle avait grand besoin de parler avec elle afin de s'assurer que ses ancêtres ne la punissaient pas pour ses sentiments envers Plume de Jais. « Tu es là ? »

Aucune trace du doux parfum de la guérisseuse. Des touffes de fougères s'arquaient au-dessus de sa tête. Plus haut encore, les branches massives des arbres, qui dissimulaient la voûte étoilée, se balançaient en grinçant horriblement. Le vent qui les agitait plongeait ses doigts glacés dans la fourrure de la jeune chatte.

« Où es-tu ? » s'enquit-elle, paniquée. « Petite Feuille, Jolie Plume, ne me laissez pas seule ! »

Elle se souvint de son rêve à la Source de Lune, lorsqu'elle avait été incapable de comprendre le message du Clan des Étoiles. Son instinct lui soufflait que ses ancêtres n'étaient pas là, à cet instant. Elle les avait peut-être perdus pour toujours. Elle se mit à courir, escalada des racines noueuses et força le passage à travers d'épais ronciers.

Elle finit par entrevoir une pâle lumière entre les arbres. Elle la suivit et s'arrêta, haletante, à la lisière d'une clairière. La lumière qui la baignait, grise, glauque, n'avait rien à voir avec l'éclat argenté du Clan des Étoiles. Elle restait comme suspendue au-dessus d'un tapis de feuilles mortes et de champignons fluorescents.

Au centre de la clairière, un rocher gris jaillissait de l'humus. Un matou tacheté massif était couché dessus, les pattes repliées sous lui et le regard rivé aux deux autres mâles assis au pied du roc, qui levaient la tête vers lui.

place à un soleil éclatant qui réchauffait sa fourrure. Des pousses vertes pointaient hors du sol. Des bourgeons affleuraient sur les branches des arbres, où les oiseaux gazouillaient – promesse d'un gibier abondant à l'arrivée de la saison des feuilles nouvelles. Les bois n'auraient pu être plus différents de la sombre forêt de son rêve. Pourtant, la terreur ne la quittait pas, et elle se surprenait à jeter des coups d'œil derrière elle à chaque pas.

Elle frémit de plus belle en arrivant en vue du nid délabré, dont les cavités semblaient la fixer comme des orbites vides. Elle rassembla son courage et avança parmi les arbres d'un pas plus assuré, humant l'air à la recherche de la bourrache. Que craignait-elle donc ici, elle qui revenait de la forêt d'Étoile du Tigre ?

Sur le chemin du retour, la gueule pleine de feuilles parfumées, elle repéra un éclair de fourrure pâle derrière une touffe de fougères. Curieuse, elle contourna les plantes et se retrouva devant la clairière couverte de mousse où les combattants venaient s'entraîner. Flocon de Neige y avait conduit Chipie. Les oreilles dressées, le guerrier encourageait cette dernière :

« Non, miaula-t-il. Tu dois me frapper. Fort.

— Mais je ne veux pas te faire de mal, répondit la chatte crème en le fixant de ses grands yeux bleus limpides.

— Ne t'en fais pas, je ne risque rien, lui assura-t-il, moqueur. Allez, essaye encore. »

La reine venue du territoire des chevaux le dévisagea avec perplexité. Puis elle se rua sur lui, pattes tendues. Flocon de Neige l'esquiva avant de la faucher en pleine course. Elle s'étala dans l'herbe, la queue gonflée.

« C'est de la triche ! gémit-elle. Tu ne m'avais pas dit que tu ferais ça.

— Oh, pardon, miaula-t-il sans parvenir à dissimuler son amusement. Penses-tu que, au beau milieu d'une bataille, l'ennemi te préviendra avant de te flanquer une raclée ?

— Ce n'est pas comme si je devais vraiment me battre un jour, répondit-elle, la queue agitée.

— Peut-être que si, rétorqua-t-il, la mine soudain sérieuse. Tu dois apprendre à te défendre, au cas où un autre Clan nous attaquerait – ou des prédateurs comme des renards ou des chiens. Sinon, tu risques de te faire gravement blesser.

— Bon, très bien. » Chipie donna quelques coups de langue à sa belle robe crème. « Recommençons. »

Flocon de Neige n'était pas au bout de ses peines s'il comptait transformer cette chatte domestique en guerrière digne de ce nom. Chipie semblait dépourvue d'instinct combatif, ce qui ne décourageait nullement le chasseur blanc. Feuille de Lune se rappelait sa patience, à l'époque où Cœur Blanc s'était fait attaquer par la meute : il lui avait appris une toute nouvelle façon de se battre et de chasser. Il parviendrait peut-être aussi à un bon résultat avec Chipie.

Penser à Cœur Blanc la poussa à rentrer plus vite au camp. Elle n'appréciait toujours pas la façon dont la chatte s'appropriait toutes ses tâches.

Elle salua Flocon de Neige et Chipie d'une ondulation de la queue avant de poursuivre son chemin.

son compagnon avec tristesse. « Jadis, il s'est montré si patient avec moi... »

Feuille de Lune fut prise de pitié pour elle. Museau Cendré avait peut-être raison. Cœur Blanc était sans doute la plus malmenée par le Clan des Étoiles. Comme il devait lui être douloureux de voir son compagnon passer tant de temps avec Chipie et ses petits ! Cependant, sa pitié disparut lorsque Poil de Souris vint trouver Cœur Blanc.

« J'ai oublié de te demander des graines de pavot, déclara l'ancienne. Voilà deux nuits que cette fièvre me tient éveillée.

— Je ne sais pas, répondit Cœur Blanc. Je ne pense pas que tu devrais prendre des graines de pavot en plus de toutes ces feuilles de bourrache. Allons demander à Museau Cendré si elle a quelque chose de mieux à te proposer. »

Elle entraîna la vieille chatte derrière les ronces qui dissimulaient la tanière de Museau Cendré. Plus exaspérée que jamais, Feuille de Lune les regarda partir. *C'est qui, la guérisseuse, ici ?* Si Poil de Souris ou Cœur Blanc avait pensé à l'interroger, elle aurait suggéré à l'ancienne de mâcher une feuille de pissenlit, pour remplacer le pavot. Mais elles s'étaient comportées comme si Feuille de Lune n'existait pas.

Museau Cendré nommerait peut-être Cœur Blanc apprentie guérisseuse. *Mais moi, je suis toujours son apprentie,* songea Feuille de Lune, au désespoir. Elle avait beau avoir reçu son nom définitif, elle apprendrait encore beaucoup de choses de Museau Cendré durant les saisons à venir. Elle n'avait jamais entendu parler d'un guérisseur formant deux apprentis. *De plus, Cœur Blanc a un compagnon, et une fille. Elle ne peut pas devenir guérisseuse. Pas vrai ?*

Elle avait l'impression que son monde s'écroulait. *C'est peut-être un signe du Clan des Étoiles, finalement. Le signe que je ne suis plus indispensable au Clan du Tonnerre.*

CHAPITRE 15

♣

Lorsque les guerriers du Clan du Tonnerre traversèrent l'arbre-pont jusqu'à l'île, des volutes nuageuses parsemaient le ciel, sans toutefois voiler la pleine lune. Feuille de Lune bondit sur la plage de galets en scrutant les premiers arrivés. Patte Cendrée et Écorce de Chêne se dirigeaient déjà vers la ceinture de buissons qui entourait la clairière au beau milieu de l'île.

Le Clan du Vent est déjà là ; où est Plume de Jais ? se demanda-t-elle. Malgré sa résolution de ne pas le chercher, son cœur se serra lorsqu'elle ne le trouva pas. Elle fit une halte à l'ombre des racines du pin couché, guettant le parfum du guerrier parmi ceux de tous les félins rassemblés. Sans succès.

La queue basse, elle gravit le talus jusqu'à la barrière végétale. Griffe de Ronce et Plume de Faucon se saluèrent en se touchant la truffe, l'œil d'ambre se fondant dans l'œil bleu glacé. Un message muet passa entre eux, puis ils s'enfoncèrent entre les branches épaisses.

Feuille de Lune se sentit transie jusqu'à la moelle. L'espace d'un instant, l'île disparut et elle se crut revenue dans la forêt sombre où Étoile du Tigre prodiguait ses conseils de tyran à ses fils. Que manigançaient donc Plume de Faucon et Griffe de Ronce ?

Les buissons se refermèrent sur les deux matous tachetés. La jeune chatte tigrée attendit un instant avant de les suivre. La conscience du danger mettait ses sens en alerte. Griffe de Ronce complotait-il pour prendre le pouvoir au sein du Clan du Tonnerre, comme l'avait tenté son père plusieurs saisons auparavant ?

Elle sortit des taillis et cligna des yeux, aveuglée par le clair de lune si lumineux qu'il éclairait la moindre feuille, le moindre brin d'herbe. Les deux frères étaient assis côte à côte, non loin des racines du Grand Chêne. Au même instant, Poil d'Écureuil arriva dans la clairière. Elle les foudroya du regard avant de prendre place à côté de Pelage de Granit. Pelage d'Or et Feuille Rousse se joignirent à elle, et les quatre guerriers se saluèrent avec chaleur, comme s'ils évoquaient le combat récent contre les chats domestiques.

Papillon s'était mise à son aise au bord de la clairière, les pattes repliées sous elle, près de Museau Cendré et des autres guérisseurs. Feuille de Lune s'en alla les retrouver.

« Tout va bien ? Personne d'autre n'est empoisonné ? demanda-t-elle à son amie.

— Non, heureusement, merci. Fleur de l'Aube et ses petits ont regagné la pouponnière, où Pelage de Mousse veille sur eux. Et Nuage de Hêtre a repris l'entraînement avec Griffe Noire.

— Tant mieux, ronronna Feuille de Lune.

— Quel poison ? » s'enquit Petit Orage.

Pendant que Papillon racontait les funestes événements, Feuille de Lune scruta la clairière. Elle se crispa en repérant enfin la silhouette gris sombre de Plume de Jais, qui avait pris place au milieu des siens. Dire qu'elle pensait qu'il n'était pas là ! Elle le dévisagea un moment et ne s'arracha à sa contemplation que lorsque le guerrier remua les oreilles, comme s'il se sentait observé.

Un appel retentit parmi les branches du Grand Chêne. Étoile de Jais se tenait sur une branche surplombant la clairière ; Étoile de Feu avait pris place juste au-dessus, tout près d'Étoile du Léopard. Étoile Solitaire s'était installé à quelques longueurs de queue, à la naissance d'une grosse branche. Patte Cendrée et Patte de Brume attendaient déjà sur les racines ; Feuille Rousse les y rejoignit au moment où Étoile de Jais s'avançait d'un pas.

« Chats de tous les Clans, lança-t-il. Le Clan des Étoiles nous a de nouveau réunis ici ce soir sous la pleine lune. Étoile de Feu, veux-tu commencer ? »

Le chef du Clan du Tonnerre hocha la tête avant de se lever.

« Le Clan du Tonnerre a nommé un nouvel apprenti, déclara-t-il. Pelage de Granit est à présent le mentor de Nuage de Frêne. »

Gêné, le matou gris se donna quelques coups de langue sur le poitrail. Près de lui, la tête dressée fièrement, Poil d'Écureuil balaya l'assistance du regard. Quant au nouvel apprenti, il n'avait pas été convié à l'Assemblée.

« Chipie, l'une des chattes du territoire des chevaux, est venue vivre parmi nous avec ses petits, poursuivit

Étoile de Feu dès que les félicitations eurent cessé. Je leur ai donné la permission de rester aussi longtemps qu'ils le souhaitaient. »

Des murmures surpris s'élevèrent parmi les félins rassemblés, ainsi que deux ou trois cris indignés. Pelage Fauve, du Clan de l'Ombre, bondit sur ses pattes.

« Est-ce bien sage ? s'enquit-il. À quoi vous serviront des chats domestiques ? »

La fourrure d'Étoile de Feu se dressa sur son échine, avant de se remettre en place comme s'il s'efforçait de garder son calme.

« Chipie n'est pas vraiment une chatte domestique, répondit-il d'un ton égal. Elle vivait avec les chevaux, pas dans le nid des Bipèdes. Elle a démontré un courage exemplaire en partant avec ses petits pour empêcher les Bipèdes de les lui prendre.

— Peut-être, mais ils ne deviendront jamais des guerriers.

— Qu'en sais-tu ? rétorqua le rouquin en jetant un coup d'œil vers Flocon de Neige, assis près des racines. Il ne faut pas nécessairement être né dans la forêt pour être un bon guerrier. Chipie s'adapte très bien. Et ses trois chatons commenceront leur apprentissage dès qu'ils auront l'âge requis. Ils apprendront bientôt le code du guerrier.

— Peut-être », grommela Pelage Fauve en se rasseyant. Feuille de Lune l'entendit murmurer à Cœur de Cèdre : « Comment pourrait-il comprendre l'importance d'être né dans un Clan ? Si on le laissait faire, Étoile de Feu peuplerait la forêt de chats domestiques.

— Il faut pourtant l'admirer, répondit Cœur de Cèdre en remuant les oreilles. Tu crois qu'Étoile de

Jais laisserait passer l'occasion de recruter trois guerriers supplémentaires ? »

Pelage Fauve renifla.

Pendant qu'elle écoutait la conversation des guerriers du Clan de l'Ombre, Feuille de Lune rata la fin de la déclaration de son père. Étoile du Léopard était à présent sur ses pattes.

« Les Bipèdes ont laissé du poison sur notre territoire, miaula-t-elle. Feuille de Lierre et l'un de nos chatons ont péri, mais tous les autres malades s'en sont sortis, grâce à Papillon... et à Feuille de Lune, du Clan du Tonnerre, qui est venue nous aider. »

Son regard scruta l'assemblée avant de se fixer sur la jeune guérisseuse. Le chef du Clan de la Rivière la remercia d'un hochement de tête avant de se rasseoir. Embarrassée de se voir complimentée devant tout le monde, Feuille de Lune contempla ses pattes.

« Le Clan de l'Ombre a lui aussi des raisons de remercier le Clan du Tonnerre », déclara Étoile de Jais avant de résumer le piège tendu aux chats domestiques. Feuille de Lune imaginait qu'il devait être difficile pour lui d'admettre que son Clan n'avait pas été capable de régler seul le problème ; mais, au moins, il n'essayait pas de cacher la dette qu'il avait envers le Clan du Tonnerre. « Depuis, les deux brutes n'ont plus quitté l'enceinte du jardin de leurs Bipèdes », conclut-il.

Étoile Solitaire se leva brusquement.

« Quel genre de chef de Clan es-tu donc ? feula-t-il. Tu n'as pas honte d'avoir besoin de l'aide d'un autre Clan ? Et toi, ajouta-t-il en s'en prenant à Étoile du Léopard. Le Clan de la Rivière a sa propre guérisseuse, non ? Pourquoi implorer l'aide du Clan du Tonnerre ? » Ignorant les murmures scandalisés de la foule, il décocha un regard assassin à Étoile de Feu. « Il est grand temps que le Clan du Tonnerre arrête de se mêler des affaires des autres. Tes guerriers ignorent nos frontières et se croient tout permis. Nous avons accompli ensemble le périple jusqu'au lac, et le Clan du Tonnerre n'est pas plus fort que les autres. »

Flocon de Neige se dressa sans laisser à Étoile de Feu le temps de répondre. Son pelage blanc s'était gonflé, sa queue avait doublé de volume.

« Vous étiez bien contents que le Clan du Tonnerre vous aide pendant la famine, gronda-t-il.

— C'était différent, rétorqua Étoile Solitaire.

— Parfaitement. » Le ton d'Étoile de Feu était calme, mais autoritaire. « À l'époque, nous *devions* nous unir pour survivre aux ravages causés par les Bipèdes. Néanmoins, maintenant que nous avons trouvé nos nouveaux territoires, je ne pense pas que le Clan des Étoiles veuille que nous cessions de nous entraider.

— Si, il le faut, pour que chaque Clan reste indépendant, insista Étoile Solitaire. Il y a toujours eu quatre Clans. Tout le monde le sait, même le plus petit des chatons. »

Des protestations fusèrent de toutes parts.

« Le Clan du Vent aurait été détruit sans notre aide ! » s'indigna Pelage de Poussière.

Étoile Solitaire avança d'un pas, ses griffes labourant l'écorce de l'arbre.

« Regardez la lune ! lança-t-il de sa voix rauque. Est-elle voilée par des nuages ? Non ! Elle brille sans entrave ; ce qui signifie que le Clan des Étoiles est d'accord avec moi.

— Qui a prétendu qu'il ne devait plus y avoir quatre Clans dans la forêt ? se défendit Étoile de Feu. Pour autant, cela ne veut pas dire que nous n'avons pas le droit de nous entraider en cas de problème.

— Je sais où tu veux en venir, feula Étoile Solitaire. Tu penses que ton Clan est le plus fort et tu ne rates pas une occasion de le prouver aux autres.

— Crotte de souris ! s'emporta Étoile de Jais. Le Clan du Tonnerre nous est venu en aide une fois, et une seule. Si ces guerriers s'avisent de mettre une patte sur notre territoire sans y avoir été invités, ils le regretteront amèrement. »

Feuille de Lune gratta le sol, exaspérée. Pourquoi les autres chefs ne comprenaient-ils pas qu'Étoile de Feu avait raison ? Elle leva la tête vers Museau Cendré mais, avant qu'elle ait eu le temps de lui demander son avis, on lui toucha doucement l'épaule. Elle se tourna et retint son souffle. Tapi dans l'ombre à l'orée de la clairière, Plume de Jais l'attendait.

« Je dois te parler ! » murmura-t-il en l'invitant d'un signe de tête à le suivre dans les buissons.

Museau Cendré semblait absorbée par la querelle des chefs. Prudemment, Feuille de Lune s'écarta à reculons jusqu'aux taillis. Là, une branche basse les dissimulait parfaitement. Ils firent quelques pas vers le rivage de l'île et s'arrêtèrent derrière un rocher.

« Que t'est-il arrivé ? s'enquit Plume de Jais, l'air peiné. Pourquoi n'es-tu pas venue me retrouver, l'autre fois ?

— Ne m'en veux pas, répondit la chatte tigrée, nerveuse. Je n'ai pas pu. Je devais aider Papillon.

— Cela ne rime à rien, de se voir à la dérobée, comme ça, soupira-t-il. C'est si dur d'être séparés.

— Je sais. Je ressens la même chose que toi. Mais je suis guérisseuse, Plume de Jais... »

C'était l'occasion ou jamais de lui dire qu'il ne devait pas l'aimer. Mais là, si près de lui, de son doux pelage, avec son parfum qui l'enivrait, les mots lui manquèrent.

L'espace d'un instant, elle oublia tout, sa culpabilité et son inquiétude. Plus rien n'importait à part rester près de lui, les yeux plongés dans son regard bleu.

« Je sais que c'est compliqué, poursuivit le matou en grattant le sol. Tu es guérisseuse, et nous appartenons à deux Clans différents. À tout point de vue, le code du guerrier est contre nous. Mais il doit bien y avoir une solution.

— Laquelle ? miaula Feuille de Lune, au désespoir.

— Si seulement on pouvait échapper à tout ça ! s'emporta-t-il. Aux Clans, aux traditions, aux règles et aux frontières... Je veux tout quitter !

— Comment ça ? Tu veux... partir ? »

Plume de Jais suggérait-il vraiment qu'ils abandonnent leurs Clans ? Elle devrait dire adieu à son père et sa mère, à Poil d'Écureuil, à Poil de Châtaigne, et à son mentor, Museau Cendré. Le plus dur serait de renoncer à son statut de guérisseuse. Le chagrin lui noua le ventre. Comment pourrait-elle vivre sans jamais plus partager les rêves du Clan des Étoiles, ne plus voir Petite Feuille, ne plus soigner ses camarades ?

« Feuille de Lune ? miaula-t-il, pour la tirer de ses pensées avant de lui donner un petit coup de museau.

— Nous ne pouvons déserter nos Clans, répondit-elle, malheureuse. Ce n'est pas la solution.

— Je n'ai rien d'autre à proposer », soupira-t-il.

Feuille de Lune se rendit compte alors que les bruits de querelle avaient cessé dans la clairière. Étoile de Jais était en train d'annoncer la fin de l'Assemblée.

« Il est temps de partir, reprit Plume de Jais. Demain, à midi, va chercher des herbes près du torrent, au niveau du gué. Je viendrai te parler. Sois au rendez-vous, s'il te plaît. »

Sans attendre sa réponse, il contourna les buissons et alla rejoindre ses camarades qui se dirigeaient déjà vers l'arbre-pont.

Feuille de Lune attendit un instant avant de regagner la clairière. Personne ne semblait avoir remarqué son absence. Les guérisseurs étaient toujours rassemblés à l'écart.

« Je fais sans cesse le même rêve, miaulait Petit Orage, inquiet. Une mise en garde contre une terrible menace… pourtant, le Clan des Étoiles ne me révèle jamais sa nature. » Il scruta l'expression de ses confrères. « L'un d'entre vous a-t-il reçu un signe plus clair ? »

Feuille de Lune se garda bien de regarder Papillon. Elles étaient maintenant deux à ne plus partager les rêves des guerriers de jadis. La vision d'Étoile du Tigre et de ses fils ne lui venait pas de ses ancêtres, elle en était certaine. Et elle ne pouvait avouer à quiconque qu'elle n'avait pas fait le rêve mentionné par

Petit Orage. Elle espérait que Museau Cendré ne lui poserait aucune question directe.

Papillon brisa le silence.

« Je ne sais pas ce que ces rêves signifient, miaula-t-elle. Mais nous devrions tout de même prévenir nos chefs qu'un danger nous menace.

— Bonne idée, approuva Museau Cendré.

— Quelle sorte de danger ? demanda Écorce de Chêne, les moustaches frémissantes. Le Clan du Vent n'a rien vu de menaçant à part ce renard, mais nous nous en sommes vite occupés.

— Nous, nous avons souffert à cause du poison des Bipèdes », répondit Papillon. Coulant un regard vers Feuille de Lune, elle ajouta : « D'ailleurs, le Clan des Étoiles m'avait envoyé une mise en garde spécifique.

— Et nous, nous avons dû affronter les chats domestiques, renchérit Petit Orage. Le problème étant résolu, le Clan des Étoiles n'enverrait pas un nouveau rêve à ce sujet.

— Le danger doit être ailleurs, conclut Museau Cendré. Quelque part, à l'affût. Et lorsqu'il frappera, tous les Clans seront concernés.

— Nous ferions bien de guetter le moindre signe, marmonna Écorce de Chêne. Peut-être que, d'ici la demi-lune, le Clan des Étoiles nous en aura montré davantage. »

Ses mots sonnèrent comme un au revoir. La clairière était déjà presque déserte. Feuille de Lune suivit les retardataires jusqu'à la plage de galets où les guerriers attendaient près des racines de pouvoir traverser à leur tour.

La jeune guérisseuse les passa en revue. Lorsqu'elle reconnut Plume de Jais, elle eut l'impression d'être frappée par la foudre.

Le guerrier gris sombre bondit sur le tronc couché avec agilité et avança la queue bien droite pour garder l'équilibre. Malgré la foule, elle fut à un poil de moustache de s'élancer à sa suite en criant son nom.

Clan des Étoiles, aidez-moi ! implora-t-elle. *Je ne sais plus quoi faire !*

CHAPITRE 16

❧

« CHIPIE ! Chipie, où es-tu ? »

Poil d'Écureuil se retourna pour voir de qui venait cet appel. Un instant plus tard, Cœur Blanc sortit de la tanière de Museau Cendré, avec un des petits de Chipie dans la gueule. La petite boule de poils gémissait en donnant des coups de pattes. Son frère et sa sœur émergèrent à leur tour, la tête basse et la queue pendante, avant de se blottir près des ronciers qui dissimulaient la tanière.

Depuis leur arrivée, les petits de la chatte venue du territoire des chevaux avaient pris des forces et s'étaient enhardis. Ils commençaient à explorer le camp, et à faire des bêtises. Les moustaches de Poil d'Écureuil frémirent au souvenir de celles que sa sœur et elle avaient faites avant de devenir apprenties.

Cœur Blanc laissa tomber le chaton – il s'agissait de Petit Mulot. L'œil unique de la guerrière lançait des éclairs.

« Chipie ! Viens là tout de suite. »

Nulle réponse ne lui parvint de la pouponnière. En revanche, un instant plus tard, Chipie déboula du

255

tunnel et traversa la clairière pour venir se planter devant Cœur Blanc. Flocon de Neige la suivait d'un pas mesuré.

« Que se passe-t-il ? Qu'as-tu fait à mes petits ? s'offusqua Chipie.

— Demande plutôt à tes chatons ce qu'ils trafiquaient dans la tanière de Museau Cendré, rétorqua la guerrière. Et toi, arrête de geindre, ajouta-t-elle à l'intention de Petit Mulot qui gémissait toujours, sa petite gueule rose béante. Je ne t'ai pas fait mal.

— Que s'est-il passé ? » voulut savoir la mère des chatons.

Elle semblait elle aussi furieuse. Son épais pelage crème ne suffisait pas à dissimuler ses muscles tendus. Poil d'Écureuil crut même qu'elle allait attaquer Cœur Blanc. Celle-ci était capable de se défendre, mais Chipie risquait de se faire blesser. Poil d'Écureuil s'avança, prête à s'interposer entre les deux chattes.

« Tes rejetons se sont introduits dans la tanière de Museau Cendré et ont mis le bazar dans les herbes, expliqua Cœur Blanc. Avez-vous mangé quelque chose ? » feula-t-elle en se tournant vers Petit Sureau et Petite Noisette.

Muets de terreur, les chatons firent non de la tête. Poil d'Écureuil savait que la colère de Cœur Blanc venait en partie de la crainte que les petits aient avalé quelque chose de dangereux. Museau Cendré ne gardait rien d'aussi toxique que des baies empoisonnées dans ses réserves, mais certaines plantes ingérées en grande quantité pouvaient entraîner des maux de ventre aigus.

La fourrure de Cœur Blanc se remettait peu à peu en place, mais son exaspération était toujours palpable.

« Va donc voir le désordre qu'ils ont mis, ordonna-t-elle à Chipie. Pourquoi ne les surveillais-tu pas ?

— Elle était avec moi, intervint Flocon de Neige.

— Est-ce une raison pour laisser ses petits sans surveillance ?

— Ils n'avaient pas conscience de faire une bêtise.

— Eh bien ils auraient dû ! lança la guerrière à son compagnon. Tu crois qu'on n'a rien de mieux à faire que de réparer les dégâts ? Hier, j'ai passé toute la journée à cueillir des baies.

— Écoute, je suis vraiment désolée », miaula Chipie, dont le regard glissait de Cœur Blanc à Flocon de Neige. D'un coup de museau, elle encouragea Petit Mulot à se relever et attira les deux autres d'un geste de la queue. « Ça n'arrivera plus.

— Y a intérêt », rétorqua Cœur Blanc.

La chatte crème regagna la pouponnière en poussant ses petits devant elle. Poil d'Écureuil entendit la plainte de Petit Mulot :

« Cette horrible chatte m'a fait peur !

— Tu n'as qu'à pas faire de bêtises », répliqua sa mère.

Cœur Blanc se crispa en entendant le commentaire du chaton. Elle se tourna vers Flocon de Neige, comme si elle était prête à lui sauter à la gorge. Son compagnon la toisa, la queue agitée.

« Je vais ranger les plantes », annonça Poil d'Écureuil en regagnant les ronces.

Elle ne voulait pas être mêlée à une dispute entre Cœur Blanc et Flocon de Neige. En pénétrant dans la tanière de la guérisseuse, elle comprit la colère de la guerrière défigurée. Des baies jonchaient le sol et des petits tas d'herbes traînaient partout. Certaines feuilles, arrachées à leur tige, étaient couvertes de terre ; il faudrait sans doute les jeter.

Poil d'Écureuil entreprit de faire une pile des baies intactes tout en se demandant où Feuille de Lune et Museau Cendré pouvaient être parties. Elle entendit bientôt des bruits de pas.

« Te voilà ! s'écria Pelage de Granit avant de lui effleurer l'épaule du bout de la truffe. Je t'attendais pour aller chasser. Tu sais pourquoi Flocon de Neige et Cœur Blanc se dévisagent comme deux blaireaux en colère ? »

Poil d'Écureuil lui expliqua alors la situation.

« Des chatons nés au sein d'un Clan ne feraient pas ce genre de choses, marmonna le guerrier. Ces chats domestiques ne s'adapteront peut-être jamais à notre mode de vie.

— Quoi ? pesta la rouquine en se tournant brusquement vers lui. T'as oublié que mon père est né chez les Bipèdes ?

— Désolé. Mais le cas d'Étoile de Feu est particulier. La plupart des chats domestiques seraient incapables de vivre comme nous. Ils ont besoin de leurs maîtres pour s'occuper d'eux. »

Outrée, Poil d'Écureuil feula et sortit les griffes. Elle fit un effort colossal pour les rentrer et se concentrer sur sa tâche. *Comment Pelage de Granit ose-t-il juger quelqu'un sur sa naissance ?* fulmina-t-elle. Ne voyait-il pas qu'elle-même, Feuille de Lune, Flocon de Neige et sa fille Nuage Ailé comptaient autant pour le Clan que n'importe quel chat né en son sein ?

Avant que le matou puisse répondre, le rideau de ronces frémit. Feuille de Lune et Museau Cendré entrèrent, toutes deux chargées de feuilles de mouron.

« Que s'est-il passé ici ? » s'enquit Museau Cendré en laissant tomber son fardeau.

Poil d'Écureuil raconta une fois encore la dernière bêtise des chatons, tandis que Feuille de Lune examinait les feuilles éparpillées et rassemblait celles qui n'étaient plus utilisables.

« Ah, ces petits ! grommela la guérisseuse, la truffe plongée dans un tas de mille-feuille chiffonnée et boueuse. Enfin, s'ils n'ont rien avalé, ce n'est pas bien grave.

— Tu oublies la surcharge de travail que cela va vous donner, fit remarquer Pelage de Granit.

— On se débrouillera, miaula sèchement Feuille de Lune, à la grande surprise de Poil d'Écureuil. Je vais jeter celles-là et aller en chercher d'autres. »

La fourrure de Poil d'Écureuil se hérissa ; des vagues d'émotions fortes émanaient de sa sœur. S'agissait-il de culpabilité ? Quel mal y aurait-il à ramasser des plantes ? Plus étrange encore, elle percevait également de l'impatience, le tout enfoui sous un profond sentiment de détresse.

Elle se dit que Feuille de Lune devait être fatiguée. La veille au soir, tous les guérisseurs avaient accompli leur voyage rituel à la Source de Lune, comme à chaque demi-lune. Pourtant, en son for intérieur, elle savait que la fatigue n'était pas seule en cause. Le Clan des Étoiles avait peut-être prédit d'autres problèmes à venir... Cette explication ne la satisfaisait pas non plus : Feuille de Lune n'était plus elle-même depuis un certain temps. Depuis la dernière Assemblée, en fait.

« Je vais t'aider, proposa-t-elle. Pelage de Granit, va chasser sans moi. Je te rejoindrai plus tard si je le peux.

— Entendu », dit-il, surpris.

Il salua Museau Cendré d'un signe de tête et sortit.

« Que faut-il jeter ? s'enquit la rouquine auprès de sa sœur.

— Celles-là, répondit Feuille de Lune, la queue tendue vers une pile de feuilles. Les autres n'ont rien. »

Poil d'Écureuil divisa en deux le tas de plantes abîmées et en prit une portion, tandis que Museau Cendré commençait à remettre les herbes et les baies à leur place dans son antre. Feuille de Lune ramassa l'autre ballot de détritus et suivit sa sœur à l'extérieur du camp. Elles emportèrent leurs fardeaux à quelques longueurs de queue de l'entrée, jusqu'au terrain en terre battue où les chats allaient faire leurs besoins.

« Bon débarras », lâcha Poil d'Écureuil lorsqu'elle eut fini de recracher des bouts de feuillage amer. Elle s'apprêtait à rapporter à Feuille de Lune les commentaires désobligeants de Pelage de Granit à propos des chats domestiques lorsque l'expression désespérée de sa sœur lui fit oublier sa rancœur. « Tout va bien ? s'inquiéta-t-elle.

— Bien sûr ! Pourquoi cette question ? répondit Feuille de Lune en grattant la terre.

— Eh bien, je te trouve étrange, ces derniers temps... » Une idée la frappa soudain. « Ce n'est pas à cause de Cœur Blanc, au moins ? Elle ne fait qu'aider Museau Cendré, tu sais. Elle ne cherche pas à te remplacer.

— Je le sais bien… Écoute, Poil d'Écureuil, on ferait mieux de se séparer, sinon on va y passer la journée. Museau Cendré a besoin d'herbe à chat. Pourrais-tu aller en cueillir dans le jardin du nid de Bipèdes abandonné ? »

Poil d'Écureuil la dévisagea. À l'évidence, sa sœur essayait de se débarrasser d'elle.

« Et toi, tu vas où ? s'enquit la rouquine.

— Oh… du côté de la frontière du Clan de l'Ombre, sans doute. »

Une nouvelle vague de culpabilité et d'impatience émana d'elle. La jeune guerrière était certaine que Feuille de Lune lui mentait et elle dut se retenir de pousser un cri outré. *Nous ne nous cachons jamais rien !*

« Tu sais, reprit-elle en tentant de garder son calme, tu es vraiment bizarre, en ce moment. Tu ne serais pas amoureuse, par hasard ? »

Elle avait voulu plaisanter, histoire de retrouver leur intimité disparue. Loin d'être amusée, Feuille de Lune se crispa, à croire qu'une mouche l'avait piquée.

« Je vais ramasser des herbes, lâcha la jeune chatte tigrée, les yeux plissés. Je suis guérisseuse. N'espère pas comprendre tout ce que je fais. »

Sur ces mots, elle disparut dans les sous-bois.

Poil d'Écureuil fut tentée de la suivre, mais y renonça. Si Feuille de Lune la surprenait en train de l'espionner, elle serait plus furieuse encore. Néanmoins, la guerrière ne pouvait accepter sans rien faire le désespoir de sa sœur… Elle ouvrirait bien les yeux et les oreilles, et finirait par découvrir le fin mot de l'histoire.

Le hululement d'une chouette réveilla Poil d'Écureuil. De doux rayons de lune filtraient à travers les branches du gîte des guerriers et découpaient les silhouettes blotties de ses camarades. Leurs souffles mêlés créaient une chaleur agréable.

La rouquine bâilla. Elle savait que le sommeil ne reviendrait pas. Plutôt que de rester sans rien faire, elle se glissa hors de son nid en prenant garde de ne pas réveiller Pelage de Granit, qui dormait à une longueur de queue de là.

Le croissant de lune, si fin qu'il évoquait un coup de griffe sur l'indigo du ciel, diffusait tout juste assez de lumière pour éclairer le pourtour de la clairière, où des touffes de ronces et de fougères projetaient des ombres noires. De l'autre côté, près de l'entrée du tunnel d'aubépine, Poil d'Écureuil discernait la fourrure pâle de Flocon de Neige, qui montait la garde.

Elle s'apprêtait à avertir le guerrier qu'elle se sentait d'humeur à une partie de chasse nocturne lorsqu'elle perçut un mouvement du coin de l'œil : Feuille de Lune sortait de la tanière des guérisseuses.

Poil d'Écureuil allait l'interpeller lorsque le comportement étrange de sa sœur la frappa. Celle-ci balaya longuement la clairière du regard avant de quitter l'abri des ronces. Elle n'avait, semblait-il, pas repéré le pelage roux sombre de sa sœur entre les branches de l'entrée du gîte des guerriers. Puis la jeune chatte tigrée rasa la paroi et fit le tour de la clairière telle une souris traquée. Poil d'Écureuil ressentait sa tension jusqu'au bout de ses moustaches.

Le malaise de la rouquine s'accentua lorsqu'elle la suivit à pas feutrés. Elle ne voulait pas déranger Flocon de Neige avant de savoir ce que Feuille de Lune manigançait. Sa sœur avait sans doute des problèmes et elle tenait enfin sa chance d'en découvrir la nature.

Avant d'arriver au tunnel d'aubépine, la jeune guérisseuse obliqua vers un massif de ronces. Les branches frémirent sur son passage. Poil d'Écureuil se figea lorsque Flocon de Neige tourna la tête vers elles mais, après avoir tendu l'oreille un instant, le guerrier blanc agita le bout de la queue et reporta son attention sur le tunnel.

Le cœur battant, Poil d'Écureuil se glissa à son tour entre les épines. Ce coin de la clairière n'avait pas été dégagé : impossible d'y dormir ou d'y entreposer du gibier. À sa grande surprise, Poil d'Écureuil s'aperçut que la paroi s'était en partie effondrée. Un matou agile n'aurait aucun mal à grimper jusqu'au sommet. Feuille de Lune avait donc découvert un passage secret pour quitter le camp ! Elle devait le connaître depuis longtemps puisqu'elle avait déjà disparu de sa vue. Combien de fois l'avait-elle emprunté ?

La jeune chatte bondit. Elle se fraya un chemin parmi les vrilles des ronces en plantant ses griffes dans un buisson épais qui poussait dans une faille. Elle parvint ensuite à escalader la muraille et plongea dans un bouquet de fougères. Les oreilles dressées, elle guetta le moindre bruit dans la clairière.

Seul le claquement des branches balayées par le vent résonnait dans le silence nocturne. Personne ne l'avait aperçue. Peu à peu, le cœur emballé de Poil d'Écureuil se calma et elle hasarda un coup d'œil hors des branchages.

Feuille de Lune n'était nulle part en vue ; néanmoins, il ne lui fallut guère longtemps pour flairer sa piste. Elle avait longé le sommet de la combe avant de s'enfoncer dans les bois.

Elle suivit sa trace en s'arrêtant de temps en temps pour humer l'air. Elle aurait voulu croire que son devoir de guérisseuse avait appelé sa sœur hors du camp mais, à sa connaissance, aucune herbe ne nécessitait d'être cueillie au clair de lune pour être efficace. De plus, Feuille de Lune avait quitté le camp en douce, ce qui ne lui ressemblait pas. Tout portait à croire qu'elle transgressait les règles.

Tu aurais dû me parler, se dit Poil d'Écureuil, vexée. *J'aurais peut-être pu t'aider.*

La piste de Feuille de Lune ondulait entre les noisetiers et les fougères. Bientôt, Poil d'Écureuil entendit le gazouillis du torrent qui marquait la frontière entre les territoires des Clans du Tonnerre et du Vent. Elle fit une courte halte. Et si sa sœur se rendait tout simplement à la Source de Lune ? Dans ce cas, elle serait furieuse d'être dérangée. Mais alors, pourquoi tant de secrets ? Elle n'avait aucune raison de cacher qu'elle allait communier avec le Clan des Étoiles.

Poil d'Écureuil repartit. Elle s'efforça de suivre la trace mais les bois regorgeaient des parfums de la saison des feuilles nouvelles : les senteurs des jeunes pousses et de la sève lui tournaient la tête. Sans parler des fumets de gibier qui lui donnaient l'eau à la bouche. Au final, elle ne parvint plus à distinguer les odeurs.

Elle perdit la piste de sa sœur pour de bon dans une zone marécageuse. Elle eut beau quadriller le coin, elle ne la retrouva pas.

« Pfff ! fit-elle. Tu parles d'une guerrière ! »

Le chant du torrent lui parvenait toujours. Elle décida de se faufiler entre les arbres jusqu'à la rive. La brise lui apporta l'odeur du Clan du Vent ; Feuille de Lune avait-elle franchi la frontière ? Poil d'Écureuil hésita un instant à traverser le cours d'eau pour pister sa sœur de l'autre côté, avant de se raviser. Elle risquait de tomber sur une patrouille nocturne et, si on la repérait, vu l'inimitié actuelle d'Étoile Solitaire envers le Clan du Tonnerre, elle risquait d'avoir de gros ennuis. Elle décida alors d'attendre sa sœur devant la combe pour lui demander des explications.

Devinant que Feuille de Lune rentrerait par le même chemin, elle se tapit dans les fougères surplombant le passage secret. Son estomac criait famine, mais elle ne voulait pas risquer de rater sa sœur en allant chasser.

Les premières lueurs de l'aube apparaissaient dans le ciel lorsqu'elle entendit des pas dans les taillis. Poil d'Écureuil reconnut aussitôt le parfum de Feuille de Lune. Celle-ci s'approcha, la tête basse et la queue pendante.

« Où étais-tu ? » s'enquit-elle.

Feuille de Lune leva brusquement la tête, les yeux écarquillés.

« Qu'est-ce que tu fais là ? Tu m'espionnes ?

— Mais non, stupide boule de poils. » La rouquine voulut la rassurer en se frottant à elle, mais sa sœur l'esquiva. « Je t'ai vue quitter le camp, hier soir, expliqua-t-elle. Je m'inquiète pour toi, c'est tout. Je sais que quelque chose ne va pas. Tu ne veux pas m'en parler ? »

Le tourbillon d'émotions qu'elle perçut alors la bouleversa. Elle sentait que la guérisseuse voulait se confier, mais une barrière plus résistante qu'un roncier l'en empêchait. Le cœur de Poil d'Écureuil se serra. Les problèmes de sa sœur devaient être encore plus graves que ce qu'elle redoutait.

Feuille de Lune secoua la tête.

« Tout va bien, affirma-t-elle. Laisse-moi tranquille.

— Tu penses que je vais te croire ? Feuille de Lune, cela ne te ressemble pas, filer en douce…

— Filer en douce ! répéta la jeune chatte tigrée, la queue gonflée. Tu es mal placée pour me reprocher ça ! Tu l'as bien fait pour me suivre !

— C'est faux ! Je voulais simplement savoir ce qui n'allait pas.

— Ça ne te regarde pas ! Si tu me faisais confiance, tu ne me poserais pas toutes ces questions.

— Ben voyons ! Ma sœur a des problèmes, et je suis censée faire comme si de rien n'était ?

— Si j'avais besoin de ton aide, je te le demanderais !

— Mais tu as besoin d'aide, et tu le sais, rétorqua Poil d'Écureuil en prenant sur elle pour contenir sa colère. Si c'est une histoire de guérisseuse, pourquoi ne pas en parler avec Museau Cendré ?

— Museau Cendré ne m'écoute jamais, répondit Feuille de Lune avec tristesse. Cœur Blanc est là pour l'aider, maintenant. Elle n'a plus besoin de moi.

— C'est la chose la plus stupide que j'aie jamais entendue !

— Parce que tu te crois intelligente, peut-être ? J'imagine que tu vas tout répéter à Étoile de Feu, en plus. »

La colère de la rouquine s'apaisa d'un coup. Sa sœur semblait si désespérée qu'elle n'avait plus le cœur de l'affronter. Où qu'elle soit allée, quoi qu'elle y ait fait, elle n'y avait pas trouvé le bonheur.

« Je ne le dirai à personne, promit-elle à voix basse. Tu ferais mieux de retourner dans ta tanière avant qu'on découvre ton absence. »

Feuille de Lune hocha la tête et la frôla pour s'approcher de la paroi. Puis elle se tourna vers sa sœur, l'air si triste que la gorge de Poil d'Écureuil se serra.

« Je suis désolée, murmura la guérisseuse d'une voix à peine audible. Je te promets... Si je le pouvais, je te dirais tout. »

Sans attendre de réponse, elle disparut dans la combe.

Poil d'Écureuil resta immobile, tremblante telle une feuille dans le vent. Inutile de retourner se coucher, le sommeil ne reviendrait pas. Son estomac gargouilla de plus belle. Elle décida d'aller chasser. Elle se réserverait peut-être un mulot et rapporterait autant de prises que possible au camp. Elle s'apprêtait à replonger dans la forêt lorsqu'un frémissement de feuilles la fit sursauter. Griffe de Ronce apparut devant elle.

« J'ai cru voir Feuille de Lune, il y a un instant. Où était-elle partie ?

— Aucune idée, rétorqua la guerrière, dont les poils

se dressaient déjà. Elle n'a pas besoin de demander la permission pour s'éloigner du camp. »

Le guerrier tacheté plissa les yeux, soupçonneux.

« Il n'est pas prudent de s'aventurer seul dans les bois la nuit, répondit-il.

— Je crois que c'était pour un truc de guérisseuse, répondit-elle du tac au tac pour protéger sa sœur. Tu sais, la cueillette des plantes et tout ça. »

Le matou cligna des yeux. Poil d'Écureuil n'était pas certaine de l'avoir convaincu. Il avait peut-être remarqué que Feuille de Lune ne portait aucune herbe. Et pourquoi serait-elle descendue par la paroi au lieu d'emprunter le tunnel ? La queue de Poil d'Écureuil s'agita tant elle avait hâte d'échapper à ses questions.

« Je vais chasser, déclara-t-elle brusquement.

— Moi aussi... »

Griffe de Ronce laissa sa phrase en suspens, comme s'il s'apprêtait à lui proposer de l'accompagner. Ce qui était bien la dernière chose dont elle avait envie.

« Bon, moi je vais par là, lâcha-t-elle avant de filer vers la frontière du Clan de l'Ombre. À plus tard. »

Son camarade la suivit du regard. En son for intérieur, elle éprouva de nouveaux regrets. Naguère, elle lui aurait ouvert son cœur, certaine qu'il aurait tout fait pour l'aider. À présent, elle n'avait plus du tout confiance en lui – et jamais elle ne lui confierait les secrets de sa sœur. Quels qu'ils soient. Ils semblaient massés au-dessus de la tête de Feuille de Lune tel un orage sur le point d'éclater.

CHAPITRE 17

❧

FEUILLE DE LUNE se fraya un passage dans les broussailles, les oreilles dressées, à l'affût du moindre bruit de pas. Depuis qu'en revenant d'un rendez-vous avec Plume de Jais elle avait découvert sa sœur devant le passage secret, elle redoutait d'être suivie. Le ventre noué, elle imaginait ce qui se passerait si ses camarades de Clan découvraient la vérité. *Ils l'apprendront tôt ou tard,* se lamenta-t-elle.

Sa dispute avec Poil d'Écureuil la hantait toujours. Elle regrettait terriblement leur intimité perdue. Sans elle, elle se sentait isolée au sein de son propre Clan. Pourtant, elle ne pouvait lui dire la vérité, tout comme elle ne pouvait renoncer à ses rendez-vous secrets. Plume de Jais était le seul à qui elle pouvait parler, à présent.

Elle avait tenté de s'armer de courage, d'en discuter avec Museau Cendré, mais la guérisseuse semblait obsédée par ses réserves. Elle passait son temps à arpenter le territoire en quête de la moindre pousse. De plus, elle craignait que son mentor n'ait découvert son secret, ce qui expliquerait ses sautes d'humeur inhabituelles. Les longs après-midi passés dans leur forêt natale à discuter tout en triant des baies lui manquaient. Ces derniers temps, Museau Cendré paraissait plus distante et plus critique qu'elle ne l'avait jamais été.

En dernier recours, elle avait essayé d'en parler à sa mère. Elle l'avait approchée un soir près de la réserve de gibier. Tempête de Sable, trop occupée à évoquer les meilleurs coins pour la chasse avec Pelage de Poussière, ne l'avait gratifiée que d'un hochement de tête avant de retourner à sa discussion. Quant à Poil de Châtaigne, la mise bas était si proche qu'elle passait à présent tout son temps dans la pouponnière en compagnie de Chipie et Fleur de Bruyère. Feuille de Lune préférait garder ses distances avec elles.

Elle se figea, une patte encore en l'air, au bruit sec d'une brindille qui se brisait. Ce n'était qu'un écureuil, qui venait de sauter d'un chêne et filait à présent dans la direction opposée. Feuille de Lune inspira profondément avant de poursuivre son chemin. Un peu plus tôt, au crépuscule, des nuages d'orage avaient déversé une pluie battante sur la forêt. Les cieux s'étaient dégagés, mais chaque fronde de fougère, chaque brin d'herbe ployait sous des gouttes étincelantes. La fourrure de la guérisseuse, trempée depuis longtemps, ne la protégeait plus du froid qui s'immisçait jusqu'à ses os. Elle fit une halte pour s'ébrouer et leva la tête vers la lune décroissante. Il lui faudrait attendre encore avant sa prochaine visite à la Source de Lune. Cependant, il lui tardait de s'allonger au bord de l'eau et de partager les rêves du Clan des Étoiles. Et si les guerriers de jadis refusaient à nouveau de lui parler ?

« Oh, Petite Feuille, gémit-elle. J'aimerais tellement que tu me dises quoi faire. »

La chatte tigrée avait tant de soucis que la tête lui tournait. Ces derniers temps, elle allait retrouver Plume de Jais presque toutes les nuits. Le manque de sommeil et la frustration de ne pouvoir le voir davantage la minaient. Le jour, elle devait feindre devant Museau Cendré et le reste du Clan d'être une guérisseuse toujours aussi dévouée, prétendre qu'il n'y avait rien de plus important pour elle que de découvrir où poussaient les genévriers et comment soulager l'arthrose des anciens.

Ça ne peut pas durer, fit une petite voix au creux de son oreille.

Plume de Jais lui avait dit la même chose : « Ça ne peut pas durer comme ça, Feuille de Lune. Nous ne serons jamais heureux si nous ne quittons pas les Clans. »

Elle l'avait dévisagé, horrifiée. Malgré les tourments, la peur et la culpabilité qui l'assaillaient sans relâche, quitter les leurs lui était impensable.

« Nous ne pouvons pas faire ça, Plume de Jais.

— C'est la seule solution, avait-il insisté. Tu veux bien y réfléchir, s'il te plaît ?

— D'accord », avait-elle promis à contrecœur.

Mais comment pourrait-elle renoncer à être guérisseuse, à vivre parmi son Clan, sa famille, ses amis ? Elle craignait, quelle que soit la décision prise, de la regretter.

Arrivée près du torrent frontalier, elle guetta l'odeur de Plume de Jais. Elle frissonna de plaisir en détectant sa présence. Elle se dirigea aussitôt vers le guerrier gris sombre qui l'attendait sur l'autre rive à l'abri d'un buisson.

« Plume de Jais ! lança-t-elle en filant vers lui.

— Feuille de Lune ! »

Il se leva d'un bond, la queue en panache.

Elle marqua une halte sur la berge. Le matou descendit au bord de l'eau et traversa le torrent en un rien de temps. Le parfum du guerrier enivra la guérisseuse. Elle ferma les yeux de bonheur.

« Je suis si contente que tu aies pu venir, ronronna-t-elle. Tu n'as pas eu trop de mal à quitter le camp ? »

Plume de Jais allait répondre lorsqu'il s'immobilisa, les oreilles dressées. Au même instant, Feuille de Lune entendit les buissons frémir. L'odeur du Clan du Tonnerre parvint à ses narines.

« Allez, Poil d'Écureuil, sors de là ! lança-t-elle. Je sais que c'est toi. »

Après un bref silence, les fougères s'écartèrent. Ce ne fut pas sa sœur, mais Museau Cendré qui apparut.

« Que… qu'est-ce que tu fais là ? » balbutia Feuille de Lune en jetant un regard plein d'angoisse vers Plume de Jais.

Son mentor s'avança en claudiquant.

« Tu le sais très bien, répondit la chatte grise avec calme. Je viens mettre un terme à vos histoires.

— Je ne vois pas de quoi tu veux parler, rétorqua Feuille de Lune, les muscles raidis.

— Inutile de me mentir. Surtout devant ce guerrier du Clan du Vent, qui est sur *notre* territoire. »

Nulle colère ne brûlait dans ses yeux. Elle semblait juste inquiète. Sous le poids de son regard pénétrant, la jeune guérisseuse dut se détourner.

« J'imagine que c'est Poil d'Écureuil qui t'a dit de me suivre.

— Poil d'Écureuil ? Non, je cueillais des herbes lorsque j'ai repéré ton odeur – ainsi que celle d'un membre du Clan du Vent. Je suis simplement venue voir de quoi il retournait. De plus, crois-tu que je n'avais pas remarqué tes escapades nocturnes ?

— Toi aussi, tu m'espionnes !

— Ce n'est pas la peine. Tu es si épuisée que tu commets erreur sur erreur. Hier, par exemple, tu as voulu donner des feuilles de bourrache à Pelage de Suie au lieu de menthe aquatique pour soigner son mal de ventre. Je ne suis pas non plus surprise de te découvrir en compagnie de Plume de Jais. Tu penses peut-être que je n'ai pas vu votre manège, lors des Assemblées ? Je ne suis pas aveugle, Feuille de Lune.

— Attends, la coupa Plume de Jais. Cette histoire ne regarde que Feuille de Lune et moi. Elle n'a jamais trahi son Clan, si c'est ce que tu penses. »

Museau Cendré le toisa avec sévérité.

« Je n'ai jamais rien pensé de tel. Mais elle n'a rien à faire là, auprès de toi, et tu le sais aussi bien que moi. »

La fourrure du guerrier se hérissa. Connaissant son agressivité, Feuille de Lune redouta un instant qu'il n'attaque la guérisseuse toutes griffes dehors.

« C'est bon, Plume de Jais, le rassura-t-elle. Je peux me défendre seule. Tu ferais mieux de rejoindre ton camp, ajouta-t-elle à contrecœur.

— Et la laisser t'arracher les oreilles ?

— Museau Cendré ne fera rien de tel. S'il te plaît... » l'implora-t-elle.

Le matou hésita un instant, toujours aussi furieux. Puis il leur tourna brusquement le dos pour regagner l'autre rive. Feuille de Lune le suivit du regard jusqu'à ce qu'il ait disparu dans les broussailles.

« Nous ne faisons rien de mal, lâcha-t-elle ensuite, les griffes plantées dans le sol.

— Feuille de Lune ! » Le ton de son mentor s'était durci, et sa queue agitée trahissait sa contrariété. « D'une part, Plume de Jais appartient à un autre Clan. D'autre part, tu es guérisseuse. Tu n'as pas le droit de tomber amoureuse. Ni de lui, ni de quiconque. Tu l'as toujours su. »

Certes, je le savais, gémit la jeune chatte intérieurement. *Mais j'en ignorais les implications !*

« C'est injuste ! miaula-t-elle. J'éprouve des sentiments, moi aussi, comme n'importe qui.

— Bien sûr. Mais les guérisseurs doivent contrôler ces sentiments pour le bien du Clan. La voie que nous suivons recèle ses propres récompenses. Je ne me suis jamais sentie trahie par la destinée que le Clan des Étoiles m'avait réservée. »

Chacune de ses paroles déchirait le cœur de Feuille de Lune tel un coup de griffe acérée.

« Tu ne peux pas comprendre ! protesta-t-elle. Tu n'as jamais été amoureuse ! »

Mille pensées dansèrent un instant dans les prunelles bleues de Museau Cendré.

« C'est facile pour toi, poursuivit la jeune chatte, amère. Tu n'as jamais rien voulu d'autre. »

La guérisseuse sortit les griffes, les poils dressés sur l'échine.

« Comment peux-tu en être aussi certaine ? rétor-qua-t-elle avec une pointe d'agressivité. Sais-tu tout ce à quoi j'ai renoncé pour suivre la voie que le Clan des Étoiles avait tracée pour moi ? »

Feuille de Lune recula d'un pas. Jamais elle n'avait vu son mentor dans un tel état.

« Tu vas rentrer au camp avec moi – et tout de suite ! feula Museau Cendré. Et mettre fin à ces bêtises. Retrouver Plume de Jais ne peut rien t'apporter de bon si tu dois mentir et filer en douce. Je n'ai pas investi tout ce temps dans ta formation pour que tu gâches tout à la première occasion. Ton Clan a besoin de toi !

— Non ! Je refuse de revenir ! Je continuerai à voir Plume de Jais si j'en ai envie, et tu ne peux rien faire pour m'en empêcher ! »

Les yeux de Museau Cendré lancèrent des éclairs. Elle se jeta sur Feuille de Lune, qui s'enfuit aussitôt. La jeune chatte tigrée devait échapper à ce regard accusateur, à ces griffes tendues vers elle. La forêt défila autour d'elle à toute allure. Lorsque l'épuise-ment l'obligea à s'arrêter, elle n'était pas certaine de savoir où elle se trouvait.

Elle avait atteint le bord d'un ravin étroit où pous-saient ajoncs et fougères. Au loin, il se creusait plus profondément. Un léger gazouillis d'eau lui parvenait. Soudain, son soulagement fut intense. Le territoire du Clan du Tonnerre était loin derrière elle – elle se trou-vait non loin de la Source de Lune !

Elle pourrait s'y recueillir en toute sérénité, sans entendre les suppliques de Plume de Jais ni redouter que quelqu'un découvre son secret. Les esprits-étoiles de ses ancêtres viendraient la conseiller.

Elle poursuivit d'un pas plus mesuré jusqu'au torrent éclairé par la Toison Argentée. Le temps qu'elle atteigne la barrière végétale au sommet de la combe, elle tenait à peine sur ses pattes. Pourtant, la vue du bassin étincelant en contrebas lui redonna des forces. Tandis qu'elle suivait le sentier serpentant jusqu'au rivage, le tumulte de ses émotions s'apaisa. Elle se coucha au bord de l'eau, lapa une fois la surface et ferma les yeux.

« Feuille de Lune ! Feuille de Lune ! » l'appela une douce voix tandis qu'une fourrure chaude se frottait à elle.

En ouvrant les yeux, elle découvrit que Petite Feuille, la belle chatte écaille, était assise près d'elle, baignée par la lumière des étoiles.

« Oh, Petite Feuille ! ronronna-t-elle. Tu m'as tellement manqué. Je pensais que tu m'avais abandonnée.

— Ne crois jamais une chose pareille », miaula l'ancienne guérisseuse en lui donnant un coup de langue sur l'oreille. Son parfum floral lui caressa la truffe. « Comment pourrais-je te laisser te débattre seule avec tes sentiments ?

— Tu es au courant, à propos de Plume de Jais ? » s'enquit-elle d'un air coupable.

Petite Feuille acquiesça.

« Je l'aime tellement ! Je ne peux plus être guérisseuse ! »

La chatte écaille fourra son museau contre l'épaule de Feuille de Lune avant de murmurer :

« Je connais la douleur d'aimer, même si nous avons

suivi des voies différentes. Qui sait... si j'avais vécu, j'aurais peut-être enduré les mêmes tourments que toi.

— S'il te plaît, dis-moi ce que je dois faire ! l'implora la jeune chatte. Je n'en peux plus ! J'ai l'impression que le Clan du Tonnerre n'a plus besoin de moi. À présent, Cœur Blanc est là pour seconder Museau Cendré.

— Cœur Blanc a besoin de se changer les idées, en ce moment. » La sagesse illuminait les yeux de l'ancienne guérisseuse. « Aider Museau Cendré lui permet de tenir le coup. Sois compréhensive.

— Mais elle est toujours là ! marmonna Feuille de Lune tout en sachant qu'elle se montrait injuste. J'essaierai de me mettre à sa place, promit-elle en soupirant. Ce n'est pas tout. Je me suis disputée avec Poil d'Écureuil, ce qui ne nous était jamais arrivé. »

Petite Feuille la consola d'un coup de langue entre les oreilles.

« Ta sœur t'aime beaucoup. Une dispute n'y changera rien.

— Et Plume de Jais ? » Feuille de Lune sentit son cœur palpiter, comme chaque fois qu'elle pensait au guerrier gris sombre. « Il veut que nous partions tous les deux. J'ai tellement envie de vivre avec lui, mais dois-je pour autant quitter mon Clan pour lui ?

— Personne ne peut décider à ta place. Au plus profond de toi, tu sais ce qui est juste. Tu dois écouter ton cœur. »

Feuille de Lune s'assit avec l'impression d'y voir soudain plus clair. Si elle devait écouter son cœur, alors elle devait accepter ses sentiments pour Plume de Jais, non ? Petite Feuille la comprenait donc !

« Tu veux dire que j'ai le droit d'aimer Plume de Jais ? Oh, Petite Feuille, merci ! »

La jolie chatte commença à disparaître et se dispersa telle une traînée de poussière d'étoiles emportée par le vent. Son parfum s'attarda dans l'air, ainsi que ses ultimes paroles : « Au plus profond de toi, tu sais ce qui est juste. »

Feuille de Lune ouvrit les yeux en battant des cils. Sa truffe touchait presque la surface miroitante de la Source de Lune et ses pattes, restées trop longtemps en contact avec la pierre froide, étaient ankylosées. Pourtant, en se levant, elle eut l'impression d'avoir des ailes.

Tu dois écouter ton cœur.

Peu importe qu'elle renonce à être guérisseuse puisque Cœur Blanc était là pour aider Museau Cendré. De plus, son mentor était jeune, en pleine santé. Au cours des saisons à venir, elle aurait le temps de former un autre successeur. Elle le comprenait à présent, son destin était ailleurs, loin de ce territoire, avec Plume de Jais à ses côtés.

Le cœur léger, elle escalada le sentier à toute allure, fonça dans les buissons et dévala la colline pour retrouver Plume de Jais. Le long trajet qui séparait le lac de la Source de Lune lui sembla subitement raccourci. Pourtant, lorsqu'elle atteignit le torrent qui marquait la frontière entre les territoires des Clans du Tonnerre et du Vent, le ciel s'éclaircissait et les étoiles s'éteignaient une à une.

Elle craignait de devoir attendre la prochaine Assemblée pour revoir le guerrier si cher à son cœur. Après tout, elle l'avait renvoyé à son camp pour éviter un conflit entre Museau Cendré et lui. Peut-être était-il si furieux qu'il refuserait de la revoir...

Puis elle l'aperçut soudain assis sous un buisson d'ajoncs à quelques longueurs de queue à l'intérieur du territoire de son Clan. Il semblait si seul, à contempler le lac, la queue enroulée autour des pattes. Le cœur de Feuille de Lune bondit dans sa poitrine. Ils étaient comme deux solitaires au sein de leurs Clans respectifs... Heureusement, ils seraient bientôt ensemble, pour toujours.

« Plume de Jais ! »

Il se tourna brusquement. Feuille de Lune traversa le cours d'eau en projetant des gerbes d'écume autour d'elle. Il vint l'attendre sur la rive, les yeux brillants. Dès qu'elle sortit, il enfouit son museau dans sa fourrure et entrelaça sa queue à la sienne.

« J'ai réfléchi à ta proposition, déclara-t-elle.

— C'est vrai ?

— J'avais si peur, Plume de Jais... peur de quitter mon Clan et ma famille. Mais je me suis rendue à la Source de Lune et Petite Feuille est venue me parler. » Voyant l'expression perplexe du guerrier, elle s'expliqua : « Petite Feuille était la guérisseuse du Clan du Tonnerre, jadis, avant de rejoindre le Clan des Étoiles. Elle vient souvent me voir en rêve.

— Et qu'a-t-elle dit ? s'enquit-il, toujours aussi sceptique.

— D'écouter mon cœur.

— Mais tu es guérisseuse, Feuille de Lune, répondit-il, les yeux écarquillés. C'est en écoutant ton cœur que tu as choisi cette voie, non ?

— Avant, oui. Mais le Clan du Tonnerre a déjà une guérisseuse. Museau Cendré est jeune et forte, elle servira le Clan pendant de longues saisons encore. Et Cœur Blanc l'aidera. Lorsque je serai partie, elle pourra trouver un nouvel apprenti.

— Lorsque tu seras partie ? répéta-t-il. Ça veut dire… ?

— Oui. Je viens avec toi. »

Un bonheur intense illumina les yeux du guerrier. Se pouvait-il qu'il l'aime autant ? Son ventre se noua. Elle ne pouvait plus reculer, à présent. Elle devrait aller jusqu'au bout.

« Moi aussi, j'avais peur, admit-il. Je ne voulais pas quitter mon Clan et mes amis. J'espérais même devenir chef, un jour. Mais plus encore, je ne veux pas te perdre, toi. Et si nous restons là, nous ne serons jamais heureux. »

La guérisseuse se frotta contre lui. La chaleur de son pelage lui fit oublier l'avenir sombre et terrifiant qu'elle entrevoyait pour eux.

« Où irons-nous ?

— Pas vers la forêt, déclara-t-il. On finirait dans les montagnes, où dans des endroits trop fréquentés par les Bipèdes. Nous pourrons vivre au-delà du territoire du Clan du Vent, dans les collines. Je prendrai soin de toi, Feuille de Lune. » L'espace d'un instant, son regard s'assombrit, comme si le guerrier revivait de noirs souvenirs. « J'en fais le serment. Tu es prête ?

— Tu veux dire qu'on part maintenant ? s'écria-t-elle.

— Et pourquoi pas ? »

Je voulais dire au revoir ! faillit-elle protester, avant de comprendre que c'était impossible. Des adieux n'engendreraient que colère, chagrin et confusion. Qui sait, leurs Clans les empêcheraient peut-être même de partir.

« Tu as raison, admit-elle en essayant d'avoir l'air courageuse. Je suis prête. »

Le guerrier gris sombre posa sa truffe sur le sommet de sa tête.

« Merci. Je promets de tout faire pour que tu n'aies jamais à le regretter. »

Ils tournèrent le dos au lac et se lancèrent côte à côte dans l'ascension de la colline. Devant eux, le soleil levant zébrait le ciel de flammes pourpres.

CHAPITRE 18

À L'AUBE, POIL D'ÉCUREUIL, Pelage de Granit, Perle de Pluie et Cœur d'Épines étaient partis patrouiller le long de la frontière du Clan de l'Ombre. Ils n'y détectèrent rien d'anormal. Le marquage au pied de l'arbre mort était récent.

« Est-ce que vous avez flairé l'odeur des deux chats domestiques ? demanda la rouquine à Pelage de Granit.

— Non, pas du tout. Vous avez dû leur faire une peur bleue.

— J'espère bien, ajouta-t-elle en remuant les oreilles. Avec un peu de chance, on ne les reverra jamais. »

Du bout de la queue, Pelage de Granit fit signe à Perle de Pluie, qui renouvelait le marquage du Clan du Tonnerre un peu plus haut sur la frontière, et la patrouille reprit le chemin du camp. Le soleil se levait lorsqu'ils déboulèrent du tunnel d'aubépine. Des rayons dorés baignaient la combe rocheuse où les ombres des feuilles nouvelles se découpaient sur le sol. Poil d'Écureuil s'arrêta un instant pour s'étirer et réchauffer sa fourrure au soleil.

« Poil d'Écureuil ! la héla Museau Cendré depuis l'entrée de sa tanière, avant de se précipiter vers elle de sa démarche claudicante. As-tu vu Feuille de Lune, ce matin ?

— Non, répondit la rouquine, l'estomac noué. On était près de la frontière du Clan de l'Ombre. »

Elle se retint d'ajouter : « *Et Feuille de Lune traîne toujours de l'autre côté, vers le Clan du Vent.* »

Museau Cendré hocha la tête. Poil d'Écureuil comprit alors que la guérisseuse avait elle aussi connaissance des excursions nocturnes de sa sœur.

« Je l'ai vue, cette nuit... » soupira Museau Cendré avant de s'interrompre.

La rouquine la dévisagea, inquiète.

« Quand je me suis réveillée, son nid était froid, reprit-elle. Et son odeur faible. Elle n'est pas rentrée de la nuit.

— Mais elle revient toujours avant l'aube ! »

Museau Cendré plissa les yeux. Poil d'Écureuil baissa la tête, honteuse d'avoir gaffé. La guérisseuse lui en voudrait-elle d'avoir protégé le secret de sa sœur ?

« Je suis désolée, Museau Cendré », marmonna-t-elle.

Son aînée la fit taire d'un battement de queue.

« Ce n'est rien. Je sais qu'elle allait rendre visite à Plume de Jais.

— Plume de Jais ? » répéta la guerrière, la fourrure soudain hérissée. « C'est impossible ! Il est toujours amoureux de Jolie Plume !

— Jolie Plume est morte. Il n'est pas rare d'aimer plus d'une fois, au cours d'une vie. Poil d'Écureuil, tu n'as jamais remarqué les œillades qu'ils s'échangent, durant les Assemblées ? Où penses-tu qu'elle se rendait, la nuit ? »

La jeune chatte en resta bouche bée. Feuille de Lune était guérisseuse ! Puis elle se souvint du tourment de sa sœur, de sa culpabilité et de son excitation. Museau Cendré devait avoir raison. Elle se sentit à son tour coupable. Sa nouvelle amitié avec Pelage de Granit l'avait tant distraite qu'elle n'avait pas cherché à découvrir la vérité.

« Tu penses qu'elle est partie vivre avec lui dans le Clan du Vent ? s'enquit-elle d'une voix chagrine.

— Peut-être.

— Le Clan du Vent l'accepterait ?

— À ton avis ? » Le ton de la guérisseuse était sec. « Feuille de Lune est un membre précieux pour n'importe quel Clan. Mais nous ne pouvons en être certaines. Hier soir, je l'ai suivie. Elle m'a vue, et nous nous sommes disputées. Nous avons prononcé toutes les deux des paroles que nous regrettons. Elle est peut-être quelque part sur notre territoire, à ruminer. »

Museau Cendré parlait vite, sans trahir la moindre émotion. Sa froideur venait-elle de sa colère et de sa déception face à la trahison de Feuille de Lune ? Lorsque la chatte grise fit mine de s'éloigner, Poil d'Écureuil l'entendit marmonner : « *Clan des Étoiles, veillez sur elle et ramenez-la-nous saine et sauve !* »

Le camp commençait à s'animer. Chipie apparut à l'entrée de la pouponnière. Avec nonchalance, elle s'étira sous les rayons du soleil avant de se soucier de ses petits. Les trois boules de poils, qui couinaient et se chamaillaient joyeusement, se bousculèrent devant ses pattes. De l'autre côté de la clairière, Tempête de Sable sortit de l'antre des guerriers et appela Flocon de Neige et Pelage de Poussière pour partir à la chasse. Les trois félins saluèrent Poil d'Écureuil et Museau Cendré en passant avant de disparaître dans le tunnel. Peu après, Nuage Ailé et Nuage de Frêne s'extirpèrent de la tanière des apprentis. Ils se disputaient pour savoir lequel des deux devait aller chercher de la bile de souris pour les tiques des anciens.

Poil d'Écureuil savait que l'absence de Feuille de Lune ne passerait pas longtemps inaperçue.

« Je vais avertir Étoile de Feu », lança Museau Cendré, qui paraissait soudain épuisée.

La rouquine lui courut après.

« Non, ne dis rien à personne pour le moment. Je pars à sa recherche. J'arriverai peut-être à la ramener avant qu'on s'aperçoive qu'elle n'est plus là. »

La guérisseuse hésita, puis sembla se décider.

« Merci, Poil d'Écureuil. Il est crucial de la retrouver. Elle y perdrait tant, si elle ne revenait pas : son Clan, sa famille, sa vie de guérisseuse. » Elle détourna le regard avant d'ajouter à voix basse. « Je ne pense pas qu'elle comprenne à quel point son Clan a besoin d'elle.

— J'y vais. »

Poil d'Écureuil repartit par le tunnel d'aubépine. Elle se dirigea droit vers la frontière du Clan du Vent. Museau Cendré avait beau dire, la rouquine avait du mal à croire que sa sœur boudait dans un coin de leur propre territoire. D'ailleurs, elle n'était pas rancunière...

Elle s'arrêta un instant, la truffe au vent, guettant la moindre trace de Feuille de Lune.

« Si je ne la trouve pas sur la frontière, je serai obligée de passer sur le territoire du Clan du Vent, miaula-t-elle tout haut.

— Sur le territoire du Clan du Vent ? Et pour quoi faire ? »

Poil d'Écureuil sursauta.

« Griffe de Ronce ! J'ai failli mourir de peur », s'écria-t-elle en se retournant.

Le guerrier tacheté venait de surgir d'un bouquet de noisetiers.

« Pourquoi veux-tu aller sur leur territoire ? répéta-t-il. Inutile de les provoquer. Étoile Solitaire est assez susceptible comme ça.

— Je ne veux pas les provoquer ! » rétorqua-t-elle. Elle était trop bouleversée pour mentir. « Je dois retrouver Feuille de Lune. Museau Cendré pense qu'elle a rejoint le Clan du Vent pour être avec Plume de Jais.

— Mais elle est guérisseuse ! s'étonna-t-il, les yeux ronds.

— Sans blague !

— Tu as raison, dit-il d'un ton calme qui exaspéra la jeune guerrière. Nous devons la retrouver. Il ne faudrait pas qu'Étoile Solitaire pense que nous forçons les nôtres à partir. » Lorsque Poil d'Écureuil feula, il ajouta : « Et nous voulons retrouver Feuille de Lune. Elle commet une énorme erreur en quittant son Clan.

— Elle a perdu la tête, oui ! s'emporta Poil d'Écureuil en labourant le sol. Je dois la ramener avant qu'Étoile de Feu ne découvre sa disparition.

— Tu penses qu'elle reviendra ? s'enquit-il. Nous ne pourrons pas la forcer.

— Elle n'a pas le choix !

— Décider de rejoindre le Clan du Vent a dû être déchirant pour elle. Il ne sera pas facile de la faire changer d'avis.

— Je dois au moins essayer, insista-t-elle. Et même si je n'arrive pas à la convaincre, je veux savoir où elle se trouve.

— Tu perçois quelque chose ? lui demanda le matou. Tu sais, comme pendant notre périple ? »

Poil d'Écureuil fit appel au lien étrange qui l'unissait à sa sœur depuis toujours. Elle tenta de l'imaginer et, pendant un bref instant, elle crut sentir sur sa fourrure le vent balayant la lande. La vision disparut aussitôt, ne laissant qu'un vide abyssal.

« Je ne sais pas où elle est, avoua-t-elle, déçue.

— Bon. Inutile de rester là sans rien faire. Allons-y.

— Tu m'accompagnes ? s'étonna-t-elle.

— Si tu dois passer par le territoire du Clan du Vent, autant que tu n'y ailles pas seule. Les guerriers du Clan du Tonnerre n'ont pas vraiment la faveur d'Étoile Solitaire, ces temps-ci. »

La proposition de Griffe de Ronce la réchauffa comme un rayon de soleil. Malgré tout le mal qu'elle pensait de lui, elle n'aurait pas choisi quelqu'un d'autre pour venir avec elle.

Ils patrouillèrent en silence le long de la frontière. Toujours sous le choc, Poil d'Écureuil n'avait pas le cœur à bavarder. Comment sa sœur pouvait-elle envisager de renoncer à sa vie au sein du Clan du Tonnerre ? Sa famille, ses amis, son travail de guérisseuse, tout cela ne signifiait-il rien pour elle ? Et le Clan des Étoiles ? Feuille de Lune pouvait-elle *choisir* de ne plus être guérisseuse ? Et Étoile de Feu ? La gorge nouée, elle se demanda comment elle pourrait expliquer à son père la disparition de sa sœur.

Dans le ciel bleu parsemé de petits nuages, le soleil brillait toujours. Des gouttes de rosée perlaient sur l'herbe et les toiles d'araignées tendues entre les ronciers. Un peu partout, de jeunes pousses pointaient hors de terre. Cependant, même les frémissements des rongeurs dans les taillis ne parvenaient pas à distraire Poil d'Écureuil de ses idées sombres.

Elle jeta un coup d'œil vers Griffe de Ronce. Son expression ne reflétait que calme et sympathie. Il devait comprendre ce qu'elle ressentait, puisque lui aussi avait vu sa sœur partir pour un autre Clan.

« Tu te sentais comme moi, quand Pelage d'Or t'a quitté ? Avec l'impression que rien ne serait plus jamais normal ? »

Griffe de Ronce attendit qu'ils aient plongé sous un bouquet de fougères pour répondre :

« Au début, j'étais si seul que je pensais ne jamais m'en remettre. D'un autre côté, je savais que je devais respecter son choix. Et nous sommes toujours amis, même si elle vit dans un Clan rival. »

Ils suivirent le torrent vers les montagnes, côté Clan du Tonnerre, guettant à chacun de leur pas l'odeur de Feuille de Lune. Lorsque les bois laissèrent place à la lande, Poil d'Écureuil repéra une trace légère – l'odeur datait sans doute de la nuit précédente et s'arrêtait au bord de l'eau.

« Elle a traversé ici », déclara-t-elle à Griffe de Ronce.

Le matou flaira les hautes herbes puis hocha la tête. « On dirait bien. » Il se redressa avant de scruter la lande. « Bon. En route pour le Clan du Vent. »

Il traversa le cours d'eau le premier. Poil d'Écureuil le suivit dans l'eau boueuse et glaciale qui courait sur les graviers. Sur l'autre rive, ils retrouvèrent l'odeur de Feuille de Lune, mêlée à celle d'un autre chat.

« Le Clan du Vent, annonça Griffe de Ronce. Je crois que c'est bien Plume de Jais.

— Il devait l'attendre. »

Les derniers espoirs de Poil d'Écureuil s'évanouirent et, pour la première fois, elle se dit qu'elle avait peut-être perdu sa sœur pour toujours.

CHAPITRE 19

❧

« **A**UTANT NOUS RENDRE tout de suite à leur camp, déclara Griffe de Ronce. Espérons qu'Étoile Solitaire sera d'humeur accueillante.

— Je ne partirai pas sans avoir parlé à ma sœur », répondit Poil d'Écureuil, déterminée.

Pourvu qu'Étoile Solitaire n'essaye pas de m'en empê-cher ! pria-t-elle. Le chef du Clan du Vent s'était montré si hostile lors de la dernière Assemblée qu'elle se sentait vulnérable, là, à découvert au milieu de la lande. En chemin, elle guetta sans relâche la moindre présence, mais n'en fut pas moins surprise lorsqu'une patrouille surgit de derrière une aiguille rocheuse.

« Regarde, c'est Plume Noire et Poil de Belette. »

Ils attendirent que les membres du Clan du Vent les rejoignent. Un apprenti que Poil d'Écureuil ne connaissait pas accompagnait les deux guerriers. Le ventre de la rouquine se noua lorsqu'elle vit le regard agressif et la fourrure ébouriffée de Plume Noire.

« Que faites-vous sur notre territoire ? feula-t-il.

291

— Nous devons parler à Étoile Solitaire, répondit Griffe de Ronce.

— Le Clan du Tonnerre se mêle encore des affaires des autres ? Que veut Étoile de Feu, cette fois ?

— Nous le dirons à votre chef. »

Plume Noire et Poil de Belette se consultèrent d'un coup d'œil. Poil d'Écureuil se demanda s'ils devraient se battre pour passer.

Plume Noire renifla avec mépris.

« Nous connaissons déjà la raison de votre venue, de toute façon. J'imagine qu'Étoile Solitaire voudra entendre votre version de l'histoire. »

Les deux guerriers s'écartèrent pour laisser passer Griffe de Ronce et Poil d'Écureuil, sous le regard accusateur de l'apprenti. Poil d'Écureuil dévisagea Griffe de Ronce sans comprendre, mais le guerrier tacheté semblait aussi ébahi qu'elle. Plume Noire parlait sans doute de Feuille de Lune ; pourtant, cela ne collait pas. Pourquoi seraient-ils si furieux qu'une guérisseuse veuille rejoindre leur Clan ?

Ils les escortèrent jusqu'au camp. Tandis qu'ils grimpaient vers la cuvette, l'apprenti partit en éclaireur pour avertir Étoile Solitaire. Le temps que Poil d'Écureuil et Griffe de Ronce atteignent le sommet, le chef du Clan du Vent les attendait près des rochers au centre du camp. Son lieutenant, Patte Cendrée, et deux autres guerriers l'entouraient. Aucun signe de Feuille de Lune ni de Plume de Jais. La rouquine réprima un frisson. Étoile Solitaire ne les avait tout de même pas emprisonnés, à l'écart ?

« Les voilà, annonça Plume Noire.

— J'imagine qu'Étoile de Feu vous envoie, déclara Étoile Solitaire en s'avançant d'un pas, les oreilles rabattues. Êtes-vous venus nous expliquer pourquoi le Clan du Tonnerre nous a volé un de nos guerriers ?

— Quoi ? » Bouillonnante de colère, Poil d'Écureuil alla coller sa truffe à celle d'Étoile Solitaire. « Comment oses-tu nous traiter de voleurs ? C'est le Clan du Vent qui... »

Elle s'interrompit en sentant la queue de Griffe de Ronce glisser sur son museau. Elle le toisa froidement. Le regard ambré du matou la mit en garde. Elle recula d'un pas, à contrecœur, sans rentrer les griffes.

Le guerrier tacheté salua le chef d'un signe de tête.

« Le Clan du Tonnerre n'a volé aucun guerrier au Clan du Vent, répondit-il. L'un des vôtres a-t-il disparu ?

— C'est Plume de Jais, pas vrai ? » ajouta Poil d'Écureuil, le cœur battant.

Le meneur plissa les yeux mais Patte Cendrée intervint avant lui.

« Oui. S'il n'est pas chez vous, savez-vous où il se trouve ? » s'enquit-elle.

En voyant sa mine désespérée, la rouquine se souvint que Patte Cendrée était la mère de Plume de Jais.

« Silence ! » feula Étoile Solitaire en toisant durement son lieutenant.

La chatte grise n'en fut guère impressionnée.

« Quand l'avez-vous vu pour la dernière fois ? voulut savoir Griffe de Ronce. Nous pourrions peut-être vous aider...

— Nous ne voulons pas de l'aide du Clan du Tonnerre ! » cracha Plume Noire.

Étoile Solitaire le fit taire d'un battement de la queue.

« Plume de Jais n'a pas dormi dans la tanière des guerriers, la nuit dernière, expliqua le chef. Ce matin, nous avons remonté sa piste jusqu'à la frontière du Clan du Tonnerre. Là, son odeur rejoignait celle d'un membre de votre Clan. À l'évidence, ils se sont retrouvés à cet endroit. »

Poil de Belette se fraya un passage entre ses camarades pour se placer près de son meneur.

« Attendez un peu, miaula-t-il. Si vous n'étiez pas au courant, pour Plume de Jais, que faites-vous là ? Savez-vous avec lequel de vos camarades il avait rendez-vous ? »

Poil d'Écureuil fit oui de la tête. Inutile de dissimuler la vérité, maintenant.

« Ma sœur, Feuille de Lune. Elle aussi, elle a disparu. Nous, nous avons suivi sa piste jusqu'à votre frontière.

— Mais c'est une guérisseuse ! s'exclama Patte Cendrée.

— Les guérisseurs ont des sentiments comme tout le monde, répliqua Poil d'Écureuil pour défendre sa sœur.

— Elle a enfreint les règles du Clan des Étoiles, cracha Étoile Solitaire.

— Plume de Jais a dû la convaincre de partir ! rétorqua-t-elle.

— Étoile Solitaire, tu commets une erreur en considérant Étoile de Feu et le Clan du Tonnerre comme tes ennemis. Nous devons coopérer pour retrouver les deux disparus.

— Mais comment ? » Étoile Solitaire fit un effort visible pour contenir sa colère. Une fois calmé, il sembla surtout désemparé : « Où sont-ils allés ?

— Où ont-ils *pu* aller ? renchérit Patte Cendrée, comme s'il n'y avait pas de réponse à cette question.

— Essayons de le découvrir, miaula Griffe de Ronce. Nous pouvons peut-être retrouver leur trace.

— Bonne idée, j'y vais de ce pas, répondit le lieutenant.

— D'accord, mais emmène un autre guerrier avec toi.

— Nous venons aussi », déclara Poil d'Écureuil.

À son grand soulagement, Étoile Solitaire ne s'y opposa pas.

Patte Cendrée fit signe à Oreille Balafrée, puis les quatre guerriers quittèrent le camp. Ils se rendirent près de la frontière, là où ils avaient repéré l'odeur de leurs camarades pour la dernière fois. À chaque pas, l'inquiétude de Poil d'Écureuil s'accentuait. Feuille de Lune serait-elle en sécurité, à voyager en territoire inconnu accompagnée d'un seul guerrier ? Comment pourraient-ils vivre normalement, sans le soutien de leurs Clans ? *Il faut que nous les retrouvions. Ils ont commis une terrible erreur !*

Patte Cendrée fut la première à retrouver leur piste. « Par là ! » lança-t-elle.

Les quatre félins se déployèrent, séparés les uns des autres par quelques longueurs de queue, la truffe au sol au cas où le couple avait décidé de se séparer. Les deux traces traversaient côte à côte le territoire du Clan du Vent et franchissaient la frontière pour s'enfoncer plus loin encore dans les collines. Le cœur de Poil d'Écureuil se serra. Jusque-là, elle s'était accrochée à l'espoir ténu qu'ils retrouveraient Feuille de Lune et Plume de Jais cachés quelque part aux confins du territoire. À présent, elle devait admettre qu'ils étaient partis pour de bon.

Le lac disparut bientôt derrière eux. Les collines devinrent plus raides et lugubres ; des rochers affleuraient sous l'herbe clairsemée. La jeune guerrière ressentit bientôt le froid et la fatigue. Elle ne pouvait imaginer comment Feuille de Lune avait trouvé la force de s'aventurer dans un paysage aussi hostile. *Elle devait vraiment être malheureuse...*

Soudain, Griffe de Ronce fit halte au sommet d'une colline. Au-delà, des éboulis couvraient le sol. Quelques buissons épineux rabougris poussaient çà et là.

« Je ne les sens plus », annonça-t-il.

Tous échangèrent des regards inquiets. Rechignant à abandonner si tôt, ils suivirent la crête de la colline, à l'affût de l'odeur des disparus. Ce fut peine perdue. Poil d'Écureuil se lança dans la descente malgré la morsure des arêtes des rochers sur ses coussinets. Là non plus, elle ne découvrit pas la moindre odeur, rien qui permette de deviner dans quelle direction sa sœur et le guerrier du Clan du Vent étaient partis.

« C'est sans espoir, miaula Oreille Balafrée tandis que la rouquine rejoignait les autres. Nous ne les retrouverons jamais.

— On ferait mieux de rentrer, ajouta Griffe de Ronce.

— Non ! protesta Poil d'Écureuil. On ne peut pas les laisser disparaître sans rien faire ! »

Le matou tacheté balaya le paysage désolé d'un ample mouvement de la queue.

« Ils pourraient être n'importe où, miaula-t-il.

— Il a raison, dit Patte Cendrée. Nous ne pouvons rien faire de plus. »

Griffe de Ronce s'approcha de Poil d'Écureuil pour lui poser le bout de la queue sur l'épaule.

« Nous ne pouvons pas remonter leur piste s'ils ne veulent pas qu'on les retrouve », dit-il avec douceur.

Poil d'Écureuil était sur le point d'insister, mais elle savait en son for intérieur que Feuille de Lune et Plume de Jais avaient disparu pour toujours. *Je ne la reverrai jamais.* Elle frotta sa joue contre Griffe de Ronce, et le parfum familier du guerrier la réconforta. Ils avaient traversé tant d'épreuves ensemble pour conduire les Clans jusqu'à leur nouveau territoire... Elle était contente qu'il soit là pour l'aider à supporter ce nouveau malheur.

Lorsqu'ils atteignirent la frontière du Clan du Vent, le soleil caressait l'horizon. Poil d'Écureuil salua Patte Cendrée et Oreille Balafrée avant de se jeter dans le torrent à la suite de Griffe de Ronce. Qu'allaient-ils dire à Étoile de Feu ?

« Peu à peu, nous perdons tous ceux qui nous ont accompagnés jusqu'à la tanière de Minuit, déclara-t-elle au guerrier tacheté. D'abord Jolie Plume, Pelage d'Orage et maintenant Plume de Jais. » Un frisson parcourut sa fourrure. « Tu crois que le Clan des Étoiles ne veut pas que nous nous établissions ici, finalement ? »

Griffe de Ronce fit non de la tête.

« Je suis certain que nous sommes au bon endroit. Ne commence pas à douter de nos ancêtres, Poil d'Écureuil. Nous savions que nous installer dans nos nouveaux camps ne serait pas facile.

— C'est vrai. Mais je n'aurais jamais imaginé que ce serait si dur », murmura-t-elle en le suivant dans la forêt.

Les derniers rayons du soleil éclairaient encore la combe rocheuse, baignant la clairière d'une lumière rouge sang. Poil d'Écureuil réprima un frisson. *Un guérisseur y verrait-il un signe du Clan des Étoiles ?*

Dès qu'elle entra dans le camp, elle sut que la nouvelle de la disparition de Feuille de Lune s'était ébruitée. Fleur de Bruyère et Pelage de Poussière étaient couchés près de la réserve de gibier, leurs têtes rapprochées. Poil de Fougère, Pelage de Granit et leurs deux apprentis discutaient vivement devant la tanière des novices. Les anciens avaient quitté leur gîte près du noisetier et, juste sous la Corniche, Étoile de Feu s'entretenait avec Tempête de Sable, Museau Cendré et Cœur Blanc. Seuls les petits de Chipie, qui se chamaillaient et jouaient devant la pouponnière, semblaient ne s'être rendu compte de rien.

Poil d'Écureuil sentit les regards de ses camarades se tourner vers elle lorsqu'elle traversa la clairière en compagnie de Griffe de Ronce. Une lueur d'espoir s'alluma dans leurs yeux, avant de s'éteindre aussitôt lorsqu'ils constatèrent que la guérisseuse n'était pas avec eux.

Étoile de Feu se précipita à leur rencontre, mais Cœur Blanc le devança.

« Je suis vraiment désolée ! miaula-t-elle d'une voix brisée par le chagrin. Je n'essayais pas de prendre sa place. Feuille de Lune est notre guérisseuse, au même titre que Museau Cendré.

— Je suis sûre qu'elle n'est pas partie à cause de toi, répondit Poil d'Écureuil, un peu gênée par ce demi-mensonge.

— Que s'est-il passé ? s'enquit Étoile de Feu. Qu'avez-vous découvert ?

— Avez-vous retrouvé Feuille de Lune ? » ajouta Tempête de Sable.

D'autres membres du Clan se pressèrent autour d'eux, répétant à l'envi la question de Tempête de Sable. Quelques-uns mentionnèrent même Plume de Jais. Le secret de Feuille de Lune était éventé. Museau Cendré n'avait eu d'autre choix que de raconter ce qu'elle savait à ses camarades de Clan.

« En suivant sa trace, nous sommes arrivés au territoire du Clan du Vent, expliqua Griffe de Ronce. Nous leur avons rendu une petite visite, jusqu'à leur camp. »

Museau Cendré s'avança en claudiquant et demanda aussitôt :

« Vous lui avez parlé ?

— Elle n'était pas là. Plume de Jais et elle avaient déjà quitté le territoire. Nous avons suivi leur trace avec deux autres guerriers du Clan du Vent, mais nous les avons perdus dans les collines. Ils sont partis.

— Non ! »

La voix de la guérisseuse n'était plus qu'un murmure rauque. Une terreur sans nom voilait son regard.

Étoile de Feu et Tempête de Sable se rapprochèrent.

« Elle va me manquer, chuchota la guerrière.

— Elle va manquer au Clan tout entier », répondit Étoile de Feu.

Poil d'Écureuil aurait voulu hurler. Feuille de Lune devait aimer Plume de Jais plus que tout si elle avait pris la décision d'abandonner son Clan.

Et moi, serais-je capable de faire de même pour Pelage de Granit ? se demanda-t-elle. Elle en doutait.

Et pour Griffe de Ronce ?

Elle battit des cils, confuse, car elle était incapable de répondre à cette question.

CHAPITRE 20

❧

FEUILLE DE LUNE s'arrêta au sommet d'une chaîne de collines. Elle essaya d'ignorer ses pattes endolories et regarda derrière elle. Le lac et les arbres avaient disparu depuis longtemps. Tout autour d'elle, des hauteurs inconnues s'étendaient à perte de vue. En ouvrant la gueule, elle perçut le parfum âcre de la lande, ainsi qu'un léger fumet de lapin. Le soleil déclinait. Aucun arbre ou buisson ne poussait dans les environs. Où allaient-ils s'abriter, cette nuit-là ?

Plume de Jais gravit la pente pour la rejoindre. Le doux contact de la fourrure gris sombre réchauffa le cœur de la guérisseuse. Au milieu de ce paysage effrayant, le guerrier du Clan du Vent parvenait à lui redonner espoir et courage.

Penses-tu seulement à tout ce que tu as laissé derrière toi ? murmura une petite voix dans sa tête.

Elle tenta d'imaginer ce qui allait se passer dans son Clan. Étoile de Feu serait furieux qu'elle les ait abandonnés sans prévenir. Museau Cendré devrait trouver un nouvel apprenti. Poil d'Écureuil serait très triste... Sa poitrine se gonfla de chagrin, au point qu'elle faillit rebrousser chemin. Comment pourrait-elle rentrer ?

À présent, tout le monde devait savoir qu'elle s'était enfuie avec Plume de Jais...

Rien n'importait tant qu'elle était avec lui. Elle devait continuer à croire qu'elle avait pris la bonne décision.

« Avançons encore un peu, miaula-t-il en lui chatouillant l'oreille du bout de la truffe. Nous devons nous trouver un abri avant la tombée de la nuit.

— D'accord. »

Malgré sa fatigue, elle se força à le suivre sur la crête. Ils avaient marché toute la journée alors que ni l'un ni l'autre n'avait dormi la nuit précédente. Elle n'avait jamais été aussi épuisée de sa vie.

Soudain, Plume de Jais se figea et pointa en contrebas, du bout de la queue.

« Regarde ! »

Lorsqu'elle le rattrapa, elle constata que la colline donnait sur une combe rocailleuse. Un petit point d'eau s'étendait au fond, bordé par quelques épineux érodés par le vent.

« Le Clan des Étoiles soit loué ! s'écria-t-elle. Un abri et de l'eau ! »

Puisant dans ses dernières ressources, elle dévala la pente, glissa sur les pierres et ne s'arrêta qu'une fois au bord de l'eau. En lapant la surface, elle repensa à sa dernière visite à la Source de Lune.

Cela n'arrivera plus, dit encore la petite voix. *Tu n'es plus guérisseuse.*

Mais cela non plus, ce n'était pas grave, se rappela-t-elle. Petit Feuille lui avait dit d'écouter son cœur. Elle faisait donc ce qui était juste.

Le guerrier vint boire à son tour.

« Je ne vois pas le moindre poisson », dit-il ensuite.

Sa remarque rappela à la jeune chatte à quel point elle avait faim. Ils n'avaient attrapé qu'un seul petit campagnol au cours de la journée, qu'ils avaient partagé près du torrent peu après leur départ. Ce dernier repas lui semblait remonter à des lunes.

« Tu pourras nous débusquer un lapin demain matin. Tu es doué pour chasser dans la lande. Tu m'enseigneras comment faire.

— Bien sûr. Il ne te faudra pas longtemps pour apprendre. Mais je ne pense pas qu'on doive attendre jusqu'au matin. Il doit bien y avoir un peu de gibier, par là. »

Il se releva, la gueule entrouverte. Feuille de Lune se leva à son tour, les oreilles dressées. Un léger frémissement lui indiqua la présence d'un rongeur sous les épineux. Elle aperçut alors une souris et adopta la position du chasseur. Elle bondit en ronronnant de satisfaction.

Au même instant, une deuxième souris jaillit de quelques feuilles mortes. Plume de Jais l'étourdit d'un coup de patte.

« Tiens, qu'est-ce que je disais ? » miaula-t-il en rapportant sa prise près de Feuille de Lune.

Ils s'installèrent sur une petite plage de sable entre les racines de l'un des arbustes rabougris. Ses branches noueuses les protégeaient du vent. Ils dévorèrent les souris en quelques bouchées.

« Tu avais raison, pour le gibier, murmura Feuille de Lune en se léchant le museau. Heureusement que tu es là. Sans toi, je serais morte de peur.

— Je veillerai toujours sur toi, promit Plume de
Jais, qui enfouit sa truffe dans la fourrure de la chatte.
Demain, nous chercherons un coin plus agréable.
Après tout, les Clans ont bien trouvé le lac. Nous, nous
n'avons pas besoin d'un si grand territoire puisque
nous ne sommes que deux.

— C'est vrai. Et puis, ces collines ne peuvent s'éten-
dre éternellement. »

Du moins, elle l'espérait.

« On va s'en tirer. Tu verras, lui assura-t-il.

— Je sais », souffla Feuille de Lune, à bout de
forces, avant de sombrer dans un profond sommeil.

Elle se retrouva dans une forêt sombre. L'herbe
trempée de rosée lui glaçait les pattes. Elle entendait
des grognements effrayants. Elle avait beau regarder
dans toutes les directions, elle ne parvenait pas à localiser leur provenance. Puis elle s'aperçut que les
ténèbres qui l'enveloppaient n'étaient qu'un banc de
brouillard noir. Il se dissipa un instant pour lui montrer la surface du lac. Son rêve l'avait ramenée chez
elle. Soudain, la puanteur du sang la fit suffoquer :
l'eau du lac, qui léchait goulûment le rivage, avait viré
au rouge.

« Non ! »

*Avant que la paix vienne, le sang fera couler le sang, et
les eaux du lac deviendront pourpres.*

Toute sa fourrure se hérissa. Elle avait laissé son
Clan loin derrière elle. Pourquoi ne pouvait-elle
échapper à la terrible prophétie du Clan des Étoiles ?

Les grognements cessèrent, avant de reprendre de
plus belle, derrière elle. Elle fit volte-face. Malgré le
brouillard noir qui moutonnait toujours autour d'elle,

elle discernait à présent des silhouettes pataudes en mouvement. Sans les distinguer clairement, Feuille de Lune reconnaissait ici et là des griffes émoussées, des mâchoires claquantes et des petits yeux sournois. Une énorme forme noire se dressa devant elle, et une patte griffue s'abattit sur son visage, ratant de peu son œil. Elle bondit en arrière et sentit un liquide poisseux se déverser autour de ses pattes. Les remugles du sang lui donnèrent la nausée.

« Clan des Étoiles, aidez-moi ! » hurla-t-elle.

Elle ouvrit brusquement les yeux. Elle reconnut la petite combe de la lande, les branches de l'arbuste au-dessus d'elle. Plume de Jais reposait à son côté. Elle poussa un long soupir de soulagement. Le guerrier du Clan du Vent se redressa soudain, les muscles bandés, les yeux rivés sur les ténèbres.

« Qui est là ? » lança-t-il sèchement.

Feuille de Lune entendit un bruit de pas traînants. Dans un geste protecteur, le matou se plaça aussitôt devant elle. En jetant un coup d'œil derrière lui, elle aperçut une sombre silhouette à la démarche gauche semblable à celles de son cauchemar.

Suis-je vraiment réveillée ?

Le clair de lune pointa soudain entre deux nuages. Ses rayons argentés baignèrent la combe et révélèrent un énorme animal à la fourrure épaisse et à la gueule noire ornée d'une large rayure blanche descendant sur son museau pointu. Un blaireau !

Feuille de Lune bondit sur ses pattes.

« Ne t'approche pas ! gronda-t-elle.

— Tout va bien, Feuille de Lune, la rassura Plume de Jais. C'est Minuit. »

La guérisseuse, qui n'avait pas cessé de trembler, dévisagea le vieux blaireau. Minuit vivait dans les falaises, où le soleil sombre dans l'eau. Que faisait-il si loin de chez lui, dans la lande ? Piquée par la curiosité, elle s'approcha. Elle avait toujours voulu rencontrer celui qui avait prévenu les élus du Clan des Étoiles que la forêt allait être détruite par les Bipèdes, et que tous les Clans devaient partir. Sans lui, ils n'auraient jamais découvert le nouveau territoire que leurs ancêtres leur avaient choisi.

« Salutations, Nuage Noir. » Les yeux de l'animal reflétaient sa surprise. « Même moi, pas avoir vu qu'on se rencontrerait ici.

— Salutations, Minuit. Nous non plus, nous ne nous attendions pas à te voir. Et je ne m'appelle plus Nuage Noir, mais Plume de Jais. J'ai choisi mon nom de guerrier en mémoire de Jolie Plume.

— Oui, elle veiller toujours sur toi », répondit Minuit.

Feuille de Lune se crispa. Devinant sa gêne, le guerrier la fit avancer d'un geste de la queue.

« Voici Feuille de Lune, la présenta-t-il. La sœur de Poil d'Écureuil.

— C'est un plaisir de faire enfin ta connaissance, dit-elle. J'ai beaucoup entendu parler de toi.

— Ta sœur parler beaucoup de toi aussi. Le Clan des Étoiles te montrer aussi l'avenir ?

— Oui, je suis guérisseuse. »

Enfin, plus maintenant, songea-t-elle.

Le regard du vieux blaireau passa de l'un à l'autre.

« Vous fuir, pas vrai ? »

Feuille de Lune se raidit. Minuit savait-il qu'ils avaient choisi d'abandonner leurs Clans ? Était-ce la raison de sa venue ?

« Comment le sais-tu ? » s'enquit-elle.

Avant qu'il puisse répondre, Plume de Jais avança d'un pas.

« Nous n'avions pas le choix, expliqua-t-il. Nous appartenons à des Clans différents, nous ne pouvions pas rester ensemble si...

— Attends, le coupa Minuit, une patte levée. Toi vouloir dire que vous deux seuls ici ? Où sont tous les autres ?

— Sur leurs nouveaux territoires, autour du lac, répondit Plume de Jais.

— Alors vous pas au courant ?

— Au courant de quoi ? voulut savoir Feuille de Lune, dont les griffes sortirent automatiquement.

— Troubles terribles arriver, expliqua Minuit, la tête basse. Les miens en colère contre les Clans. Les chats priver eux de leurs terriers. Maintenant, eux attaquer pour vous chasser, pour reprendre leurs terres.

— C'est vrai, nous avons chassé un blaireau de notre territoire, se souvint-elle. Une femelle, avec ses petits.

— Et Plume de Faucon en a attaqué un autre sur le territoire du Clan de la Rivière », ajouta Plume de Jais.

Feuille de Lune l'entendit à peine. La tête lui tournait – elle revivait son cauchemar sanglant peuplé de griffes et de crocs.

« Tu dis qu'ils vont attaquer les Clans ? répéta-t-elle dans un souffle.

— Et de quel côté cs-tu, Minuit ? ajouta le guerrier d'un ton rude.

— Aucun, répondit l'animal en soutenant son regard. Chats et blaireaux, dans la paix peuvent vivre. Moi déconseiller attaque, mais les miens pas m'écouter. Depuis plusieurs jours, eux ne parler que de revanche et de sang versé. »

Plume de Jais se blottit contre Feuille de Lune. Elle sentit ses tremblements.

« Que comptent-ils faire ? demanda-t-il.

— Se rassembler en horde. Attaquer vos terriers, tuer le plus grand nombre et chasser les survivants. »

Nos terriers... Il parle de nos camps ! La fourrure de Feuille de Lune se dressa. Ils seraient eux-mêmes en sécurité, là, dans la lande, mais les Clans qu'ils avaient abandonnés seraient détruits, leurs camarades assassinés.

« Non... murmura-t-elle. C'est impossible !

— Alors que fais-tu là ? s'enquit Plume de Jais.

— Moi prévenir les Clans. Vous m'aider ? »

Feuille de Lune ouvrit la gueule pour répondre, mais Plume de Jais la prit de vitesse.

« Non. Nous avons quitté nos Clans pour toujours. Nous ne pouvons rien faire pour eux.

— Plume de Jais, non ! s'indigna-t-elle. Nous n'allons pas les laisser mourir sans rien faire. »

Le regard bleu du guerrier s'emplit de chagrin. Doucement, il frôla le museau de la chatte du bout de la truffe.

« Je sais, miaula-t-il. Mais Minuit va les prévenir. S'ils l'écoutent, ils n'auront rien à craindre. Que pourrions-nous faire de plus ?

— Nous... »

Elle laissa sa phrase en suspens, ne sachant que répondre.

« Nous sommes allés trop loin, insista Plume de Jais. Si nous rentrons maintenant, tout le monde sera au courant. Nous ne pourrons plus repartir. Les choses redeviendront comme avant : ce sera pire, même, parce qu'on ne pourra même plus se retrouver en cachette. Tout le monde nous aura à l'œil, guettant la moindre de nos absences. Nous aurons fait tout cela pour rien. »

Feuille de Lune gémit de douleur, comme si les griffes des blaireaux de son cauchemar l'avaient écorchée vive. Plume de Jais avait raison : s'ils rentraient maintenant, ils perdraient tout. Pourtant, comment pourraient-ils poursuivre leur chemin en sachant le terrible danger que leurs camarades devaient affronter ?

Le regard de Minuit passa du guerrier à la jeune chatte. Feuille de Lune ignorait s'il connaissait les devoirs d'un guérisseur, ou même le code du guerrier. Malgré tout, ses yeux n'étaient que chaleur et compassion, comme s'il avait conscience des tourments qu'ils avaient endurés avant de parvenir à cette décision.

« Que le Clan des Étoiles vous accompagne, murmura le blaireau. L'avenir maintenant dans les pattes des guerriers de jadis. Moi faire tout mon possible.

— Merci », miaula Feuille de Lune.

Minuit s'éloigna de son pas lourd en direction du lac. La guérisseuse tremblait tant elle se sentait coupable, et triste. Alors que ses camarades étaient en danger, elle avait délibérément choisi de ne pas leur venir en aide.

Plume de Jais lui effleura l'oreille du bout de la truffe.

« Essayons de nous rendormir », miaula-t-il.

Elle se roula en boule contre lui sous les branches épineuses, mais le sommeil refusa de revenir. Des images de blaireaux aux babines retroussées déboulant dans le camp du Clan du Tonnerre pour éventrer les siens défilaient devant ses yeux.

Que le Clan des Étoiles les protège ! pria-t-elle.

Sa vision lui avait montré à quel point l'attaque serait violente. Elle se souvenait aussi des rêves que les autres guérisseurs avaient faits près de la Source de Lune, des cauchemars emplis de ténèbres et de griffes sanglantes. Elle venait de recevoir à son tour le message du Clan des Étoiles. Elle fut saisie de frissons. Les ancêtres lui parlaient toujours ! Elle n'avait donc pas menti à Minuit en lui disant qu'elle était guérisseuse.

Plume de Jais ne dormait pas non plus. Il n'arrêtait pas de gigoter et lâcha même un soupir. Il se colla un peu plus contre elle, comme pour la réconforter, ou se réconforter lui-même.

Feuille de Lune finit par dériver dans un léger sommeil agité. Elle eut l'impression de flotter dans une brume grisâtre, sans aucun repère. Soudain, un cri de douleur résonna dans le vide.

« Clan des Étoiles, aidez-moi ! »

Feuille de Lune bondit en tremblant. L'aube pointait entre les branches. Elle avait reconnu la voix de son rêve : Museau Cendré.

« Plume de Jais ! s'écria-t-elle. Je ne peux pas rester là. Nous devons rentrer. »

Le guerrier leva la tête, la mine triste.

« Je sais. Moi aussi, je me sens coupable. Nous devons aller aider nos Clans. »

Elle poussa un soupir de soulagement et ne l'en aima que davantage encore : il la comprenait, car il s'inquiétait pour ses propres camarades autant qu'elle pour les siens. Elle se pressa un instant contre lui et ronronna.

« Allons-y », lança-t-elle.

CHAPITRE 21

❧

« CROTTE DE SOURIS ! » marmonna Poil d'Écureuil.

L'étourneau qu'elle convoitait s'envola vers une branche au-dessus de sa tête – les griffes de la guerrière se refermèrent sur le vide. Comment pouvait-elle se concentrer alors qu'elle ne pensait qu'à sa sœur ?

J'aurais dû l'empêcher de partir, se dit-elle avec regret.

« Pas de chance, miaula Pelage de Granit. On rentre ? On en a déjà attrapé plus qu'on ne peut en rapporter.

— D'accord. »

La rouquine le suivit jusqu'au buisson où il avait enfoui leurs prises précédentes. Patte d'Araignée les rejoignit, un écureuil pendant dans la gueule, puis la patrouille reprit le chemin du camp.

« Ne t'inquiète pas, murmura Pelage de Granit après avoir déposé son fardeau sur le tas de gibier. Tout ira bien pour Feuille de Lune.

— Comment peux-tu dire ça, alors qu'elle a tout abandonné ?

— Et si tu te reposais un peu ? suggéra-t-il en lui désignant du bout de la queue un coin ensoleillé près de la paroi de la combe. Tu n'as presque pas dormi de la nuit.

— Et je n'arriverai pas plus à fermer l'œil maintenant. Je vais m'assurer que Museau Cendré a mangé. »

Poil d'Écureuil saisit un campagnol et fila vers l'antre de la guérisseuse. Elle la trouva derrière le rideau de ronces, tapie sur le seuil de sa tanière. Les pattes repliées sous elle, les yeux dans le vague, elle semblait contempler des horreurs qu'elle seule pouvait voir. La rouquine frémit.

« Poil d'Écureuil ? Il y a du nouveau ? s'enquit la chatte grise lorsqu'elle s'aperçut de sa présence.

— Pour Feuille de Lune ? fit la jeune guerrière en posant le rongeur par terre. Non, rien du tout. Je t'ai apporté à manger.

— C'est gentil, mais je n'ai pas faim.

— Tu dois te nourrir ! » Museau Cendré se sentait-elle responsable de la disparition de son apprentie ? Elle semblait découragée, à bout de forces. « Maintenant que Feuille de Lune est partie, nous avons besoin de toi plus que jamais. »

La chatte poussa un soupir interminable avant de répondre :

« J'ai échoué ! Sur toute la ligne.

— Ce n'est pas ta faute ! s'indigna la rouquine, qui se frotta à son aînée. Tu es une guérisseuse formidable. Que ferait le Clan du Tonnerre sans toi ? »

Lorsque Museau Cendré la dévisagea, Poil d'Écureuil crut se noyer dans la profondeur de ses prunelles bleues. Elle semblait sur le point de lui confier quelque chose, pourtant, elle se contenta de déclarer :

« Si seulement tout pouvait redevenir comme avant...

— Tout redeviendra comme avant ! Feuille de Lune reviendra. Nous devons y croire. »

Les yeux clos, la guérisseuse secoua la tête.

Poil d'Écureuil tendit la patte pour pousser le campagnol vers la chatte.

« Allez, tu te sentiras mieux le ventre plein. »

Museau Cendré hésita puis renifla le rongeur.

« Tu veux bien aller voir Poil de Châtaigne ? miaula-t-elle. Je m'inquiète pour elle. Tu sais à quel point Feuille de Lune et elle étaient amies.

— Sait-elle ce qui s'est passé ? »

La mise bas étant imminente, la guerrière écaille était confinée dans la pouponnière.

« Oui, je le lui ai appris hier soir. » Au grand soulagement de la rouquine, Museau Cendré semblait reprendre du poil de la bête. « Elle était si bouleversée que je lui ai donné des graines de pavot pour l'aider à dormir.

— Je vais aller la voir tout de suite... Mais à une condition : tu manges ce campagnol devant moi. »

Une lueur amusée dansa dans les yeux de son aînée.

« Tu n'abandonnes jamais, pas vrai ? D'accord... Appelle-moi si Poil de Châtaigne a besoin de quelque chose. »

Tandis que la guerrière reculait de quelques pas, la guérisseuse renifla de nouveau le rongeur, en prit une bouchée avant de le dévorer comme si elle venait de se rendre compte qu'elle mourait de faim.

Poil d'Écureuil la laissa manger tranquillement et gagna la pouponnière. À l'extérieur, Cœur Blanc était penchée sur Petit Sureau. Elle se redressa au moment où la jeune guerrière approchait.

« Voilà ! miaula-t-elle. Cette vilaine épine ne t'embêtera plus. Nettoie bien ta patte, maintenant.

— Merci ! » fit le chaton en contemplant la chatte au pelage blanc et roux d'un œil admiratif. Lui et les siens semblaient ne plus remarquer ses cicatrices. « Tu es la meilleure guérisseuse du monde !

— Je ne suis pas guérisseuse, le corrigea-t-elle en jetant un regard oblique vers Poil d'Écureuil. Et je ne le serai jamais. Le Clan du Tonnerre en a déjà deux.

— Eh bien, pour moi, tu l'es quand même », miaula le chaton en se léchant vigoureusement la patte.

Dommage que Feuille de Lune ne soit plus là pour entendre Cœur Blanc, se lamenta la rouquine.

« Coucou, fit-elle. Museau Cendré m'envoie auprès de Poil de Châtaigne.

— Elle va bien. Chipie et elle ont partagé un lapin, tout à l'heure. Elle dort, à présent. Le Clan des Étoiles soit témoin, elle est énorme, ajouta-t-elle. Les petits ne vont pas tarder.

— Tant mieux. »

Poil d'Écureuil avait beau faire de son mieux pour paraître enthousiaste, elle s'inquiétait bien trop pour sa sœur et Museau Cendré.

Elle glissa la tête dans la pouponnière et vit une masse de fourrure écaille qui reposait paisiblement parmi la mousse et les fougères. Chipie et Fleur de Bruyère, qui faisaient leur toilette en discutant, la veillaient ensemble. Les deux chattes saluèrent Poil d'Écureuil d'un frémissement de moustaches.

Cœur Blanc avait disparu lorsque la rouquine ressortit. Cette dernière aperçut le bout de sa queue entre les ronces de l'antre de Museau Cendré. La guerrière défigurée rassurerait donc la guérisseuse sur l'état de Poil de Châtaigne. Poil d'Écureuil se dirigea vers la réserve de gibier où Étoile de Feu partageait un rongeur avec Tempête de Sable. Griffe de Ronce dévorait une grive non loin de là.

« Je veux que tu prennes la tête de la patrouille de l'aube, déclara le meneur au guerrier tacheté. Inspecte bien la frontière du Clan du Vent. Tu y découvriras peut-être d'autres traces de Feuille de Lune.

— J'emmènerai Flocon de Neige, c'est un de nos meilleurs pisteurs », répondit Griffe de Ronce, la bouche pleine. Il ajouta, l'air incertain : « Mais nous avons remonté sa piste jusqu'aux collines. Les chances de la retrouver sont plus que minces, à présent.

— On ne sait jamais », insista Étoile de Feu, à croire qu'il refusait d'admettre la réalité.

Comme pour Plume Grise ? se demanda soudain Poil d'Écureuil.

« Tu la croiseras peut-être si elle décide de rentrer, miaula Tempête de Sable. Dans ce cas, ne sois pas trop dur avec elle.

— Ne t'en fais pas. Je lui assurerai qu'elle peut revenir sans crainte. »

Il n'y croyait pas un seul instant, Poil d'Écureuil le savait. Elle commençait à perdre espoir, elle aussi. Après avoir pris la dure décision de partir, il serait bien trop difficile pour sa sœur de revenir.

Elle choisit une pie sur le tas de gibier et s'installa pour la déguster.

« Ça va ? s'enquit Griffe de Ronce.

— Pas vraiment.

317

— Tu n'as pas à te sentir coupable, voulut la rassurer Tempête de Sable.

— Mais c'est ma faute ! » La jeune guerrière dut se retenir de gémir comme un chaton. « Je savais qu'elle quittait le camp en douce la nuit, et je n'ai rien fait pour l'arrêter ! »

Étoile de Feu lui donna un coup de langue sur l'oreille pour la réconforter.

« Nous aurions tous dû nous rendre compte que quelque chose la tourmentait.

— C'est vrai, ajouta Griffe de Ronce. En plus, si tu avais tenté quoi que ce soit, tu l'aurais peut-être encouragée à partir plus tôt. »

Son regard dériva vers le tunnel, où Pelage de Granit venait d'apparaître en compagnie de son apprenti. Ils s'avancèrent vers la réserve de gibier. Griffe de Ronce finit sa pièce de viande, se lécha le museau et s'éloigna avant l'arrivée du guerrier gris.

« Tu as bien travaillé, déclara Pelage de Granit à Nuage de Frêne. Va porter quelques proies aux anciens, et ce sera fini pour aujourd'hui. »

Le novice obéit aussitôt, pendant que son mentor s'approchait de Poil d'Écureuil. Étoile de Feu et Tempête de Sable s'éloignèrent pour les laisser seuls.

« Je reviens d'une séance d'entraînement avec Nuage de Frêne, annonça-t-il. Il apprend vite.

— Bonne nouvelle, répondit-elle en essayant vainement de se réjouir pour son ami.

— Tu as l'air épuisée. Cette fois-ci, tu vas te reposer, que tu le veuilles ou non. Pas la peine de protester. »

Elle avait l'impression que des fourmis grouillaient sous sa fourrure. Elle n'avait aucune envie de s'allonger, sachant que le sommeil se déroberait encore. Cependant, voyant l'inquiétude dans les yeux de son camarade, elle céda. Elle finit sa pie avant de gagner le coin ensoleillé près de la paroi, où elle s'étendit sur le flanc. Les rayons rougeoyants du couchant la réchauffèrent bientôt.

Pelage de Granit s'installa près d'elle et entreprit de lui lécher l'épaule pour la réconforter. Malgré les soucis qui bourdonnaient dans sa tête, elle finit par s'assoupir. Pourtant, le bourdonnement enfla et elle se rendit compte qu'il n'était pas le fruit de son imagination. Un grondement sourd s'approchait du camp.

« Au nom du Clan des Étoiles, qu'est-ce que c'est que ça ? »

Au même instant, la plainte stupéfaite d'un félin leur parvint depuis l'extérieur du camp. Les buissons d'aubépine frémirent violemment et Nuage Ailé surgit du tunnel, les oreilles rabattues et les yeux agrandis par la peur. Poil de Fougère la suivait de près.

Poil d'Écureuil se leva d'un bond. Le grondement gagnait en clarté : il venait d'une horde d'animaux en colère. La cavalcade s'intensifia encore jusqu'à résonner dans la forêt tout entière, accompagnée de craquements de brindilles brisées, comme si l'on piétinait la barrière de ronces qui protégeait l'entrée du camp. Soudain, Poil d'Écureuil avisa une énorme bête qui forçait le passage entre les branches. La lumière rouge sang du couchant lui montra une large tête pourvue d'un museau pointu rayé de blanc, et d'énormes griffes émoussées.

« Un blaireau ! » hurla-t-elle.

Un vent de panique souffla sur la clairière, les guerriers détalèrent en tous sens. Étoile de Feu émergea de sa tanière sur la Corniche et dévala l'éboulis, suivi de près par Tempête de Sable et Flocon de Neige. Museau Cendré et Cœur Blanc écartèrent le rideau de ronces qui masquait l'entrée du gîte de la guérisseuse. L'œil unique de la guerrière se plissa et elle cracha sur l'intrus.

Coincé au milieu d'un roncier, le blaireau balançait la tête d'un côté puis de l'autre pour scruter le camp de ses petits yeux brillants. Poil d'Écureuil allait se jeter sur lui lorsque les ronces craquèrent de plus belle. Elle se retrouva pétrifiée d'horreur. D'autres blaireaux tentaient de forcer le passage jusqu'au camp, si nombreux qu'elle ne pouvait les compter. Leurs pattes puissantes écrasaient les buissons comme des brins d'herbe.

Grognant à l'unisson, les blaireaux se ruèrent en avant. Aussitôt, la violence se déchaîna à coups de griffes et de crocs. L'un d'eux attrapa Perle de Pluie par la patte et l'envoya valdinguer. Il atterrit des longueurs de queue plus loin et ne se releva pas.

Soudain, un visage rayé de blanc surgit devant Poil d'Écureuil, qui se retrouva acculée contre des ronces. Elle feula et attaqua l'animal de ses pattes avant. La puanteur du blaireau lui brûla la gorge.

« Dégage ou je t'écorche vif ! » cria-t-elle.

Elle dut lutter pour garder l'équilibre car l'un de ses camarades venait de l'écarter d'un coup d'épaule : Pelage de Granit s'était jeté entre le blaireau et elle.

« Je peux me défendre toute seule ! » feula-t-elle.

Le matou avait déjà bondi afin de plonger ses griffes dans la fourrure de l'ennemi tout en lui mordant l'oreille. Le blaireau poussa une plainte rauque et secoua la tête pour déloger le félin.

« Poil d'Écureuil ! » murmura une voix à son oreille. C'était Griffe de Ronce, qui saignait d'une longue entaille sur l'épaule. « Aide-moi ! Il faut faire sortir Chipie et les chatons de la clairière. Et Poil de Châtaigne aussi. »

Sans attendre sa réponse, il fila vers la pouponnière. Elle s'élança à sa suite, esquivant deux guerriers furieux – Patte d'Araignée et Pelage de Suie – qui surgirent de deux directions opposées pour prendre en étau une femelle. La créature massive balançait la tête d'avant en arrière, les mâchoires claquantes, frustrée de ne pouvoir les attraper ni l'un ni l'autre.

Griffe de Ronce se rua dans la pouponnière pendant que Poil d'Écureuil gardait l'entrée. La clairière était pleine de guerriers se battant à la vie à la mort et de blaireaux bien décidés à les exterminer. La rouquine se rendit compte que les murailles de la combe, qui, à première vue, semblaient offrir une protection idéale, les piégeaient à l'intérieur. Ils ne pouvaient ni fuir ni éviter leurs ennemis en grimpant dans les arbres. Nuage de Frêne escalada la paroi sur quelques longueurs de queue avant de retomber entre les griffes d'un ennemi. L'apprenti s'en tira in extremis en se faufilant dans une crevasse étroite au pied de la muraille.

Comment feront Chipie, Poil de Châtaigne et les chatons pour s'enfuir ? La chatte du territoire des chevaux n'aurait aucune chance face à un blaireau et la reine n'était pas en état de se battre.

Ils pourraient peut-être grimper sur la Corniche, et s'abriter dans la tanière d'Étoile de Feu... Non, l'éboulis était bien trop facile à escalader, même pour un blaireau, et ils y seraient pris au piège.

D'autres créatures tentaient de forcer l'enceinte endommagée. Au moins, c'était leur seul accès possible. Étoile de Feu se jeta dans la mêlée, imité par Pelage de Poussière, Tempête de Sable et Cœur d'Épines. Ce dernier fut soulevé par une énorme patte et projeté dans un bouquet d'orties. Les hautes tiges se refermèrent sur lui.

Le chef du clan s'agrippa désespérément à l'épaule de l'un des prédateurs pour lui griffer les yeux. Poil d'Écureuil perdit son père de vue lorsqu'un autre assaillant se plaça devant elle.

« Où est Chipie ? » s'enquit une voix rauque.

C'était Flocon de Neige, qui s'approchait en boitant. La robe blanche du guerrier était couverte de poussière, mais le feu du combat embrasait toujours ses prunelles.

« Là-dedans, répondit-elle avec un signe de tête vers les ronciers qu'elle gardait. Griffe de Ronce est parti la chercher. »

Le guerrier tacheté apparut au même instant en poussant Chipie devant lui. Petit Sureau gigotait entre ses mâchoires en gémissant.

« Ils vont nous tuer jusqu'au dernier ! hurla-t-elle, les yeux agrandis par la terreur. Mes petits !

— Nous les sauverons », promit Cœur Blanc. À la grande surprise de Poil d'Écureuil, la guerrière venait de les rejoindre depuis la tanière de Museau Cendré. « Ce n'est pas leur faute si leur mère les a conduits dans ce guet-apens », marmonna-t-elle avant de s'engouffrer dans la pouponnière.

Flocon de Neige la suivit pour aller chercher le troisième chaton.

« Nous n'arriverons jamais à sortir d'ici ! se lamenta Chipie en contemplant le combat féroce qui se déroulait devant l'entrée.

— Mais si », rétorqua Poil d'Écureuil. Elle venait de se rappeler le passage secret de Feuille de Lune. « Je connais un autre chemin.

— On te suit », articula Griffe de Ronce malgré le chaton qu'il tenait dans la gueule.

La guerrière passa la tête dans la pouponnière.

« Dépêchez-vous ! » lança-t-elle.

Cœur Blanc réapparut aussitôt, sans porter de chaton.

« Va chercher Museau Cendré ! ordonna-t-elle à la rouquine. Poil de Châtaigne va mettre bas. *Tout de suite.* »

Par le Clan des Étoiles, non ! paniqua la jeune guerrière. Elle chercha la guérisseuse du regard, en vain. Elle aperçut Poil de Fougère, le compagnon de Poil de Châtaigne, aux prises avec un blaireau à quelques longueurs de queue de là. L'ennemi tentait manifestement d'atteindre la pouponnière.

« Poil de Fougère, cours ! » lança-t-elle en se jetant sur le blaireau pour faire diversion.

Le prédateur se tourna vers elle, battant l'air de ses énormes pattes. Le matou en profita pour se faufiler. Poil d'Écureuil esquiva son adversaire pour revenir à la pouponnière.

« Les petits de Poil de Châtaigne arrivent, haleta-t-elle. Non ! rugit-elle en bloquant l'entrée du roncier à Poil de Fougère. Trouve Museau Cendré. »

L'œil vitreux, il la dévisagea un instant sans comprendre avant de détaler. Un instant plus tard, il revint avec la chatte grise, à l'instant où Flocon de Neige et Cœur Blanc sortaient de la pouponnière, portant chacun un chaton dans la gueule.

« Si la mise bas a commencé, on ne va pas pouvoir déplacer Poil de Châtaigne, annonça Museau Cendré. L'un de vous doit garder l'entrée. Les autres, faites ce que vous pouvez pour sauver votre fourrure et celle des petits. »

Elle disparut à l'intérieur sans attendre de voir si ses ordres étaient appliqués.

« Je reste, déclara aussitôt Poil de Fougère.

— Je reviens t'aider dès que possible, promit Poil d'Écureuil. Dès que j'aurai conduit les autres en lieu sûr. C'est par là... »

Elle balaya la clairière du regard, cherchant l'itinéraire le plus court pour gagner le passage secret. *C'est de l'autre côté de la clairière !* Au moins, la nuit était tombée. Même si le croissant de lune éclairait le centre du camp, le pourtour était plongé dans l'ombre. Poil d'Écureuil espérait que les blaireaux, qu'elle savait nyctalopes, seraient trop distraits par le combat pour s'inquiéter de quelques chats longeant les murailles.

« Reste près de moi », ordonna-t-elle à Chipie.

Elle contourna la clairière en demeurant autant que possible à l'abri des ronces et des fougères. Derrière elle, la chatte du territoire des chevaux respirait avec peine, tétanisée par la peur. Quant aux miaulements ténus de ses petits, ils se noyaient presque dans les cris des animaux qui s'affrontaient tout près.

« Qu'est-ce qui se passe ? demanda Petit Mulot. C'est quoi tout ce bruit ?

— Et d'abord, pourquoi on doit nous porter ? se plaignit Petit Sureau. Je suis assez grand pour marcher tout seul !

— On vous porte car les blaireaux sont vraiment maladroits, répondit Chipie. Dans le noir, ils risqueraient de vous marcher dessus. »

Poil d'Écureuil ne put qu'admirer le courage de Chipie, qui tentait de dissimuler sa terreur à ses petits.

« Si un blaireau me marche dessus, moi je le mords ! rétorqua Petite Noisette.

— Tu n'en auras pas l'occasion, répondit sa mère. Maintenant, taisez-vous, arrêtez de gigoter, et tout ira bien. »

Elle soutint le regard de Poil d'Écureuil, comme pour lui ordonner de ne pas la contredire.

Ils se collèrent à la paroi lorsqu'un blaireau passa tout près. Ce dernier rugissait : il essayait de déloger Cœur d'Épines, qui, agrippé à son épaule, lui griffait l'oreille.

Juste après, Poil d'Écureuil aperçut Poil de Souris tapie à l'entrée du noisetier des anciens. La vieille guerrière avait sorti les griffes et ses yeux flamboyaient. Bouton-d'Or et Longue Plume se tenaient derrière elle.

« Suivez-nous, lança Poil d'Écureuil à voix basse. Je connais un chemin pour escalader la paroi.

— Pas possible, rétorqua Poil de Souris en lorgnant Longue Plume. T'as déjà vu un aveugle escalader une muraille ?

— Alors allez-y sans moi, répondit l'ancien. Je suis encore capable de planter mes griffes dans un blaireau s'il ose s'approcher.

— Non, on reste ensemble, un point c'est tout », cracha Poil de Souris.

Poil d'Écureuil n'avait pas le temps d'essayer de les convaincre. Près d'elle, Chipie tremblait de peur. Elle était à un poil de moustache de paniquer. Griffe de Ronce, Flocon de Neige et Cœur Blanc les avaient rattrapés.

« Pourquoi on s'arrête ? s'enquit Petit Sureau.

— Vous pouvez vous cacher sur la Corniche, suggéra la rouquine à Poil de Souris. Longue Plume arrivera à grimper l'éboulis si vous le guidez. »

Elle n'était pas certaine qu'ils y seraient en parfaite sécurité, mais ce serait déjà moins dangereux.

« D'accord, répondit l'ancienne. Longue Plume, attrape ma queue entre tes dents. »

Poil d'Écureuil passa ensuite devant le gîte des guerriers, suivie par Chipie et les autres. Elle dut s'arrêter un instant lorsqu'un blaireau blessé au flanc surgit des branchages. Il paraissait prêt à battre en retraite. Tempête de Sable le pourchassa en hurlant :

« Sortez d'ici et ne revenez pas ! »

Arrivée à mi-chemin, la rouquine aperçut une silhouette gris pâle surgir des ombres. Pelage de Granit. Une de ses oreilles était déchirée et un filet de sang s'échappait d'une entaille sur ses côtes. Il saignait abondamment, mais la blessure ne semblait pas grave.

« Poil d'Écureuil, tout va bien ?

— Oui ! Je vais faire sortir Chipie et les chatons.

— Je viens avec vous.

— Non, fit-elle avec impatience. Va aider Poil de Fougère à garder l'entrée de la pouponnière. »

Pelage de Granit hésita un instant. Elle crut même qu'il allait protester. Puis il fit demi-tour et se fondit dans les ténèbres. Un blaireau le repéra et le prit en chasse en rugissant. Malheureusement, Poil d'Écureuil n'avait pas le temps d'aller à sa rescousse.

« Allez, lança-t-elle à sa petite troupe. Ce n'est plus très loin. »

Son ventre se noua lorsqu'un cri de douleur s'éleva au-dessus de la clameur des combats. Le chaos régnait dans la clairière. Partout, les masses énormes des blaireaux poursuivaient les petites silhouettes de ses camarades de Clan, qui esquivaient les attaques, portaient leurs coups avant de reculer de nouveau. De là où elle se trouvait, Poil d'Écureuil ne distinguait pas la barrière de ronces, mais elle constata qu'une nouvelle vague d'assaut avait pénétré le camp.

Par le Clan des Étoiles, c'est donc la fin ?

CHAPITRE 22

❦

Tétanisée, Poil d'Écureuil secoua la tête pour reprendre ses esprits. La bataille faisait rage. Cependant, elle devait aider les plus faibles à se mettre à l'abri avant d'aider ses camarades à défendre l'entrée. D'un battement de la queue, elle leur fit signe de la suivre.

Elle constata avec soulagement que les ronces qui dissimulaient le passage secret n'avaient pas été écrasées. Ils eurent juste la place de s'y faufiler. Les félins se blottirent dans la trouée bordée d'épines, les yeux levés avec inquiétude vers la paroi qui se dressait devant eux.

« L'ascension n'est pas difficile, promit Poil d'Écureuil. Je vais ouvrir la voie. Là, Griffe de Ronce, donne-moi le chaton. Si un blaireau nous repère, fais diversion. »

Elle comprit alors, le cœur gros, que sa confiance en lui était intacte.

Du bout de la queue, Griffe de Ronce lui donna une pichenette sur l'oreille avant de lui passer Petit Sureau. La boule de poils ne se plaignait plus, trop terrifiée.

La rouquine le prit par la peau du cou et bondit. Quittant l'abri des ronces, elle atterrit sur un buisson enraciné à mi-hauteur de la paroi. Petit Sureau gémit lorsqu'elle le cogna sans le faire exprès contre la pierre.

« Pardon », marmonna-t-elle.

Poussant de toutes ses forces sur ses pattes arrière, elle atteignit un surplomb et, de là, elle put prendre prise dans l'herbe pour gagner le sommet de la combe.

Elle plongea aussitôt dans le bouquet de fougères qui lui avait servi de cachette le soir où elle avait suivi Feuille de Lune. Elle posa le chaton et le lécha avec vigueur.

« Voilà, petit, tu es en sécurité, à présent. »

Elle jeta un coup d'œil prudent au-dessus des fougères. Le grondement de la bataille et les remugles de blaireaux lui parvenaient de façon atténuée. Les assaillants n'étaient pas encore arrivés de ce côté de la forêt. Tapie contre le sol, elle s'avança au bord de la paroi.

« La voie est libre ! lança-t-elle. Vous pouvez monter ! »

Flocon de Neige grimpait déjà avec Petite Noisette. Il se hissait péniblement, évitant de s'appuyer sur sa patte blessée. Poil d'Écureuil lui montra où déposer la petite chatte près de son frère. Il la lâcha dans les fougères et poussa un soupir de soulagement. Cœur Blanc le suivait de près, Petit Mulot dans la gueule.

« Reste là, lui ordonna Flocon de Neige. Chipie et les petits auront besoin d'un guerrier pour les protéger, si jamais les blaireaux les trouvaient.

— Alors c'est toi qui restes, rétorqua la chatte au pelage blanc et roux en le foudroyant du regard. Je retourne au combat. Toi, tu es blessé. »

330

— Pour l'amour du Clan des Étoiles, ce n'est pas le moment de vous disputer, les tança Poil d'Écureuil. Nous allons tous y retourner. Chipie devra se débrouiller seule. Le Clan du Tonnerre a besoin de tous ses guerriers. »

Cœur Blanc replongea aussitôt dans la combe. Flocon de Neige marmonna : « Fichues femelles ! » avant de la suivre. La rouquine s'assura une dernière fois que les petits allaient bien avant de se préparer à son tour à redescendre. Au même instant, Chipie parvint, pantelante, au sommet de la combe.

« Où sont mes petits ? » ahana-t-elle.

Poil d'Écureuil les lui montra du bout de la queue. La reine se rua vers eux.

« Merci, miaula-t-elle avant de s'enfoncer entre les branches. Et bonne chance.

— Nous en aurons besoin », répondit Poil d'Écureuil, la mine sombre.

Elle s'arma de courage avant de rejoindre les autres dans la clairière. Elle retrouva Griffe de Ronce, qui montait toujours la garde au pied de la muraille. Fleur de Bruyère et Nuage de Frêne l'avaient rejoint. Le jeune apprenti avait survécu à l'attaque du blaireau, mais des touffes de poils avaient été arrachées de son arrière-train et l'un de ses yeux ne s'ouvrait plus. Une série de griffures sanguinolentes zébrait le flanc de sa mère.

« Regarde, Fleur de Bruyère, tu peux grimper par là, lui montra Griffe de Ronce tandis que Poil d'Écureuil atterrissait gracieusement près de lui. Emmène Nuage de Frêne. »

Voyant que le novice était trop choqué pour trouver le chemin tout seul, sa mère le poussa doucement vers la paroi.

« Ne t'éloigne pas de lui, la mit en garde Poil d'Écureuil. Chipie et ses petits sont déjà en haut. Ils seront rassurés qu'un guerrier soit là pour les défendre. »

Fleur de Bruyère la remercia d'un regard avant de suivre son fils, qui commençait à grimper les branches des ronciers.

« Je vais aider Étoile de Feu à défendre l'entrée, annonça alors Griffe de Ronce.

— Il est toujours en vie ? demanda-t-elle, la voix brisée.

— Oui. Je viens juste de le voir. Le combat n'est pas fini. À plus tard. »

Il fila sans perdre un instant.

Le cœur de Poil d'Écureuil fit un bond dans sa poitrine lorsqu'il disparut dans la mêlée. Se reverraient-ils un jour ? Était-il trop tard pour tout recommencer ?

L'idée de le perdre lui était intolérable. Elle allait le suivre lorsqu'elle entendit une plainte toute proche. C'était Pelage de Suie, dont la fourrure grise était à peine visible dans l'obscurité. Il devait être grièvement blessé : il se traînait au sol comme s'il ne sentait plus ses pattes arrière.

« Pelage de Suie, par là ! » lança-t-elle.

Le guerrier gris leva la tête. Il souffrait trop pour comprendre d'où venait l'appel. La rouquine accourut. À petits coups de museau, elle parvint à le relever et le guida vers les ronces protectrices.

« Tu peux sortir par là », miaula-t-elle en lui désignant la muraille effondrée du bout de la queue.

Il cilla pour chasser des gouttes de sang de ses yeux.

« Peux pas… grimper… articula-t-il.

— Tu n'as pas le choix ! »

Poil d'Écureuil le poussa jusqu'à la paroi. Le matou y planta désespérément ses griffes, mais ses deux pattes arrière brisées l'empêchaient de prendre appui. Il parvint à s'élever à quelques longueurs de queue du sol, avant de retomber en poussant un cri de douleur.

Au même instant, un blaireau apparut, arracha les ronces et se jeta sur le blessé. Poil d'Écureuil aperçut une série de cicatrices récentes sur son flanc. Elle se rappela avoir elle-même lacéré cette épaisse fourrure noire et ses griffes sortirent instinctivement. Ce devait être la femelle qu'ils avaient chassée de leur territoire. Son regard croisa un instant celui de l'animal. *Dire que j'ai eu pitié de toi !* songea-t-elle. *Est-ce qu'on mérite vraiment cela ?*

Pelage de Suie releva la tête, les crocs découverts, et donna à la prédatrice un coup de patte avant tandis que Poil d'Écureuil l'attaquait à revers. Elle mordit de toutes ses forces une de ses pattes arrière. La femelle l'envoya valser comme si elle n'était qu'une mouche posée sur son pelage. La rouquine percuta la paroi rocheuse et resta un instant étourdie. Lorsqu'elle parvint à se relever, le blaireau s'éloignait dans l'ombre, laissant derrière elle le corps inerte du guerrier.

« Pelage de Suie, non ! » gémit-elle en se ruant vers lui.

Une nouvelle entaille béait sur sa gorge. À présent, ses yeux contemplaient le ciel sans le voir.

« Clan des Étoiles ! hurla-t-elle. Pourquoi les laissez-vous nous attaquer ? »

Pas le temps de pleurer son camarade. Elle devait retourner à la pouponnière. Au lieu de revenir sur ses pas, elle se risqua à traverser la clairière, zigzaguant entre les combattants au corps à corps.

Nous ne pouvons pas gagner ! cria une petite voix dans sa tête. *Ils sont trop nombreux.*

Refusant la défaite, elle griffa les yeux d'un blaireau qui tentait de lui bloquer le passage et lui cracha dessus jusqu'à ce qu'il batte en retraite. Lorsqu'elle atteignit la pouponnière, elle découvrit Poil de Fougère tapi à l'entrée, les crocs découverts en train de dissuader un jeune mâle d'essayer d'entrer. Le prédateur hésitait, comme s'il pensait trouver des proies plus faciles ailleurs.

À quelques longueurs de queue de là, Pelage de Granit affrontait une bête plus grosse et plus âgée. Elle lui asséna un violent coup de patte à la tête, qui le plaqua au sol.

La rouquine poussa un hurlement et se jeta sur le flanc du blaireau. Elle le déséquilibra. Il tituba, laissant son ventre exposé. Elle en profita pour plonger entre ses pattes et lui lacérer l'estomac. Il riposta en beuglant. Poil d'Écureuil crut mourir lorsque de grosses griffes se plantèrent dans son épaule et la firent rouler sur le dos. Il la cloua au sol et son poids lui coupa le souffle. Elle avait l'impression de s'enfoncer dans la terre, d'entendre tous ses os se briser les uns après les autres. La bouche pleine de fourrure noire, elle commença à étouffer et se sentit partir.

Soudain, la masse disparut. Elle hoqueta et se leva en chancelant. Pelage de Granit avait planté ses crocs dans la patte avant de la créature, qui le secouait dans tous les sens pour s'en débarrasser. Poussant un cri féroce, la jeune guerrière l'attaqua sur l'autre flanc. Le blaireau tourna brusquement la tête, les mâchoires claquantes. Elle l'esquiva, lui griffa la gorge et bondit hors de portée avant qu'il puisse riposter.

Pendant ce temps, Pelage de Granit fit un bond en arrière avant de repartir à l'attaque. Le blaireau fut distrait un instant. Poil d'Écureuil saisit l'occasion de revenir dans le combat et lui entailla l'épaule. Le prédateur ne cessait d'avancer et de reculer, sans jamais réussir à porter le moindre coup. Son grognement se mua en rugissement frustré. Il tourna soudain les talons et s'enfuit vers le tunnel.

Poil d'Écureuil échangea un regard triomphal avec Pelage de Granit, avant de pivoter pour surveiller la pouponnière. Poil de Fougère se démenait toujours contre le jeune mâle, les crocs plantés dans l'une de ses oreilles. Avant que Poil d'Écureuil ou Pelage de Granit ait le temps d'intervenir, d'un coup de griffes, l'animal se libéra du guerrier doré et s'engouffra dans la pouponnière.

Poil d'Écureuil se figea en entendant un cri terrible venu de l'intérieur :

« Clan des Étoiles, au secours ! »

CHAPITRE 23

❧

FEUILLE DE LUNE et Plume de Jais firent halte près du gué qui permettait de traverser le torrent et de rejoindre le territoire du Clan du Tonnerre. La nuit était tombée ; un fin croissant de lune brillait bien haut dans le ciel. Ils avaient cheminé toute la journée et ne s'étaient arrêtés qu'une fois au milieu du jour pour dévorer un lapin attrapé par le guerrier. Les coussinets de la guérisseuse étaient à vif et sa peur grandissante lui donnait des palpitations.

« Au revoir, murmura-t-elle en fourrant sa truffe dans le pelage de son compagnon. On se reverra quand tout sera fini.

— Comment ça, "au revoir" ? Je ne vais pas te laisser seule avec tous ces blaireaux en maraude.

— Mais tu dois prévenir le Clan du Vent !

— Je sais. Je le ferai. Après t'avoir raccompagnée. Ce ne sera pas long. »

Son ton était sans appel. Elle renonça à tenter de le faire changer d'avis. Elle bondit lestement d'une pierre à l'autre et fila se mettre à l'abri sous les arbres. Quel bonheur de retrouver les bois après être restée si longtemps à découvert ! Son soulagement fut de courte durée. Presque aussitôt, une puanteur familière leur parvint, masquant toutes les autres odeurs de la forêt.

« Des blaireaux », gronda Plume de Jais.

Trop terrifiée pour répondre, Feuille de Lune pressa le pas malgré la fatigue du voyage, et se retrouva bientôt à courir ventre à terre entre les arbres, le guerrier gris sombre à son côté. Lorsqu'ils s'approchèrent du camp du Clan du Tonnerre, elle reconnut la clameur entendue en rêve, celle qu'elle redoutait depuis leur rencontre avec Minuit : des cris de chats en lutte mêlés aux grognements caverneux de leurs ennemis. Des blaireaux avaient pénétré le camp !

Lorsqu'elle arriva au sommet de la combe, les fougères frémirent et une plainte lui parvint :

« Il en arrive encore ! Au secours ! »

Feuille de Lune fit volte-face et aperçut Fleur de Bruyère et Chipie, qui l'observaient entre les branches. C'était Chipie qui avait crié.

« Feuille de Lune ! s'exclama Fleur de Bruyère. Qu'est-ce... » Elle s'interrompit aussitôt avant d'ajouter : « Non, ne t'arrête pas. Va aider les autres. »

La jeune chatte tigrée et Plume de Jais repartirent aussitôt et dévalèrent la pente menant à l'entrée. La barrière de ronces censée protéger le camp avait été anéantie, piétinée par d'énormes pattes. Au-delà des branches brisées, les blaireaux étaient partout. La guérisseuse aperçut aussitôt son père – ses yeux verts étaient illuminés par le feu du combat. Il rallia son Clan d'un geste de la queue.

« Suivez-moi ! Nous devons les chasser ! » beugla-t-il tout en se jetant sur l'ennemi, un mâle énorme au museau couturé de cicatrices.

Pelage de Poussière et Griffe de Ronce le suivaient de près. Le guerrier brun bondit sur l'épaule du blaireau et taillada son épaisse fourrure, tandis que Griffe de Ronce attaquait un autre prédateur, profitant qu'il ait baissé la tête pour lui mordre sauvagement l'oreille.

Partout dans la clairière, les tanières construites à peine deux lunes plus tôt étaient détruites, leurs branches éparpillées au sol. Feuille de Lune eut du mal à reconnaître son foyer. Un animal fonça dans le gîte des guerriers à la poursuite de Perle de Pluie. Un autre roula au sol à quelques longueurs de queue de Feuille de Lune, au corps à corps avec Patte d'Araignée. Tempête de Sable vint lui mordre une patte arrière.

J'arrive trop tard ! se lamenta la guérisseuse. Minuit n'était nulle part en vue. Ses congénères belliqueux l'avaient peut-être rattrapé et l'avaient empêché de prévenir son Clan. Pire, et s'ils l'avaient tué ?

Luttant contre la terreur qui la paralysait, elle se fraya un passage à travers les ronces écrasées. Que faire pour être utile à ses camarades, à part mourir à leur côté ? Elle allait se jeter dans la bataille lorsqu'un cri étrange retentit dans la clairière. Il venait de la pouponnière, le seul roncier encore debout.

« Museau Cendré ! » hoqueta-t-elle.

Elle traversa la clairière comme une flèche, à peine consciente du blaireau à ses trousses. Ce dernier dut ralentir lorsque Plume de Jais se jeta sur lui en crachant, toutes griffes dehors. Le guerrier l'avait presque rattrapée au moment où elle arriva à la pouponnière.

Devant l'entrée, un tas de fourrure rousse gisait dans la poussière, dominée par un blaireau.

« Poil d'Écureuil ! » hurla Feuille de Lune.

Elle planta ses griffes dans la patte de l'animal, qui fit claquer ses mâchoires tout près d'elle. Plume de Jais s'interposa en visant l'œil de la bête. Poussant un cri de douleur, celle-ci recula avant de s'enfuir.

Feuille de Lune se rua vers sa sœur. Elle sentait qu'elle n'était pas morte. Lorsque la rouquine leva la tête, encore étourdie, une vague de soulagement la parcourut, des oreilles au bout de la queue.

« Feuille de Lune... tu es revenue !

— Oui, je suis là. Tu es blessée ? »

Poil d'Écureuil prit avec peine une grande inspiration.

« J'ai juste... le souffle coupé. Feuille de Lune, dans la pouponnière... Museau Cendré, avec Poil de Châtaigne... elle met bat. Un blaireau... est entré », haletat-elle.

Feuille de Lune fut de nouveau prise de terreur. *J'arrive trop tard.*

Elle se précipita à l'intérieur. Dans l'ombre, résonnaient un grognement féroce et un gémissement terrifié. La guérisseuse reconnut la voix de la chatte écaille.

« Poil de Châtaigne, c'est moi, Feuille de Lune. Où est Museau Cendré ? »

Dans l'obscurité, elle ne discernait rien qu'une énorme silhouette voûtée. La puanteur du blaireau emplissait la pouponnière. Elle bondit aussitôt pour taillader le flanc de l'intrus en hurlant :

« Va-t'en ! Sors d'ici ! »

L'animal tourna la tête. Elle aperçut la lueur de méchanceté dans ses petits yeux et comprit que son cauchemar dans la brume noire était devenu réalité.

D'un coup de griffes, elle lui balafra le museau. Le sang gicla, l'odeur poisseuse se mêla à la puanteur du blaireau. Il leva une patte pour riposter, mais Plume de Jais surgit soudain et entailla à son tour la tête de l'animal.

Le prédateur prit la fuite en écumant de rage. Il repoussa Feuille de Lune et écrasa un peu plus les branches épineuses sur son passage. Des rayons de lune ondoyants filtrèrent par les trouées, révélant l'expression horrifiée de Poil d'Écureuil et Pelage de Granit, venus jeter un coup d'œil à l'intérieur.

« Que se passe-t-il ? Museau Cendré est blessée ? s'enquit la rouquine.

— Je ne sais pas encore, répondit la guérisseuse, d'une voix tremblante. Je m'occupe d'elle. Vous, montez la garde. »

Sa sœur acquiesça et ressortit en compagnie du guerrier gris. Plume de Jais pressa un instant son museau contre celui de Feuille de Lune avant de les suivre.

« Appelle-moi en cas de besoin », miaula-t-il.

Le sol de la pouponnière était couvert d'un épais tapis de mousse et de fougères. Poil de Châtaigne était couchée dans le fond, la tête levée, les yeux écarquillés. Un spasme violent lui secoua le ventre. Feuille de Lune comprit que ses petits allaient bientôt voir le jour. Elle voulut traverser la pouponnière, mais s'arrêta lorsqu'elle trébucha sur un corps désarticulé, inerte.

Les yeux clos, Museau Cendré gisait sur le flanc, dans la mousse ; ses pattes et sa queue pendaient mollement. Blessée entre les côtes, elle perdait beaucoup de sang.

« Museau Cendré... souffla la jeune chatte tigrée. Museau Cendré, c'est moi, Feuille de Lune. »

Son mentor ouvrit péniblement les yeux.

« Feuille de Lune, articula-t-elle d'une voix rauque. J'ai prié le Clan des Étoiles pour que tu reviennes.

— Je n'aurais jamais dû partir. » Elle s'étendit près de son aînée et inspira son parfum rassurant, familier. « Je suis désolée, vraiment désolée. Museau Cendré, je t'en supplie, ne meurs pas ! »

Elle ramassa une boule de mousse qu'elle pressa contre la blessure.

« Ça va aller, reprit-elle. Dès que l'hémorragie aura cessé, j'irai chercher des feuilles de souci pour que la plaie ne s'infecte pas, et des graines de pavot, contre la douleur. Tu pourras dormir tout ton soûl, et tu te sentiras bien mieux au réveil.

— Arrête, Feuille de Lune. C'est inutile. » Les yeux de la chatte grise luisaient à peine dans l'ombre. « Je vais rejoindre le Clan des Étoiles.

— Ne dis pas ça ! » protesta Feuille de Lune en appliquant une nouvelle boule de mousse sur la marée sanglante qui semblait intarissable.

La guérisseuse tenta de relever la tête, en vain.

« Ce n'est pas grave, parvint-elle à murmurer. Les guerriers de jadis m'avaient prévenue qu'ils viendraient bientôt me chercher. Telle était ma destinée.

— Tu étais au courant ? s'écria la jeune chatte, qui

eut l'impression de sombrer dans un gouffre sans fond. Tu savais que tu allais mourir et tu ne m'as rien dit ?

— C'est ma destinée, non la tienne.

— Mais tu savais que je retrouvais Plume de Jais ! Que si je partais, le Clan du Tonnerre se retrouverait sans guérisseur ! Museau Cendré, tu aurais dû me forcer à rester ! »

Son mentor cligna des paupières. Ses yeux bleus brillèrent un instant.

« Je ne t'aurais jamais forcée à faire quoi que ce soit, Feuille de Lune. Je ne voulais pas que tu restes si cela devait te rendre malheureuse. Pour être guérisseuse, il faut le vouloir de tout son cœur.

— C'est mon cas, souffla-t-elle. Oui, vraiment. »

Écoute ton cœur, lui avait conseillé Petite Feuille.

« Et tu es une guérisseuse formidable, lui assura son mentor.

— Non, c'est faux. Je suis partie, je t'ai abandonnée, et le Clan aussi. Oh, Museau Cendré, je m'en veux tellement ! Pardonne-moi... »

La femelle à l'agonie agita un instant le bout de sa queue.

« Il n'y a rien à pardonner. Je suis heureuse de rejoindre le Clan des Étoiles. À présent, je sais que le Clan du Tonnerre sera bien soigné.

— Non ! Tout est ma faute. J'aurais dû être là. J'aurais dû...

— Cela n'aurait rien changé. Nous ne pouvons altérer notre destinée. Nous devons juste avoir le courage de l'accepter. » Elle poussa un long soupir. « Le Clan des Étoiles m'attend. Au revoir, Feuille de Lune. »

Ses yeux se fermèrent. Son corps tressaillit, puis retomba, inerte.

« Museau Cendré ! »

Feuille de Lune enfouit la truffe dans la fourrure de son aînée. Son sang se figea dans ses veines comme si toutes les gelées de la mauvaise saison s'y étaient infiltrées.

Puis un chaud pelage vint la frôler : Plume de Jais s'était accroupi près d'elle.

« Je suis désolé, murmura-t-il. Je sais ce qu'elle représentait pour toi.

— Elle m'a tout appris, et à présent elle n'est plus ! gémit Feuille de Lune. Que vais-je devenir ? J'ai fait confiance à Petite Feuille. Elle m'a dit d'écouter mon cœur, alors qu'elle savait que Museau Cendré allait mourir ! Comment a-t-elle pu faire une chose pareille ? »

Plume de Jais se pressa tout contre elle et lui lécha doucement le visage et les oreilles.

« Tu as écouté ton cœur, miaula-t-il. Il te disait de rentrer chez toi. Tu n'aurais jamais été heureuse loin de ton Clan. »

Feuille de Lune tourna la tête vers lui. Le chagrin étincelait dans ses yeux bleus.

« Et toi ? murmura-t-elle.

— Ton cœur appartient à ton Clan. Pas à moi. Toi-même, tu le savais depuis le début. »

Feuille de Lune avait l'impression d'être écartelée. Pourtant, elle devait reconnaître que le guerrier du Clan du Vent avait raison. Elle l'aimait, mais pas assez. Elle se colla à lui pour sentir une dernière fois sa

chaleur et sa force. Puis elle posa la truffe sur la fourrure de son mentor.

« Repose en paix, Museau Cendré, murmura-t-elle.
Je promets de rester dans le Clan et de veiller sur lui.
Un jour, nous nous reverrons dans les étoiles. »

Soudain, elle crut sentir deux pelages frôler le sien
et les fragrances familières de Petite Feuille et Museau
Cendré lui caressèrent la truffe.

« Que le Clan des Étoiles t'accompagne, murmura
Petite Feuille.

— Nous veillerons toujours sur toi », ajouta Museau
Cendré.

Puis elles disparurent.

La bataille faisait toujours rage à l'extérieur, tandis
que Poil de Châtaigne hoquetait dans le fond de la
pouponnière à mesure que ses petits se frayaient un
passage vers la lumière.

« Ton amie a besoin de toi, miaula Plume de Jais.
Est-ce que je peux faire quelque chose ?

— Va aider les autres à défendre l'entrée de la pouponnière, dit-elle d'un ton si calme qu'elle en fut la
première surprise. Si tu le peux, demande à quelqu'un
de te conduire à la tanière de Museau Cendré pour y
prendre de la menthe aquatique. Sinon, je me
débrouillerai sans. S'occuper des blaireaux est plus
important. »

Le matou s'inclina avant de filer. Feuille de Lune
contourna le corps de Museau Cendré et rejoignit Poil
de Châtaigne.

« Ne t'en fais pas, souffla-t-elle pour rassurer son
amie. Je suis là, maintenant. Tout ira bien. »

CHAPITRE 24

POIL D'ÉCUREUIL fit volte-face en entendant des bruits de pas derrière elle. Plume de Jais venait de sortir de la pouponnière.

« Que se passe-t-il, là-dedans ? »

Le regard du guerrier du Clan du Vent la traversa sans la voir.

« Museau Cendré est morte », miaula-t-il d'une voix rauque.

Le ventre de la rouquine se noua. *Impossible ! Le Clan des Étoiles ne serait pas si cruel !* Elle aurait voulu s'engouffrer à l'intérieur pour réconforter sa sœur, mais n'en fit rien. Elle devait avant tout rester à son poste de garde pour protéger Poil de Châtaigne.

Devant elle, la combe se vidait comme si les blaireaux avaient battu en retraite. Pourtant, les guerriers n'avaient toujours pas le dessus. Trop de corps inertes gisaient sur le sol, trop de sang abreuvait la terre.

À quelques longueurs de queue, Étoile de Feu et Poil de Fougère affrontaient un mâle haut sur pattes. Ils l'attaquaient tour à tour pour le désorienter. Le blaireau frappait l'air de ses larges pattes. Il finirait tôt ou tard par toucher l'un d'eux, suffisamment fort pour lui briser le crâne ou un membre. Le cœur serré, Poil d'Écureuil chercha Griffe de Ronce du regard, en vain.

Plume de Jais se tapit près d'elle, ses yeux bleus embrasés couvant la clairière.

« Qui aurait cru que la mort de la guérisseuse d'un autre Clan le toucherait autant », marmonna Pelage de Granit à l'oreille de la rouquine.

Elle s'abstint de répondre. Elle connaissait la cause exacte du chagrin du guerrier gris sombre.

Un autre blaireau émergea de l'ombre ; sa gueule entrouverte laissait voir deux rangées de crocs jaunes et pointus. Blessé à l'épaule, il saignait abondamment. Inquiète, la rouquine s'interrogea sur le sort que le prédateur avait réservé au guerrier responsable de cette entaille. Lorsque Pelage de Granit bondit pour empêcher l'animal d'approcher de la pouponnière, Poil d'Écureuil l'imita.

« Plume de Jais, garde l'entrée ! » lança-t-elle.

Avant qu'elle ait le temps de rejoindre Pelage de Granit, elle fut distraite par un cri de terreur. En jetant un coup d'œil derrière elle, elle vit Nuage Ailé étalée au sol près de la barrière de ronces ravagée. Un blaireau la dominait de toute sa hauteur. Poil d'Écureuil obliqua aussitôt vers l'apprentie. Elle attaqua, toutes griffes dehors, avant de se reprendre. Elle n'en croyait pas ses yeux.

« Tout va bien, Nuage Ailé, hoqueta-t-elle. Je te présente Minuit.

— Salutations, petite guerrière », répondit le blaireau de sa voix caverneuse.

Aussitôt, Poil d'Écureuil se détendit. Mais ce fut de courte durée. Minuit était-il venu se battre au côté de ses congénères ? La jeune combattante recula d'un pas pour protéger de son corps Nuage Ailé.

« Que fais-tu là ? s'enquit-elle.

— Toi pas avoir peur, la rassura-t-il. Moi de l'aide apporter. »

Elle inclina la tête comme pour tendre l'oreille, puis elle s'écarta afin de laisser passer une déferlante de félins : des guerriers forts, reposés, qui fondirent sur les blaireaux en poussant des cris furieux. Oreille Balafrée, Patte Cendrée, Aile Rousse, Étoile Solitaire...

Le Clan du Vent était venu à la rescousse !

Le blaireau qui affrontait Étoile de Feu et Poil de Fougère recula avant de prendre ses pattes à son cou. Étoile de Feu et Plume Noire se lancèrent à sa poursuite. Belle-de-Nuit et Étoile Solitaire se joignirent à Pelage de Granit pour chasser celui qui s'était approché un peu trop près de la pouponnière. Poil d'Écureuil, qui voulut se joindre à eux, se rendit compte que tous les envahisseurs battaient en retraite. Elle s'arrêta net et les regarda fuir en défonçant sur leur passage le peu qu'il restait de la muraille végétale.

Elle soupira de soulagement lorsqu'elle aperçut Griffe de Ronce tout près, visiblement à bout de souffle. Il semblait tout aussi surpris qu'elle par l'arrivée du Clan qui venait de rejeter leur amitié.

L'adversaire de Pelage de Granit passa lourdement devant elle, poursuivi par Belle-de-Nuit et Étoile Solitaire. Le chef du Clan du Vent s'arrêta devant Griffe de Ronce lorsque le blaireau fonça à travers les branches épineuses et disparut dans les bois.

« Vous êtes venus, miaula Griffe de Ronce.

— Évidemment. » La fierté illuminait les yeux du meneur. « Il y a quatre Clans dans la forêt, mais nous pouvons tout de même nous entraider. »

Pelage de Granit s'immobilisa près de la rouquine. Celle-ci entreprit de lécher ses blessures. Des touffes de fourrure manquaient sur l'épaule et le flanc du matou, sans parler de l'entaille qui lui barrait une patte avant. Tout en nettoyant ses plaies, elle tentait de repousser une idée qui la tourmentait : elle s'était davantage inquiétée pour Griffe de Ronce que pour lui.

« Tu ferais mieux de montrer ça à... Feuille de Lune, miaula-t-elle, se reprenant de justesse avant de dire "Museau Cendré".

— Plus tard. Ce n'est rien de grave. Je n'en croyais pas mes yeux, tout à l'heure, quand j'ai vu Étoile Solitaire arriver avec ses guerriers, ajouta-t-il. Je pensais qu'on allait tous rejoindre le Clan des Étoiles.

— Moi aussi, mais ce n'est pas pour aujourd'hui », le rassura-t-elle.

Soudain, l'horreur de la situation la frappa ; elle se retint de gémir. Combien de morts à l'image de Museau Cendré et Pelage de Suie ? Combien d'autres décéderaient de leurs blessures ?

Les derniers blaireaux disparurent, poursuivis par le Clan du Vent. Les guerriers épuisés du Clan du Tonnerre se rassemblèrent peu à peu au centre de la clairière autour de Minuit. Le regard perdu, ils paraissaient incapables de croire que le combat avait pris fin.

Nuage Ailé se releva péniblement et rejoignit à toute allure Flocon de Neige et Cœur Blanc, qui revenaient d'un pas lent de la tanière des anciens. La robe du guerrier était souillée de sang et de poussière. Blessé, il devait s'appuyer sur sa compagne pour avancer. Poil de Souris aida Longue Plume à descendre de la Corniche. Ses yeux plissés furetaient partout, comme si elle doutait que tous leurs ennemis fussent partis. Bouton-d'Or suivit peu après. Griffe de Ronce, Cœur d'Épines et Tempête de Sable arrivèrent à leur tour.

Pelage de Poussière s'approcha en boitant.

« Fleur de Bruyère ? lança-t-il, mort d'inquiétude. Nuage de Frêne ?

— Ils vont bien, le rassura Poil d'Écureuil. Ils sont sortis du camp. Ils veillent sur Chipie et les petits. »

Soulagé, le guerrier brun se laissa tomber au sol et lécha son épaule ensanglantée.

Étoile de Feu vint se placer devant Minuit et contempla l'animal avec curiosité, comme s'il se demandait pourquoi il ne fuyait pas avec les autres. Alors qu'il bandait ses muscles, prêt à attaquer, Poil d'Écureuil s'interposa.

« Étoile de Feu, voici Minuit, annonça-t-elle. Minuit, voici Étoile de Feu, le chef de notre Clan. »

Le meneur se détendit sur-le-champ.

« C'est donc toi, le blaireau qui nous a prévenus que nous devions quitter la forêt ? s'enquit-il. Tu es le bienvenu.

— Moi heureux d'être ici, répondit l'animal. Et de retrouver vieux amis. Même si moi regretter les circonstances

— Comme nous tous, déclara Étoile de Feu dans un soupir. Tu étais au courant, alors ? Tu es venu nous prévenir ?

— Non, il a préféré nous avertir d'abord, corrigea Étoile Solitaire, qui se plaça près d'Étoile de Feu. Afin de solliciter notre aide.

— Les miens attaquer plus tôt que prévu, expliqua Minuit. Inutile pour moi de venir seul. Mieux valait trouver d'autres combattants. »

Le chef du Clan du Tonnerre le remercia d'un regard.

« Nous te sommes très reconnaissants. Le Clan des Étoiles soit loué, tu as découvert ce que tes frères manigançaient.

— D'abord, moi l'avoir vu dans les étoiles, lui dit le vieux blaireau. Puis aller voir les miens, leur parler de paix, mais eux pas écouter, et rien vouloir me dire. Eux m'appeler "ami des chats", et insulter moi.

— Si j'avais su, j'aurais arraché un peu plus de fourrure à ces brutes, rétorqua Poil d'Écureuil. Juste pour te venger, Minuit. »

Le blaireau secoua doucement la tête.

« Pas d'importance. Sauf que moi aurais pu arriver plus tôt. Eux détester Clan de la Rivière plus que tout. Leurs guerriers les chasser en premier.

— Nous ferions mieux de prévenir Étoile du Léopard, miaula Étoile de Feu. Les blaireaux pourraient les attaquer à leur tour. »

La simple idée de devoir contourner le lac jusqu'au Clan de la Rivière épuisa un peu plus Poil d'Écureuil.

« Inutile, répondit Minuit. Les miens plus en état de se battre. Eux réfléchir à deux fois avant d'attaquer des chats.

— Le Clan des Étoiles soit loué », soupira Poil d'Écureuil.

Elle n'aspirait plus qu'à une chose : se faufiler dans ce qui restait de la tanière des guerriers. Soudain, elle entendit la voix de sa sœur.

« Poil de Fougère ? Est-ce que Poil de Fougère est là ? »

Le guerrier doré s'était étendu parmi les ronces qui bordaient la combe. Il baignait dans son propre sang et semblait à peine conscient. Il parvint tout de même à relever la tête à l'appel de la guérisseuse.

« Poil de Châtaigne ? s'enquit-il en trouvant la force de se mettre sur ses pattes. Elle va bien ? »

La jeune chatte tigrée se frotta à lui. Elle aussi paraissait épuisée.

« Oui. Elle a donné le jour à quatre chatons en pleine forme.

— Quatre ? répéta le guerrier, la queue en panache. C'est formidable ! Merci, Feuille de Lune. »

Il traversa le camp pour rejoindre sa compagne et sa portée dans la pouponnière.

Poil d'Écureuil le regarda partir. Grâce au Clan du Vent, ils avaient remporté la bataille. Le Clan du Tonnerre avait survécu à des désastres pires que celui-ci. Un jour ou l'autre, il retrouverait sa vigueur perdue. Les quatre petites boules de poils à peine nées lui apparurent comme un signe prometteur du Clan des Étoiles. La vie l'emportait.

Pourtant, la mort aussi avait frappé. Le Clan du Tonnerre pleurerait longtemps la disparition de Museau Cendré. Dire que Feuille de Lune avait failli ne jamais revenir…

Poil d'Écureuil passa un coup de langue râpeuse sur l'oreille de sa sœur.

« Je suis heureuse que tu aies changé d'avis. »

La guérisseuse jeta un coup d'œil à Plume de Jais, toujours tapi à l'entrée de la pouponnière, avant de reporter son attention sur sa sœur.

« Moi aussi, j'en suis heureuse. »

Le guerrier gris sombre se leva lorsque ses camarades revinrent au camp.

« Regardez, c'est Plume de Jais ! s'exclama Aile Rousse. Que fait-il ici ? »

Étoile Solitaire vint se planter devant lui.

« Plume de Jais, tu es revenu… mais pas pour rejoindre ton Clan. »

Le chasseur soutint son regard sans fléchir.

« Je tenais d'abord à ramener Feuille de Lune en lieu sûr. À présent, je suis prêt à vous suivre.

— Nous avons beaucoup de choses à nous dire, mais cela devra attendre. »

La matou s'inclina devant son chef et lui emboîta le pas lorsque ce dernier se dirigea vers Étoile de Feu.

« Étoile Solitaire, tous les membres du Clan du Tonnerre te remercient, déclara le rouquin. Sans vous, le Clan des Étoiles aurait recruté bien plus de guerriers.

— Vous nous avez prêté assistance par le passé, répondit Étoile Solitaire. Ce n'est que justice que nous venions vous aider à notre tour.

— Nous ne l'oublierons jamais… »

Étoile de Feu s'interrompit lorsque Cœur d'Épines, qui se trouvait tout près de l'entrée du camp, poussa un cri d'alerte. Poil d'Écureuil se raidit. Les blaireaux étaient-ils revenus ? Elle n'avait plus la force de se battre, même si sa vie en dépendait.

Cependant, sa fatigue disparut d'un coup lorsqu'elle reconnut les deux chats qui se frayaient avec précaution un passage à travers les branches de ronciers éparpillées. Le premier des deux, un guerrier musculeux à l'épaisse robe grise, s'arrêta à l'orée de la clairière et regarda alentour.

« Je ne m'attendais pas à cela, miaula-t-il. Que s'est-il passé ? »

Poil d'Écureuil le dévisagea, incrédule. Après l'attaque des blaireaux, elle aurait cru que plus rien ne pourrait la surprendre – elle en avait pourtant le souffle coupé.

Là, occupés à les dévisager tour à tour avec curiosité, se tenaient deux félins : Pelage d'Orage et Source aux Petits Poissons.